Jean-Louis Fetjaine

L'HEURE DES ELFES

BELFOND

Loi n° 49-956 du 16 juillet 1949 sur les publications
destinées à la jeunesse : octobre 2004.

ISBN : 2-266-13530-9

Préface de l'éditeur

Le monde, autrefois si harmonieux lorsque les nains, les monstres, les elfes et les hommes vivaient en paix, a sombré dans le chaos. La folie des hommes leur a fait s'emparer de la merveilleuse épée Excalibur. Sans la restitution de l'épée sacrée, il ne sera pas possible de restaurer l'ordre ancien. Partagé entre son amour pour son épouse Ygraine, et sa passion pour la reine des Elfes, Lliane, le roi Uter a pris la décision de rendre l'épée.

Mais n'est-il pas déjà trop tard ? Les monstres ont envahi le royaume de Logres. Vaincus, divisés, terrifiés, les hommes n'ont plus qu'un seul espoir : les elfes. Un doute demeure : le peuple des arbres entendra-t-il leur appel ?

La reine Lliane s'est exilée sur l'île d'Avalon avec sa fille Morgane et Merlin. L'amour qu'elle éprouve pour Uter lui fera-t-il une nouvelle fois tout risquer ?

Ici se clôt la trilogie des Elfes et commence la geste de la Table ronde. Uter est mort et, sous la protection de Merlin, survient le temps du jeune Arthur.

« J'ai bu du vin dans un brillant hanap
Avec les chefs de la guerre cruelle.
Mon nom est Myrddin, fils de Morvryn.

J'ai bu du vin dans une coupe
Avec les chefs de la guerre dévorante.
Myrddin est mon nom glorieux. »

Fouissements (XIIe ou XIIIe siècle)

LES PERSONNAGES
par ordre alphabétique

ANTOR : garde du roi, anobli par la reine Ygraine.
ARTHUR : fils d'Ygraine et d'Uter.
BALDWIN : roi des nains sous la Montagne rouge.
BLAISE : moine confesseur de la reine Ygraine.
BLODEUWEZ : guérisseuse elfe, amie de Lliane.
BRAN : frère cadet de Rogor, régent sous la Montagne noire.
CYSTENNIN : baron, père d'Uter, tué par Llandon.
DORIAN : frère de la reine Lliane.
ELAD : chapelain du bourg de Cystennin.
FREÏHR : guerrier barbare, ami d'Uter, chef du village de Seuil-des-Roches.
GALAAD : jeune barbare, fils adoptif de Freïhr.
GORLOIS : sénéchal de Pellehun, maire du palais et duc de Tintagel, puis régent du royaume de Logres et défunt époux d'Ygraine.
GUERRI LE FOL : assassin, membre de la Guilde.
GWYDION : grand druide des elfes de Brocéliande.
ILLTUD : saint homme du royaume de Logres, ancien chevalier sous le nom d'Illtud de Brennock, abbé.
LÉO DE GRAND : duc de Carmelide, frère d'Ygraine et connétable du roi.
LLANDON : roi des hauts-elfes, rendu aveugle par le Pendragon.

LLAW LLEW GYFFES : *Lion à la main sûre*, apprenti druide elfe.

LLIANE : reine des hauts-elfes, épouse de Llandon.

MAHAULT : receleuse des bas quartiers de Kab-Bag, suzeraine de la Guilde.

MAHELOAS : prince de Gorre. Les hommes le nomment Méléagant, les elfes Maelwas.

MORGANE : fille d'Uter et de Lliane. Son nom elfique est Rhiannon (la Royale).

MORGAUSE : fille d'Ygraine et de Gorlois.

MYRDDIN : homme-enfant, mi-elfe, mi-homme Son nom humain est Merlin.

ONAR : guerrier nain de la suite de Bran.

PELLEHUN : défunt roi de Logres.

ROGOR : héritier du trône de la Montagne noire.

SUDRI : sorcier nain de la suite de Bran.

TAROT : shérif gnome de Kab-Bag.

ULFIN : l'un des douze preux gardiens du Grand Conseil, ami d'Uter.

UTER : roi de Logres, époux de la reine Ygraine et amant de la reine Lliane. Père d'Arthur et de Morgane/ Rhiannon.

YGRAINE : reine de Logres, épouse d'Uter.

PROLOGUE

Le monde avait basculé dans le chaos. Peut-être, dans les temps à venir, se souviendrait-on d'un lointain âge d'or, d'une époque heureuse où les quatre tribus de la Déesse vivaient sinon en paix, du moins dans l'équilibre, quand leur survie était garantie par les grands talismans. L'Épée du dieu Nudd, l'arme que les hommes appelaient Excalibur, avait été donnée aux nains. Le Fal Lia, la Pierre sacrée qui gémissait devant un vrai roi, était aux hommes. Les monstres possédaient la Lance sanguinaire du dieu Lug, et les elfes le Chaudron du Dagda, dieu de la Connaissance… C'était ainsi depuis le commencement des temps.

Ne croyez pas les contes de fées : ce sont les hommes qui brisèrent cet équilibre, et non les nains malfaisants, chargés de tous les maux. Les hommes et leur nouvelle religion, prônant l'unicité et proclamant la suprématie d'une race élue sur toutes les autres : une seule terre, un seul dieu, un seul roi, disaient-ils, et c'est au nom de ce Dieu que fut commise la pire vilenie que le monde ait connue… puis oubliée.

Les hommes volèrent Excalibur au peuple des nains, et parvinrent à rejeter le poids de leur crime sur les elfes. Le vieux roi Pellehun puis son sénéchal, le duc Gorlois de Tintagel, payèrent de leur vie ce plan ignoble, mais le mal était fait. Ni Lliane, la reine des hauts-elfes de Brocéliande, ni le chevalier Uter, devenu Pendragon par la force irrésistible de leur amour, ni même le druide Merlin ne purent éviter les guerres, les haines, les déchirements qui ensanglantèrent par la suite le royaume de Logres. Sans talisman, déjà les nains disparaissaient. Leurs grands royaumes sous la Montagne s'étaient effondrés, et on voyait naître dans les villages humains des êtres étranges, à la fois hommes et nains, comme si les deux races se fondaient en une seule.

La guerre était finie, à présent, mais le talisman n'avait pas été rendu aux royaumes sous la Montagne.

La paix n'était pas encore gagnée…

I

Les chasseurs

Peu à peu, le vent dissipait les sombres nuages de la nuit. Freïhr, torse nu malgré le froid vif du petit matin, écarta d'un revers de main le tapis de feuilles mortes qui recouvrait l'eau noire d'une flaque et s'aspergea en soufflant comme un buffle. Tout autour de lui, de lourds filets de brume traînaient encore sur les fougères jaunies. Malgré les bourrasques soudaines qui agitaient les hautes branches, le sous-bois restait silencieux, ensommeillé, loin de l'agitation du ciel. Freïhr s'étira, gratta furieusement sa barbe emmêlée de débris végétaux, puis ramena sur ses épaules sa chemise de laine et son pesant manteau de fourrure. Le jour naissant, gris et terne, annonçait déjà l'hiver. Ce serait une journée triste et froide, mais au moins ne pleuvrait-il pas. Enfin, il fallait l'espérer...

Les hommes du clan avaient dormi à l'abri d'un tronc couvert de lierre, enveloppés dans leurs manteaux et serrés les uns contre les autres comme des bêtes, guère différents en somme des ours qu'ils traquaient depuis deux jours déjà. Une famille probablement, une ou plusieurs femelles et leurs petits, trop occupés à se goinfrer en prévision de l'hiver pour songer à brouiller leur piste. Les fauves laissaient derrière eux un sillon de vestiges sanguinolents, de fumées et de branches de sureau rongées, mais leur échappaient sans cesse et les entraînaient toujours un peu plus loin dans la forêt, à des lieues déjà de Seuil-des-Roches. Tout un chemin par monts et par vaux qu'il faudrait refaire en sens inverse, en traînant sur des travois de fortune la masse énorme de leurs dépouilles, si tant est qu'ils parviennent à les tuer. Freïhr secoua la tête d'un air dégoûté, puis jeta un regard mauvais sur les silhouettes informes de ses compagnons. Ils dormaient encore, y compris Brude, qui avait dû se coucher sur une fourmilière et qui ronflait la bouche ouverte, la barbe et la moustache grouillantes d'insectes.

Freïhr ramassa son épieu de chasse et remua du bout de la hampe les cendres froides de leur feu de camp. Plus une braise…

— Allez, debout ! grogna-t-il, en tapotant dans le tas à l'aveuglette. Galaad, va faire du feu, j'ai faim !

Le jeune garçon s'extirpa de la masse avachie des chasseurs, se redressa à demi et tourna vers lui un visage bouffi de sommeil. L'espace d'un instant, avant qu'il se reprenne et adopte l'expression farouche qui, croyait-il, le faisait passer pour l'un d'eux, il apparut tel qu'il était réellement : un enfant, sans doute âgé de moins de dix ans (Freïhr l'ayant recueilli bien après sa naissance, qui pouvait savoir son âge ?), dont les courts cheveux blonds taillés à la mode de Loth lui donnaient davantage l'air d'un page que d'un guerrier. Ils échangèrent un bref sourire, puis Galaad ramena son manteau sur ses épaules en frissonnant et partit s'acquitter de sa tâche.

Tandis que les autres s'éveillaient, le barbare s'éloigna dans la direction opposée et grimpa lourdement une petite butte dominant la clairière, d'où il contempla jusqu'à l'horizon le moutonnement roux des arbres à l'automne. La forêt s'étendait à perte de vue devant lui, plus vaste que la mer, miroitant à la moindre risée avec la lenteur majestueuse des vagues. Le monde, en ces temps lointains, était recouvert d'arbres, si nombreux et si denses qu'ils formaient entre le ciel et la terre une voûte immense, s'étendant à l'infini jusqu'aux plaines des hommes ou aux sombres montagnes des royaumes nains. Mais les hommes avaient peur de la forêt, et les royaumes des nains sous la Montagne avaient disparu…

Freïhr prit une profonde inspiration puis, l'âme en paix, il se vida la vessie pour saluer le jour nouveau.

Une rafale de vent fit claquer son manteau de fourrure et balaya ses cheveux blonds nattés, couvrant comme un casque sa nuque et son cou. Aussitôt, il s'accroupit et retint son souffle. Il y avait une odeur, dans la brise. Celle des ours, mais pas seulement. Une odeur de sang tiède, suave et écœurante. Une odeur de viscères. Les fauves, sans doute, venaient de tuer…

Freïhr dévala la butte jusqu'au campement. Les hommes du clan s'étaient enfin réveillés et s'ébrouaient, riant de Brude et de ses gesticulations pour chasser les fourmis qui le recouvraient. Un geste, un regard de leur chef, et tous se turent, saisirent leurs armes et se regroupèrent autour de lui.

— Ils sont là, murmura Freïhr en tendant le bras dans le sens du vent. Cent toises [1], pas plus. Finissons-en.

Les hommes s'élancèrent derrière lui à travers les hautes fougères, aussi silencieux que des elfes. La puanteur des ours était telle qu'ils n'avaient nul besoin de guide pour suivre leur piste. Courbés sous leurs fourrures, ils ne s'arrêtaient que pour renifler le fumet des fauves, les poings serrés sur leurs épieux, sourire aux lèvres et cœur battant, s'attendant d'un instant à l'autre à déboucher sur leur tanière. Ce devait être un carnage, pour que l'odeur du sang et des entrailles soit si forte… Peut-être avaient-ils tué un daim ou un blaireau.

1. Environ deux cents mètres.

Peut-être s'étaient-ils entre-déchirés ? C'était possible, s'il y avait plusieurs femelles et un seul mâle…

Pourtant, au fur et à mesure qu'ils s'approchaient, les hommes ralentirent le pas. Il y avait autre chose. Chacun sait à quel point les ours puent, mais les relents de charogne qui leur montaient à la gorge dépassaient tout ce qu'ils avaient connu. Freïhr, le premier, s'arrêta à l'abri des fougères, tant pour reprendre son souffle avant l'assaut final que pour tenter d'identifier ces effluves pestilentiels. Les autres chasseurs l'imitèrent, flairant l'air comme des chiens de meute. Mais tous échangèrent des regards d'impuissance et d'incompréhension.

— Brude, Cian, sur la droite, murmura-t-il, renonçant à comprendre ce qui pouvait exhaler une si horrible odeur. Wid et Eabald sur la gauche. J'irai au centre avec…

Freïhr s'interrompit, ne découvrant qu'à cet instant l'absence du jeune garçon.

— Galaad ! Où est-il ?

— Tu l'avais envoyé chercher du bois, grommela Cian, un colosse au corps presque bleu tant il était recouvert de tatouages.

Ils en portaient tous, parfois même jusque sur le visage, et ces dessins étranges étaient censés les protéger comme des armures, même s'ils n'y croyaient pas vraiment.

Freïhr jeta un coup d'œil en arrière et hésita un bref instant. S'il était resté au campement, Galaad ne risquait probablement rien, mais il rêvait tellement de devenir un homme qu'il serait capable de se ruer tête baissée dans la tanière des fauves…

— Retourne le chercher, dit Brude, avec un sourire édenté qui aurait donné des cauchemars à toutes les pucelles de la ville. Il y aura d'autres ours, va…

Freïhr sourit, hocha la tête puis, avec un sentiment diffus de honte, fit demi-tour et disparut bientôt dans les fougères. Brude avait raison. Il y avait beaucoup d'ours, de par le monde, et peu d'enfants. Surtout chez les barbares, ceux qu'on appelait les « hommes peints » à cause de leurs tatouages, et qui vivaient dans les Marches, entre les marais des elfes gris et le Pays de Gorre, le sombre empire de Celui-qui-ne-peut-être-nommé.

Les hommes échangèrent un regard amusé tandis qu'il s'éloignait, puis se dispersèrent selon les indications de leur chef. Il ne restait plus qu'un mince rideau de fougères et d'arbustes entre eux et la charogne fumante qu'ils commençaient à deviner. Encore quelques pas, et ils découvrirent l'atroce charnier. C'étaient des hommes endurcis, et pourtant leur cœur se révulsa. Le spectacle qu'offrait la clairière était au-delà de ce qu'ils avaient imaginé, un carnage écœurant dont les ours n'étaient pas les auteurs, mais les victimes. Femelles et oursons avaient été dépecés avec une sauvagerie effroyable, éclaboussant de leurs entrailles jusqu'aux troncs blancs des bouleaux, à la lisière de la forêt. Dépecés et dévorés vifs, ils gisaient là, éventrés, leur sang frais coulant encore, épais et gluant, fumant dans les frimas du petit matin. Leur agresseur, quel qu'il soit, avait disparu. Il n'y avait plus un son, pas même un chant d'oiseau. Juste le frémissement du vent dans les hautes branches, le froissement des fougères sous leurs pas et le souffle haletant de leur propre respiration, hachée, révulsée. Ils se redressèrent, mais aucun d'eux ne put articuler une parole tant le spectacle de cette boucherie inutile leur donnait envie de vomir.

Et puis, soudain, tout s'agita autour d'eux.

Freïhr gravissait en maugréant la petite butte surplombant la clairière. Galaad n'était pas au campement, et il ne pouvait pas l'appeler à haute voix, de peur d'alerter les ours. Parvenu au sommet, il balaya d'un regard torve les abords de la forêt et l'aperçut enfin, qui traînait derrière lui une grosse branche morte et laissait autant de traces qu'une harde de sangliers. Il levait le bras pour attirer son attention quand retentirent les hurlements. Des rugissements effroyables, inhumains, mêlés aux cris d'effroi de ses compagnons. Là-bas, dans la clairière des ours, les hautes fougères s'étaient mises brusquement à s'agiter comme sous les secousses d'un dément ; son sang se glaça lorsqu'il reconnut les jappements gutturaux qui s'en échappaient.

Des trolls.

Certes, personne n'avait jamais vu de troll (ou, plutôt, personne n'avait jamais survécu à leur rencontre), mais Freïhr identifia sans l'ombre d'un doute les hideuses créatures de ses cauchemars. Comme tous les barbares des Marches, il avait été élevé dans la crainte des trolls, par les légendes racontées par les anciens sur ceux qu'ils nommaient les « ogres des collines ». Le peuple libre des trolls vivait aux marches des Terres noires, dépeçant et dévorant quiconque était assez fou pour s'aventurer sur son territoire, homme, elfe, nain ou bête sauvage. Aucun récit, pourtant, aussi loin qu'il s'en souvienne, ne les mentionnait ailleurs que dans leurs collines pelées. Que faisaient-ils, alors, dans la forêt ?

Pétrifié d'horreur, trop effrayé même pour songer à se coucher à terre, Freïhr contempla jusqu'au bout l'atroce tumulte des hautes fougères, dans le vacarme des râles d'agonie des chasseurs et des aboiements insanes des monstres. Mais cela ne dura que quelques instants. Le silence retomba si vite qu'à nouveau seul le sifflement du vent fut perceptible.

— Freïhr !

Le cri déchirant de Galaad le fit sursauter. L'enfant ne l'avait pas vu. Il avait lâché sa branche et se ruait à l'aveuglette vers le carnage, courant comme un dératé, sans même un épieu pour se défendre, afin de porter secours à celui qu'il considérait désormais comme son père. Freïhr, interdit, jeta un regard d'angoisse vers la clairière. Déjà, de hautes silhouettes sombres s'en détachaient et se frayaient un chemin en direction du garçon, avec la lenteur suave d'une meute de loups au moment de la curée. Ce fut comme un coup de fouet. À toutes jambes, le barbare dévala la butte et fonça vers Galaad, droit devant lui, fouetté par les branches des arbustes et les tiges coupantes des fougères, faisant voler à chaque foulée des nuages de givre sur son passage, aveuglé bientôt, empêtré dans les herbes, haletant, terrifié. Quand il l'aperçut enfin, l'enfant était immobile et lui tournait le dos. Quelques foulées de plus, et Freïhr vit le troll.

La bête, haute de plus de quatre coudées [1], les dépassait de la tête et des épaules. Elle était maigre, efflanquée même, recouverte d'une peau d'un ocre sale, hérissée d'une toison noire et pelée. Sa tête, hormis une crinière de longs cheveux noirs qui jaillissait, hirsute, de son front et courait le long de son épine dorsale, évoquait celle d'une taupe, avec son mufle court et ses dents proéminentes. Pourtant, son regard sombre avait quelque chose d'humain, une lueur d'intelligence et de cruauté qui rappelait que les trolls étaient autrefois un peuple, parmi l'antique race des Fir Bolgs, les « hommes foudre » vaincus par les tribus de la Déesse, dispersés et rejetés hors du monde. On disait que Celui-qui-ne-peut-être-nommé avait gardé certains d'entre eux à son service, mais les trolls étaient redevenus des animaux. Comme tous ceux de sa race, le monstre ne

1. Environ deux mètres.

portait ni vêtements ni armes, mais ses griffes, si longues qu'elles touchaient presque le sol au bout de ses bras interminables, valaient n'importe quelle masse, épée ou lance d'un chevalier du roi Uter.

Freïhr ne s'était pas arrêté. Emporté par son élan, il percuta le monstre de toute sa masse, si violemment qu'il le projeta à terre. Le barbare leva son épieu et plongea pour clouer la bête au sol, mais elle s'était déjà esquivée. Avec un cri atroce, une sorte d'aboiement rauque et modulé qui lui vrilla les oreilles, le troll lui cingla la cuisse d'un revers d'une puissance telle que ses griffes noires en arrachèrent un morceau de chair aussi large que la paume. Freïhr hurla à s'en déchirer les veines, mais sa plainte s'étouffa sous le choc d'un second coup qui lacéra son ventre et le projeta à terre, comme une poupée de chiffon. Le monstre avançait déjà vers lui, retroussant ses babines sur ses crocs immondes, lorsque Galaad apparut dans son champ de vision. L'enfant chancelait sous le poids d'une grosse pierre qu'il tenait à bout de bras, au-dessus de sa tête. Il y eut un éclair d'incompréhension, furtif, dans les yeux de la bête avant que le roc lui broie le crâne.

Freïhr se releva précipitamment, prenant appui sur sa jambe valide, et creva de son épieu le torse du troll, enfonçant de tout son poids la pointe durcie au feu, jusqu'aux derniers soubresauts de son agonie. Alors seulement il releva les yeux vers l'enfant. Galaad souriait à travers ses larmes et vint se jeter dans ses bras, tremblant de peur, d'excitation, de soulagement.

— Viens, il faut partir, murmura Freïhr. Les autres arrivent. Aide-moi…

Galaad se glissa sous son bras, et ils se traînèrent vers la forêt, laissant derrière eux un sillon sanglant aussi visible qu'une traînée de feu dans la nuit.

Freïhr écarquillait désespérément les yeux pour dissiper les points lumineux qui l'éblouissaient, chasser la nausée et l'engourdissement irrépressibles qui s'emparaient de lui. Curieusement, il ne ressentait aucune douleur, tout juste une faiblesse croissante, et un froid qui le gagnait par le ventre et les jambes (selon les vieilles légendes, la bave des trolls engourdit leurs victimes et les rend insensibles, ce qui permet aux monstres de les dévorer petit à petit, durant des jours, sans que la viande de leurs malheureuses proies se corrompe. Mais bien sûr, ce ne sont que des légendes...). Soudain, des jappements rauques, derrière eux, l'arrachèrent à sa torpeur. Sans doute venaient-ils de découvrir le corps de leur congénère. Peut-être le dévoraient-ils déjà...

— Nous n'y arriverons pas, gémit Freïhr. Il faut retourner vers la clairière...

— Quoi ?

— La clairière... Se cacher sous les ours. Mêler le sang au sang. C'est notre seule chance.

Il attira Galaad à contremarche et ils repartirent, lui vacillant à chaque pas, ployé sur son ventre dégoulinant de sang, et l'enfant écrasé par le poids de son bras, le visage inondé de larmes.

Ils eurent un temps d'arrêt en découvrant la clairière, comme soufflée par un ouragan, baignée de sang, constellée de dépouilles à peine reconnaissables, déchiquetées, écorchées, hommes et ours tout aussi atrocement broyés par les griffes des trolls, en partie dévorés. Freïhr chancelait, les yeux presque révulsés. Il vit à peine les corps de ses compagnons, se traîna jusqu'au cadavre d'une ourse gigantesque et, dans un ultime effort, parvint à la retourner. Puis il s'étendit contre la fourrure sanguinolente, serra Galaad contre lui et laissa retomber sur eux le corps du fauve, si lourd que sa masse les écrasa tous deux et qu'il perdit connaissance.

II

La horde

Galaad tremblait sans s'en apercevoir, bien au-delà des pleurs et de la fatigue, au-delà même du cauchemar de cette journée. Il faisait nuit à présent et, comme tous les hommes, l'enfant avait peur du noir. Il faisait nuit et il faisait froid, et les monstres avaient disparu. La lune pleine jetait un éclat glacé sur la clairière, si calme dans son horreur figée que tous ces cadavres déchiquetés y semblaient à leur place, aussi naturels que des rochers ou des souches. Galaad regarda ses mains couvertes de terre, ses ongles ébréchés avec lesquels il avait creusé tout le jour durant pour échapper au poids de l'ourse. Freïhr était encore là-dessous…

Il se jeta à genoux, s'enfonça à nouveau dans le boyau à demi effondré dont il venait de s'extirper et tendit le bras, à s'en démettre l'épaule, jusqu'à ce que sa main rencontre autre chose que de la terre ou de la caillasse. Elle se referma sur une masse de poils, cheveux, barbe ou fourrure, qu'importe, et il tira, de toutes ses forces.

Un cri étouffé répondit à sa traction. Galaad tira plus fort encore, si fort que les cheveux de Freïhr cédèrent et que l'enfant bascula les quatre fers en l'air, une touffe arrachée dans les doigts. Puis le sol remua, les grosses mains du barbare apparurent, ses bras, une épaule, et Galaad se jeta de tout son poids contre le flanc de l'ourse éventrée pour tenter de la soulever, jusqu'à ce qu'enfin le visage de Freïhr émerge du magma. Il était affreux à voir, ébouriffé, sanguinolent et noirci de terre, mais Galaad s'accrocha à son cou, riant à présent sous ses larmes, et ils rampèrent hors de leur terrier ainsi soudés dans l'air frais de la nuit, père et fils.

Couché dans l'herbe et les fougères piétinées, anhélant sous les étoiles et gémissant à chaque souffle, Freïhr reprenait peu à peu ses esprits, le ventre lui cuisant un peu plus à chaque respiration. Et pourtant il souriait, heureux d'être en vie, heureux même de la douleur croissante, qui prouvait que le venin du monstre perdait de son effet. Ainsi, ils avaient échappé aux trolls ! Malgré la lueur de la lune, on n'y voyait qu'à quelques coudées, mais l'atroce odeur des monstres s'était dissipée (évidemment, il pouvait se tromper : un séjour prolongé sous le cadavre éventré d'une ourse a de quoi altérer l'odorat !) ; la clairière, surtout, s'était remise à vivre, entre les lancinants appels des oiseaux de nuit et les mille bruissements du petit peuple des lisières, et toute cette agitation minuscule le persuada que les trolls étaient partis. Déjà, des museaux frétillaient aux abords des cadavres. Ce n'étaient pour l'heure que d'insignifiants rongeurs, mais bientôt viendraient les renards, puis les loups, et il ne faudrait plus être là au moment de la curée. Au prix d'un effort plus pénible qu'il ne l'aurait cru, Freïhr se redressa et s'aperçut alors que Galaad s'était endormi contre lui.

— Viens, murmura-t-il à son oreille. Il faut partir d'ici... Bientôt, le sang attirera les bêtes.

L'enfant obéit docilement, sans mot dire. Vaincu par les épreuves de la journée, il titubait et se serait effondré sur place sans le bras de son père. Le portant presque, Freïhr quitta les lieux sans un regard en arrière, le corps et l'esprit entièrement tendus vers un seul but : rejoindre leur village, rassembler ses hommes et organiser leur défense, s'il en était encore temps... Mais Seuil-des-Roches était à des jours de marche, et chaque pas était un supplice. Ses blessures ne s'étaient pas refermées, il perdait du sang à chaque mouvement. Comme tous les barbares, Freïhr connaissait les herbes qui soignent, celles qui calment la douleur et masquent la fatigue, mais il leur fallait avant tout trouver un abri, loin des trolls et de cette abomination. Ils parvinrent au campement où les chasseurs avaient laissé leurs maigres biens, ramassèrent des couvertures et des vivres, burent enfin, avidement, à une outre aussi large que la panse d'un bœuf, puis grimpèrent jusqu'en haut de la colline qui les surplombait.

La nuit, au loin, s'irisait d'une langue de lumière cuivrée qu'ils prirent d'abord pour les prémices de l'aurore. Mais ce n'était pas le jour. Ce qui illuminait l'obscurité était plus mince, plus sinueux que l'or du petit matin. C'était une longue théorie de flambeaux, une file interminable de torches qui descendaient des Marches noires et se déversaient lentement dans la forêt. Une armée, un peuple entier avançant en silence sur une trace unique.

— C'est des trolls ? demanda Galaad.

— Les trolls voient dans le noir, et d'ailleurs ils ont peur du feu, répondit Freïhr.

Ce n'étaient pas des trolls, et l'horreur de ce que représentait cette lente procession chassa peu à peu la souffrance dans l'esprit du barbare. Il demeurait là, immobile, les yeux écarquillés et le corps en retrait, comme s'il avait voulu fuir sans pourtant parvenir à s'arracher au spectacle. Galaad, à la lueur lointaine des flambeaux, tentait de déchiffrer le visage de son père. Pourquoi restaient-ils là, au lieu de décamper ? On aurait dit que ce trait de feu avait changé Freïhr en statue de sel, comme dans les histoires des moines... Et, là-dessus, de nouveau, un silence total, sans les bruits de la forêt, sans même le sifflement du vent, un silence tel que l'enfant prit peur et qu'il secoua rudement le bras de Freïhr, qui sursauta, s'extirpant enfin de la contemplation morbide de ce lointain cortège.

— Il faut y aller, dit-il. Il faut aller voir ce que c'est...

Et aussitôt le barbare s'élança vers le vallon, disparaissant bientôt dans l'obscurité et ne laissant d'autre choix à l'enfant stupéfait que de le suivre.

Ils s'enfoncèrent à nouveau dans les hautes fougères et le mort-bois longeant la forêt, malgré les ronces et les racines rampantes, se frayant parfois le passage à coups d'épée dans le fouillis d'arbustes, guidés seulement par l'incandescence de l'horizon, Freïhr avec une rage croissante, stupide et aveugle, Galaad avançant l'esprit vide, anéanti d'épuisement, soucieux uniquement de ne pas se laisser distancer, indifférent à tout ce qui pourrait leur arriver désormais.

Ils marchèrent jusqu'au point du jour, quand la lueur du serpent de flammes se mêla à celle de l'aurore, et cette clarté nouvelle, insidieuse, les décontenança. Comme si l'aube naissante l'avait dégrisé, Freïhr s'abattit en gémissant au pied d'un sorbier alourdi de fruits mûrs, presque blets, d'un jaune tirant sur le brun, dont il fit son petit déjeuner. L'étrange procession n'était plus visible, et pourtant les broussailles et les taillis restaient toujours aussi muets. Les arbres chargés de baies n'attiraient nul oiseau, les fourrés demeuraient inertes et, où que se porte le regard, nul être volant, rampant, furetant ou sautillant ne se manifestait. L'orée de la forêt retenait son souffle, comme pétrifiée, muselée par la colonne de feu qui l'avait traversée. Freïhr et Galaad eux-mêmes n'osaient prononcer la moindre parole, les oreilles et les yeux aux aguets, s'autorisant à peine à respirer.

Et puis quelqu'un éternua.

Tout près d'eux, une volée de chardonnerets se dispersa dans le ciel à grands battements d'ailes. Ils perçurent des grommellements, des éclats de voix étouffés, peut-être même le froissement métallique d'armes ou d'armures, puis ce fut de nouveau le silence. Le cœur battant, sans se concerter, le père et le fils s'étaient jetés à terre d'un même mouvement. Quelques toises à peine, tout juste un rideau d'arbustes et de ronces devaient les séparer de ce cortège muet qu'ils avaient traqué toute la nuit, et qui semblait s'être immobilisé avec le jour, pareil à une armée de fantômes. Encore trois ou quatre pas, et ils butaient dedans…

Freïhr sembla hésiter, puis il se tourna vers son fils adoptif et, d'un geste, il lui fit signe de l'attendre là, à l'abri du sorbier. Il se défit de son équipement, ne conservant qu'un long poignard, et commença à ramper dans les broussailles. Il les vit presque tout de suite, et son cœur se révulsa.

Immobile sur la berge du lac, près du large saule qu'elle aimait, les pieds baignés par le faible clapot, Lliane avait suspendu son geste alors qu'elle se défaisait de sa longue robe de moire, et elle restait là, indécise et demi-nue, tandis que l'aube irisait sa peau bleutée de reflets roses ou cuivrés. Une sensation étrange et dérangeante l'avait brusquement saisie, sans qu'elle parvienne à l'identifier. Le petit matin étirait langoureusement à la surface de l'eau ses derniers filets de brume, les roseaux vibraient tout bas de leur monotone friselis, les hautes herbes de l'île frémissaient de vie, tout était parfaitement calme dans l'île aux Fées, semblable aux autres jours, loin du monde froid des hommes. Pourquoi ressentait-elle cette oppression diffuse ?

Rhiannon… Le visage de sa petite fille passa devant ses yeux. Elle la vit endormie, blottie contre une elfe, à l'abri du verger. Haussant les épaules, elle acheva son geste et se débarrassa de sa robe. L'eau du lac était glacée (car c'était l'hiver, même pour Avalon), mais les elfes ne sont pas aussi frileux que les hommes. Elle s'y plongea d'un seul élan et se laissa couler jusqu'au fond, parmi les algues vertes, réveillant un couple de tanches qui prit la fuite devant elle. Elle nageait en ondulant, si facilement qu'on l'eût prise pour une sirène et, à chaque mouvement, ses longs cheveux noirs se déployaient dans son dos à la façon d'une oriflamme ; elle nageait comme vole un oiseau, sans effort, caressée par les eaux, les yeux grands ouverts pour ne rien perdre du spectacle trouble de l'éveil des fonds. Les elfes vivent surtout au cœur des forêts et n'ont guère l'occasion de nager ailleurs que dans des mares vaseuses ou de maigres ruisseaux tout juste bons pour se tremper les pieds. Depuis qu'elle s'était installée en Avalon, Lliane avait découvert la magie silencieuse des frontières aquatiques de son île et ne cessait de l'explorer, parfois avec sa fille, quand l'eau n'était pas trop froide. Mais Rhiannon était à demi humaine, et il était rare qu'elle n'ait pas froid. Au contraire, Lliane s'était aperçue qu'elle pouvait rester immergée presque indéfiniment et prolongeait parfois durant de longues heures ses vagabondages entre deux eaux, si bien que les poissons du lac, les grenouilles et les salamandres ne faisaient plus guère attention à elle.

Au moment où elle atteignit la pénombre délicieusement menaçante des fonds, le visage de Rhiannon s'imposa à nouveau, et elle faillit remonter. La petite fille était éveillée à présent, clignant des yeux dans le soleil levant, les cheveux doucement caressés par une brise naissante, avec un air intrigué, mais sans aucune alarme. Derrière elle, les elfes dormaient toujours, formant un tableau si paisible que Lliane résista à son impulsion première et, d'une brasse, se glissa sous les hautes algues.

Contrairement aux femmes humaines, qui n'avaient d'autre choix que de veiller jour et nuit sur leurs bébés tant ceux-ci étaient fragiles, les elfes coupaient très tôt le lien avec leur progéniture. Passé les premières semaines, le clan servait de père et de mère aux nouveau-nés. Les petits elfes, comme des faons, savaient marcher au bout de quelques jours, et atteignaient vite sinon leur taille adulte, au moins une stature leur permettant de suivre le groupe à travers bois, dans leurs incessantes pérégrinations. Rhiannon, malgré sa part humaine, vivait ainsi, dans le sillage de sa mère. Plusieurs elfes étaient venues rejoindre la reine et sa fille dans l'île aux Fées, auprès du petit peuple des hautes herbes, assez nombreuses bientôt pour former un clan capable de veiller sur Rhiannon. Les premières venues avaient été Blodeuwez, la guérisseuse, et les Ban Drui, ces sorcières des bois qui ne la quittaient jamais. Puis les avaient rejointes de jeunes mères sur le point d'accoucher, et qui venaient se placer sous la protection de la reine. Lliane les avait accueillies avec bonheur, tout en faisant savoir qu'aucun elfe mâle ne pourrait aborder l'île. Alors ils restaient là, sur les berges, sans même apercevoir l'île perdue dans les brumes, attendant durant des mois le retour de leur épouse. Parfois en vain.

Tout un peuple bientôt se recréa en Avalon. Un peuple de femmes et d'enfants, sur lequel Rhiannon régnait, comme dans la prophétie des runes. Avec elles, la petite fille était en sécurité... Et puis, il y avait Myrddin, l'homme-enfant né d'une elfe, celui que les hommes nommaient Merlin. Sans qu'il sache vraiment pourquoi (d'autant qu'il n'avait jamais osé poser la question), Myrddin était le seul mâle admis sur l'île aux Fées. Comme si la reine, obéissant aux prédictions du vieux Gwydion, n'avait eu le cœur de séparer sa fille du seul être mêlant, comme elle, le sang des hommes à celui des elfes…

Touchant enfin le fond du lac, Lliane brouilla du bout des doigts le limon grisâtre qui recouvrait les racines d'un buisson d'algues et s'amusa à regarder le nuage de vase s'évaporer lentement autour d'elle puis se reposer en poudre sur son corps nu. Et, subitement, d'un coup de talon elle se propulsa vers la surface. L'étrange sensation l'avait saisie à nouveau, aussi tenace qu'un remords, plus vive encore lorsqu'elle jaillit hors des flots, de la tête et du buste. Elle rejoignit la berge en quelques brasses désordonnées, ramassa fébrilement sa robe et se jucha sur un rocher élevé qui surplombait les halliers bruissants des roseaux et des ajoncs. De là, elle voyait toute l'île, et même jusqu'aux abords du lac. Il n'y avait rien. Le danger était ailleurs, bien au-delà de la forêt d'Éliande.

Ce fut là que Myrddin la retrouva, dressée dans le soleil, aussi nue qu'une figure de proue, et cette vision saisissante le troubla à un tel point qu'il se tapit dans les hautes herbes, comme un enfant fautif. Les elfes ignoraient la pudeur, mais Myrddin était davantage un homme qu'un elfe, et nul être humain, jeune ou vieux, homme ou femme, n'aurait pu contempler la beauté irréelle de la reine des hauts-elfes sans ressentir de désir… Ni sans être marqué à jamais par le regret obsédant de n'avoir pu l'assouvir. Mince et élancée comme tous ceux de son peuple, la reine était issue de l'antique clan des hauts-elfes, ainsi qu'on nommait ceux qui vivaient encore dans la forêt d'Éliande. Au contraire des elfes verts habitant les bois et les collines, ou de ceux des marais perdus dans les Marches, les hauts-elfes étaient grands, parfois plus qu'un homme, et leur beauté solennelle avait pour les autres peuples quelque chose d'un peu effrayant. Que dire alors de leur reine ! Il y avait dans ses longs cheveux noirs et dans ses yeux, d'un vert si clair qu'ils semblaient couver une flamme intérieure, une force qui tranchait sur la pâleur de sa peau, une force animale, un feu latent. Il y avait dans chacun de ses gestes, dans les mouvements de ses longs bras et dans la cambrure de ses reins une sensualité indifférente, une indécence hautaine qui faisait perdre l'esprit ; mais aussi un danger, une menace. Les hommes simples vivant aux abords de la grande forêt mêlaient dans leurs récits les mots de fées et de vampires pour désigner les elfes, ce qui correspondait en fait assez à leur nature véritable.

Dans leur absurde quête d'espace, les hommes semblaient vouloir défricher le monde entier, alors que leurs plaines immenses s'étendaient déjà à perte de vue. Mais rares étaient ceux qui s'étaient attaqués à la forêt d'Éliande, et ceux-là n'étaient plus revenus pour s'en vanter. C'était là, au cœur d'une insondable forteresse végétale, que s'abritait le bosquet sacré des elfes, le bosquet des sept arbres planté par la Déesse elle-même. Les anciens croyaient que ces arbres étaient les piliers de l'Univers, reliant par leurs racines Mitgaard, la Terre du Milieu, au monde souterrain, puisant leur sève dans les ténèbres et la souillure pour s'élever au-delà du champ mortel et joindre ce bas monde à celui des cieux, vers lequel s'élevaient leurs frondaisons. Sept arbres nommés *duir, quert, beth, saille, coll, tinne, fearn*... le chêne, le pommier, le bouleau, le saule, le noisetier, le houx et l'aulne, formés en cercle et qui, aujourd'hui encore, abritaient le talisman des elfes, le Chaudron du Dagda, Graal de la connaissance, l'âme du monde. C'était là que Lliane était née, et là qu'elle avait été initiée, il y a bien longtemps, par le vieux Gwydion.

Myrddin lui-même, quoiqu'il fût *dru wid* [1] – ainsi que les elfes nommaient leurs sorciers –, ignorait bien des

1. Druide : littéralement « savant par les arbres ».

choses sur la magie des hauts-elfes, et il ne pouvait que contempler, saisi d'amour et d'effroi, la longue silhouette de la reine, tendue, lisse et pâle comme un hêtre, pareille à un arbre, vraiment, avec ses bras levés et ses longs cheveux noirs volant à chaque saute de vent, formant entre eux une sombre frondaison. La douce brise du petit matin n'avait cessé de forcir, et le ciel s'obscurcissait un peu plus à chaque instant de lourds nuages noirs, comme une réponse à la prière muette de la reine. Bientôt, des rafales couchèrent les herbes autour de lui, sa longue robe bleu nuit se mit à claquer tel un drapeau, les eaux du lac s'agitèrent et battirent les berges. Lliane, immobile dans la bourrasque, la tête renversée en arrière, semblait attirer à elle le souffle brutal du vent d'est, un vent venu de loin, au-delà du lac et de la forêt, au-delà même des plaines défrichées par les hommes. À présent couché à terre, cinglé par de soudaines risées de pluie, Myrddin perçut un message diffus dans le souffle de la tempête, mais sa part humaine tremblait de froid et d'appréhension, obscurcissant son jugement. Assourdi, aveuglé, terrifié par ce tumulte absurde surgi de nulle part, il était incapable de comprendre les mots hurlés par les éléments en furie. Mais, du plus profond de sa terreur animale, une image s'imposa malgré tout à lui.

Morgane... La petite fille était seule dans la tourmente.

Il releva les yeux vers la reine, sublime d'indifférence au cœur du chaos. Ses cuisses, son ventre et ses seins luisaient d'embruns. Seuls ses cheveux battus par le vent avaient l'air animés d'une vie propre, mais elle n'avait pas bougé d'un muscle. Comment pouvait-elle se maintenir debout sur ce rocher battu par l'averse et les vagues du lac ? Les bourrasques les plus rageuses se brisaient sur son corps sans l'ébranler, alors que lui-même s'agrippait des pieds et des mains aux herbes pour ne pas être renversé. À nouveau, derrière le mugissement insane de la tempête, il distingua la voix du vent et, dans une rafale, celle de la reine, haute et claire, aussitôt emportée.

— *Maegenheard wind, oferceald scur, feothan eal rethe heardingas ! Faeger treow gedreosan for egle leod ! Laethan anmod nith leofian ! Hael hlystan !*

C'était le langage ancien des runes, la magie des quatre éléments... Une malédiction dont il ne comprenait que certains mots : *Oferceald scur*, la tempête glacée. *Egle leod*, le peuple détesté... Lliane livrait bataille, mais Myrddin ignorait si l'ouragan était son arme ou son ennemi, et il se sentit plus désemparé que jamais. Une nouvelle saute de vent l'obligea à s'abriter, pourtant il retint son geste : l'espace d'un instant, il crut que la reine l'avait vu, et qu'elle lui avait parlé.

Rhiannon... Était-ce ce nom qu'elle venait de prononcer ?

— J'avais déjà pensé à elle ! hurla-t-il stupidement, dans un tumulte tel qu'il entendait à peine sa propre voix.

La reine, bien sûr, ne répondit pas. Qu'importe... Il ne pouvait y avoir qu'une façon de l'aider : retrouver la petite fille qu'il nommait Morgane, la petite elfe qu'elle avait baptisé Rhiannon, l'être unique qu'ils aimaient tous les deux sous ces noms différents, et la mettre à l'abri.

D'un bond, il se releva et, trébuchant sous les brusques risées, poussé dans le dos parfois par des sautes de vent ou des paquets de pluie, il s'enfuit à toutes jambes. Insidieusement, une boule s'était nouée dans sa gorge, et des larmes se perdaient sur ses joues trempées. L'idée, insupportable, de perdre Morgane s'était diffusée en lui comme un venin et l'entraînait bien au-delà de ses forces, dans une course effrénée sous les éléments en furie. À chacune de ses visites dans l'île sacrée, il l'avait vue grandir, devenir de plus en plus semblable à l'être qu'il avait tant attendu. Elle n'avait que quatre ans, selon le compte des hommes, mais le temps était différent sur l'île aux Fées, et Uter lui-même, son propre père, lui aurait sans doute donné cinq ans de plus. Elle était comme Myrddin lui-même, aussi frêle en apparence qu'une jeune elfe, avec cependant une vigueur insoupçonnée qu'on ne découvrait que dans le regard. Et si elle lui était à ce point semblable, elle devait avoir peur de la tempête...

Tout d'abord, il ne la vit pas. Le bosquet de pommiers qui leur servait d'abri semblait vide, comme si toutes les elfes avaient été emportées par le vent. Il hurla son nom, mais le feuillage battu par les risées couvrait ses cris, et Morgane ne répondait pas. Puis, à l'instant où il allait renoncer et courir vers la reine pour implorer son aide, il l'aperçut enfin.

Le choc lui coupa les jambes plus sûrement que l'ouragan.

La petite fille était nue, elle aussi, immobile comme sa mère, toute blanche, les bras tendus et la tête renversée, recevant le même message et riant, oui, riant comme si cette apocalypse n'était qu'un jeu, comme si la tempête lui parlait tandis que lui ne percevait rien, pitoyable et grelottant, aussi bas que terre. Alors il s'agrippa aux herbes, enfouit son visage dans la terre et attendit que l'ouragan se calme.

Autour d'eux, la tornade ravageait la lisière de la grande forêt. Autour d'eux, ou plutôt derrière, sur leurs pas, avec un acharnement de brute, une rage telle qu'ils n'osaient regarder par-dessus leur épaule, de crainte de voir la mort hurlante les happer dans sa frénésie aveugle. Ils couraient l'esprit vide, comme des animaux, en proie à la plus effroyable panique. Freïhr avait perdu son poignard, il ne sentait plus la douleur de ses blessures, il avait même oublié la présence de Galaad à ses côtés, et si le garçon était tombé sans doute l'aurait-il laissé là, à la merci du vent, des loups noirs et des gobelins, ne pouvant que fuir, fuir à toutes jambes, loin de ces horreurs.

Soudain, ses bottes lacées de fourrure s'accrochèrent dans des ronces et il s'étala de tout son long. Instinctivement, il se retourna. Tout d'abord il ne vit pas Galaad, insignifiante créature recroquevillée sous un tourbillon de branches, de feuilles et de terre. La cime des grands arbres était ployée presque à l'horizontale, leur tronc vibrait comme les cordes d'une harpe démente, le ciel gris plombé charriait de monstrueux nuages noirs, vomissant par spasmes une pluie cinglante, dans un mugissement assourdissant qui vidait le cœur, les poumons et l'âme, mugissement si puissant que Freïhr ne parvenait plus même à respirer. Le barbare poussa un cri d'effroi lorsqu'une large forme noire s'abattit brusquement sur lui. Ce n'était qu'une cape, le manteau de laine grossière d'un gobelin, arraché par le vent, mais c'est ainsi qu'il distingua, dans la tourmente, d'autres taches noires, à moins de cent toises. Ils devaient être une vingtaine au moins, s'accrochant d'arbre en arbre de leurs longs bras, rampant contre l'ouragan, s'approchant inexorablement de la frêle silhouette de Galaad, terré à l'abri d'un rocher. L'enfant était tout proche. En dix foulées il aurait pu l'atteindre et le relever, mais l'ouragan le plaquait au sol, sans lui permettre le moindre geste. Les gobelins, pourtant, progressaient toujours, peut-être parce que leur cerveau minuscule, envahi par la haine, était trop stupide pour connaître la peur. Ou, pire encore, parce qu'ils s'en nourrissaient.

Freïhr les vit s'approcher de Galaad, tendre vers lui leurs pattes difformes et l'emmener, sans que l'enfant paraisse réagir. Sans doute s'était-il évanoui. Du moins il l'espéra. Il y eut un moment de flottement dans les rangs des monstres, puis leurs visages hideux se tournèrent vers lui et, tandis que deux d'entre eux entraînaient leur pauvre prise vers l'arrière, un groupe reprit sa lente reptation contre les éléments.

Freïhr ferma les yeux et laissa retomber sa tête. Il n'avait pas besoin de voir l'éclat sombre de leurs yeux ni le reflet de leurs cimeterres pour savoir qu'il allait enfin mourir.

Derrière ses yeux clos, l'image de ce qu'il avait vu dans le chemin creux restait intacte, toujours aussi précise, plus effrayante encore que la mort elle-même. Alignés sur une seule piste, marchant dans les mêmes traces, les monstres avaient quitté les Terres noires. Il y avait là des gobelins en armure, des orcs et des trolls à demi sauvages, de ces hommes-chiens qu'on nommait kobolds, des goules hâves d'une maigreur effroyable et d'hideuses créatures auxquelles nul n'aurait pu donner un nom. Freïhr contemplait, muet d'horreur, ce fleuve sombre qui coulait sans bruit vers la plaine, aussi lent que de la glace fondue, lorsqu'il l'avait vu. Une vision fugace, trop insupportable pour qu'il n'ait pas aussitôt détourné les yeux, pour qu'il ne se soit pas aussitôt enfui, ravagé de terreur, de dégoût et de honte, oubliant Galaad ainsi que toute prudence, les veines empoisonnées et les membres cloués par l'horreur. Là, au milieu de ces légions effroyables, perché sur un cheval noir aux côtés d'un cavalier d'apparence humaine brandissant une haute lance de métal sombre et entouré d'une escorte de guerriers barbus, il avait vu l'Innommable, l'Indicible, Celui-qui-ne-peut-être-nommé. L'être s'était tourné vers lui, comme s'il avait flairé sa peur, et Freïhr avait aperçu son visage… Vision insoutenable. Son visage était exactement…

L'atrocité de ce souvenir le révulsa. Il roula sur le côté, vomissant tripes et boyaux jusqu'à n'être plus qu'une masse pantelante, vidée de toute force, n'attendant plus que la mort. À ras de terre, le vent avait moins de prise, et il se sentait presque en paix. L'insupportable image gravée dans sa mémoire s'estompait peu à peu, pendant que son esprit, presque indépendamment de lui, se concentrait sur un détail qu'il avait négligé, dans l'horreur du moment. Et, plus il y pensait, plus les guerriers barbus, tout autour du Seigneur Noir et du chevalier à la lance, lui semblaient familiers. Un visage, en particulier, évoquait quelque chose de proche… Freïhr ouvrit les yeux, étourdi tout à coup par ce qu'il venait de réaliser. C'étaient des nains, tout autour de l'Innommable. Et le visage connu était celui de Rogor, prince sous la Montagne noire, l'héritier de la lignée de Dwalin que tous croyaient disparu. Il ne pouvait y avoir de doute… Le barbare se redressa en grimaçant. Uter. Il fallait qu'il sache…

Au moment même où il se redressait, un hurlement sauvage perça la stridulation de l'ouragan. Les gobelins étaient à présent tout proches, vêtus de haillons et de cottes de mailles ternies, aussi grands que des trolls mais d'une maigreur effrayante, luisants de pluie, rugissant ou aboyant comme des chiens, dans l'incompréhensible langue des Terres noires, et leurs capes sombres qui claquaient dans le vent leur donnaient l'air de chauves-souris. Uter ne saurait jamais…

— Venez donc, maudits porcs, bouffeurs de merde ! hurla Freïhr. Venez, sales rats, venez mourir avec moi !

Les monstres, hésitant encore à parcourir les dernières toises de terrain découvert, aboyèrent des injures et se tenaient groupés lorsqu'un craquement titanesque leur fit tourner la tête en un bel ensemble. C'est alors qu'un charme brisé par le vent s'abattit sur eux, broyant chair et os, mailles et acier. Puis le tronc rugueux roula comme un fétu, ne laissant des monstres qu'une bouillie sanguinolente.

Freïhr s'était jeté en arrière, mais l'arbre l'avait soigneusement évité, balayant tout devant lui jusqu'à quelques pouces de ses jambes, le laissant intact, pas même égratigné par ses plus hautes ramures, avec au cœur le sentiment atroce d'avoir vu le poing d'un dieu écraser son ennemi sous ses yeux.

III

L'amessement d'Ygraine

Uter s'éveilla en éternuant, à moins que ce ne soit l'éternuement qui l'ait réveillé. Le gros de la tempête était passé depuis près d'une semaine déjà, mais un vent d'est humide et froid soulevait encore le rideau de cuir masquant l'unique fenêtre de leur chambre. Quelques gouttes de pluie avaient même mouillé les dalles, sous l'embrasure. Ygraine, à côté de lui, gémit dans son sommeil et se pelotonna contre son épaule, ce qui l'emplit d'un simple bonheur. Ses magnifiques cheveux blonds recouvraient son visage, dont il n'apercevait, même en tirant le cou, que le front et les yeux clos. Elle avait, en dormant, l'air d'une toute jeune fille, malgré les épreuves qu'elle avait traversées et malgré l'enfant qu'elle lui avait offert la nuit même de l'ouragan. C'était comme si les cieux déchaînés – tonnerre, foudre et pluie – étaient venus saluer la naissance du jeune prince. Son enfant. Arthur…

Uter se dégagea doucement de la tendre étreinte de son épouse, rejeta les draps de lin et la fine couverture de petit-gris qui les recouvraient puis sauta à terre et enfila ses chausses [1]. Il ramassa sur un banquier son manteau de fourrure, ramena frileusement les pans de la

1. Vêtement couvrant à la fois les jambes et les pieds.

cape contre lui et, saisissant au passage une pomme dans la corbeille de fruits placée sur la table par l'une de leurs chambrières, s'approcha de la fenêtre dont il souleva le rideau.

Le jour tardait à se lever, et déjà il pleuvait, mais au moins le vent était-il retombé. Au-delà des ruelles et des faubourgs de la ville, au-delà des remparts et des tours, il contempla l'étendue sombre des champs moissonnés. Les paysans avaient commencé à retourner la terre pour les semailles d'hiver, alors qu'ils venaient à peine de fêter Mabon, l'équinoxe d'automne. Selon les vieux rites que les moines s'acharnaient tant à combattre et que nul pourtant n'aurait songé à oublier, Mabon, sixième fête de l'année, marquait la fin des moissons, les premières chutes de feuilles et la fin de l'été. C'était d'habitude une période de désœuvrement, une période un peu triste propice aux palabres et aux libations, mais l'hiver arrivait particulièrement tôt, cette année, et la tempête avait laissé peu de repos à qui voulait être prêt pour la saison froide.

Un nouvel éternuement arracha le jeune roi aux vestiges de sa nuit. Malgré la grande cheminée qui garnissait presque un pan entier de la pièce, il faudrait bientôt quitter la chambre d'été, ouverte et aérée, pour regagner l'une de ces cellules situées dans les tours, étroites et munies de fenêtres de verre épais, tout juste translucide, mais où au moins on dormait au chaud.

Il coinça tant bien que mal le rideau de cuir dans l'embrasure, serra de nouveau la cape de fourrure autour de lui et sortit sur la pointe des pieds pour ne pas réveiller Ygraine. Ce serait une longue journée pour elle, sa première journée publique, quarante jours après l'accouchement, ainsi que l'exigeaient les Écritures. L'abbé Illtud de Brennock, la plus haute autorité morale du royaume depuis la mort de l'évêque Bedwin, et que beaucoup considéraient déjà comme un saint, était venu en personne pour donner l'amessement, ainsi qu'on nommait la cérémonie de purification des relevailles. Bien plus que le baptême, qui était administré dès la naissance tant il était fréquent que les bébés ne survivent guère, c'était à cette occasion que l'on fêtait, aussi bien chez les vilains que dans les maisons nobles, la jeune mère et son nouveau-né.

Uter et Ygraine avaient tous deux voulu donner un éclat particulier à cette journée. En dépit de leur jeunesse, ce n'était pas leur premier enfant, ni à elle ni à lui. Mais il s'agissait de leur premier enfant désiré, leur premier enfant ensemble. Et c'était un fils. Le futur héritier du royaume de Logres…

Ygraine pouvait bien dormir encore. Il lui faudrait recevoir, tout au long du jour, l'hommage des vassaux d'Uter et les bénédictions des clercs, tenir son rang au banquet, boire et manger sans faillir, les joues fardées pour que nul ne s'alarme de son teint, et sourire, sourire à tous, nobles ou bourgeois, elfes, hommes ou nains, voire à quelque gnome cousu d'or et ployant sous les soieries, comme il s'en trouvait toujours aux grandes occasions.

Dehors, Uter prit sans y songer le couloir menant à la chambre de la nourrice. Chemin faisant, il jeta la pomme qu'il avait à peine entamée, l'estomac vaguement noué. Après tout, la journée serait longue, pour lui aussi. Il devait tenir conseil, après la cérémonie, avec les grands dignitaires des trois peuples libres. Léo de Grand de Carmelide, le propre frère d'Ygraine dont Uter avait fait son connétable, était déjà là, ainsi que l'abbé Illtud. Le seigneur Bran, héritier des nains sous la Montagne noire, dernier prince vivant de la nation naine depuis la disparition de son frère Rogor, était arrivé peu avant la nuit, tout comme Gwydion, le haut-druide des elfes de la forêt, et Dorian, le jeune prince des hauts-elfes, propre frère de la reine Lliane. Jusqu'alors, Uter avait redouté, ou espéré, que la reine ait accepté de quitter son refuge d'Avalon pour conduire en personne la délégation des elfes. Mais elle était restée dans les brumes de son île inaccessible, auprès de sa fille et du petit peuple des fées, à jamais loin du monde…

À présent, Uter n'en éprouvait plus que du chagrin et de l'amertume. Pourtant, c'était pour elle qu'il avait convoqué le Grand Conseil, pour elle que, tout à l'heure, il rendrait aux nains leur talisman, l'Épée du dieu Nudd qu'ils nommaient Caledfwch et les hommes Excalibur… Et sans doute était-ce une bonne chose, quoi qu'en disent les moines et quoi qu'il lui en coûte. Un roi ne devait-il pas être fidèle à la parole donnée ? Après tant d'épreuves, tant de haine et de tourments, peut-être le monde retrouverait-il ainsi son équilibre ancien. Un monde que les hommes ne gouverneraient pas seuls, un monde où les nains, les elfes et même les monstres des Terres noires auraient leur place, depuis l'aube des temps, tel que l'avaient voulu les dieux… Après tout, c'était pour cela qu'il avait combattu le duc Gorlois. Mettre un terme aux rêves insanes de domination du monde, vivre en paix. Et cependant, rendre l'Épée ressemblait à une abdication, presque à une trahison.

Pourquoi n'était-elle pas venue ?

Malgré la beauté d'Ygraine, malgré leur fils, malgré le trône qu'elle lui avait offert, Uter ne parvenait pas à chasser Lliane de ses rêves, dès la nuit venue. Lliane dont les yeux verts si clairs ne cessaient de le hanter. Lliane qui avait fait de lui le Pendragon, qui était entrée en lui pour ne plus former qu'une personne, plus intimement imbriqués que ne le furent jamais des amants – une seule chair, une seule âme, et une force, ensemble, capable de balayer l'univers. Lliane enfin qu'il avait trahie et qu'il ne reverrait peut-être jamais, ni elle ni leur fille, Morgane, née de leur union.

Aujourd'hui, Uter ne parvenait plus à se représenter le visage de Morgane. Comme toujours, les traits d'Arthur venaient se superposer à ceux de la fillette, et cette impuissance à l'évoquer lui semblait la pire des trahisons. Mais peut-être était-ce normal, après tout ? Il ne l'avait vue que quelques jours, sur l'île d'Avalon, et tant de choses s'étaient passées depuis… Uter se souvenait juste que Morgane était aussi belle qu'Arthur était laid. Quel âge avait-elle, à présent ? Dix-huit mois, à peu près, quoique le temps s'écoulât autrement sur l'île d'Avalon. Peut-être qu'elle et son fils deviendraient amis, un jour ? Il sourit à cette pensée et fut presque surpris quand il réalisa qu'il était arrivé au bout du couloir et que les deux chevaliers en armes gardant la chambre du nouveau-né royal lui souriaient en retour, comme s'ils étaient de connivence. Cela ne dura qu'un instant. Leur jovialité se crispa aussitôt devant l'air offusqué du roi, l'un d'eux frappa à l'huis selon une cadence convenue, et un troisième chevalier ouvrit la porte de l'intérieur, s'effaçant respectueusement sur le passage d'Uter.

L'homme, vêtu d'une cotte d'armes rouge sang frappée d'un écu à ses propres couleurs, *d'or au levron passant de gueules* [1], était aussi grand et aussi massif que la tour qui les abritait. Ses cheveux blonds nattés et sa barbe fournie masquaient mal une large cicatrice, souvenir d'une flèche elfique qui lui avait autrefois brisé la mâchoire. C'était un visage terrible, mais un visage ami.

— Heureux de te voir, Ulfin, murmura le roi en lui posant la main sur l'épaule. Est-ce que la duchesse Helled est arrivée ?

— Je ne sais pas, sire. Je suis resté là toute la nuit, comme tu me l'as demandé…

1. Lévrier rouge sur fond jaune.

— Oui, bien sûr… Va voir le chambellan, et, si elle n'est pas encore là, fais envoyer des cavaliers vers l'est, à sa rencontre. Dis-lui que nous l'attendrons pour le Conseil.

— Tu crois qu'il lui est arrivé malheur ?

Uter sourit à son ami. Comme toujours, Ulfin était prompt à s'alarmer, et la duchesse Helled de Sorgalles lui était chère, tout comme la mémoire du duc Bélinant.

— Peut-être a-t-elle été surprise par la tempête ? dit-il d'un ton aussi rassurant que possible. Je voudrais juste m'assurer qu'elle n'a pas besoin de notre aide. La reine compte sur sa présence, cet après-midi…

Les yeux d'Uter s'étaient à présent habitués à la pénombre de la pièce, si pauvrement éclairée par une étroite meurtrière qu'on y maintenait allumées les chandelles à toute heure du jour, et lorsqu'il jeta un coup d'œil vers l'alcôve son sourire se figea, malgré ses efforts pour paraître enjoué. Lovée dans les plis formés par la longue robe de la nourrice, une petite fille de deux ans tétait goulûment, alors qu'Arthur s'était endormi sur l'autre sein. Elle tourna les yeux vers lui et, sitôt qu'elle le vit, enfouit son visage sous le bras de la femme. C'était l'enfant d'Ygraine, et elle l'aimait. Pour cette simple raison, il aurait voulu l'aimer, lui aussi, mais elle était également l'enfant de Gorlois, née d'une étreinte forcée, d'un viol brutal parmi tant d'autres, dont l'évocation même lui était insupportable…

Dépoitraillée sous le regard des deux hommes, un filet de lait suintant lentement du large téton que venait d'abandonner la petite fille, la nourrice tenta de ramener sur elle les pans de son corsage, mais elle se trouva empêtrée entre les deux enfants.

— Donne-moi Arthur, dit Uter.

Il saisit le bébé endormi qu'elle lui tendait et remarqua du coin de l'œil une perle rouge qui rosissait son lait, sur son sein.

— Tu saignes ?

— Ce n'est rien, dit-elle en se rajustant enfin.

Elle s'agenouilla devant le roi, puis s'écarta, serrant toujours contre elle la fille d'Ygraine.

— Elle me mord parfois... Mais ce n'est pas grave.

De justesse, Uter retint la pique qui lui était venue aux lèvres : « Elle a le goût du sang. Ça lui vient de son père... »

Une année ou presque s'était écoulée depuis la mort de Gorlois, mais le souvenir du sénéchal-duc était resté aussi vif dans la mémoire d'Uter que la haine qu'il avait éprouvée pour cet homme. Et il lui sembla que, tant que l'enfant vivrait, cette haine vivrait aussi, semblable à un ver hideux rongeant ses entrailles.

— Elle va aller se coucher, maintenant, dit la nourrice. N'est-ce pas, Morgause ?

— Ne l'appelez pas ainsi.

Elle leva vers le roi un regard inquiet, effrayée par le ton brusque de sa voix.

— Ce prénom ne lui convient pas, reprit-il en s'efforçant d'adoucir sa voix. Dorénavant, vous n'userez que de son second prénom, Anna, ainsi que sa mère et moi-même l'exigeons.

La femme baissa les yeux humblement, ce qui ne fit que renforcer un peu plus le malaise. Anna avait les cheveux de sa mère, blonds et bouclés, et un teint de peau si pâle qu'on aurait dit celle d'une elfe. Elle était née quelques mois avant Morgane, et bien qu'elles n'aient rien en commun, hormis le destin d'être devenues ses filles, deux sœurs par alliance issues des deux mondes les plus dissemblables qu'on eût pu imaginer, Uter ne pouvait s'empêcher de penser qu'elles devaient se ressembler. Morgane l'enfant-fée d'Avalon et Morgause la fille de l'homme le plus dur, le plus retors qu'il ait pu rencontrer... Véritablement, la similitude de leurs prénoms lui était insupportable.

Chassant ces pensées, il avança la main vers la petite fille, mais à l'instant où il toucha ses cheveux elle se mit à pleurer.

— Je suis désolée, sire, bredouilla la nourrice. Elle n'est pas bien, ce matin.

— Oui…

Uter se tourna vers Ulfin, qui évita son regard.

— Eh bien, si elle a fini, emmenez-la ! grommela-t-il, déjà exaspéré par les pleurs qui lui vrillaient les oreilles. Ou plutôt, non. Confiez-la à une chambrière et revenez veiller Arthur. Cette enfant est trop grande pour être nourrie au sein. Dorénavant, vous ne vous occuperez plus que du prince.

Il ne vit pas les yeux de la femme briller de larmes. Depuis plus d'un an, elle n'avait pas quitté Morgause, Anna, quel que soit le nom qu'il leur plairait de lui donner…

Uter, sans plus s'occuper d'elles, s'avança vers le berceau et y déposa doucement Arthur. C'était un petit garçon, à n'en pas douter. Il était né avec les cheveux les plus drus et les plus noirs qui aient jamais été vus, de mémoire de sage-femme. Le front plissé et les poings serrés contre lui, il semblait dormir avec acharnement, presque avec sérieux, l'air si farouche qu'il en devenait comique. Comme l'ours dont il portait le nom [1], il était laid mais vigoureux, et paraissait toujours sur la défensive. À un mois passé, il pesait ses neuf livres, ce qui était tout à fait prodigieux. Un fier héritier, qu'il aurait bien du plaisir à porter tantôt au-devant du peuple et des barons, lors de l'amessement.

Ce n'est que lorsqu'il détacha enfin ses yeux de son fils qu'Uter découvrit Merlin, assis auprès du berceau, immobile et si sombrement vêtu dans sa longue robe

1. Le nom d'Arthur, ou Artus, provient de Art (arzh en breton), le mot gaélique désignant l'ours.

bleu nuit qu'on ne distinguait de lui, dans la pénombre de l'alcôve, que ses cheveux blancs et l'éclat ironique de son éternel sourire.

— Tu sais, ce n'est pas en changeant son prénom que tu changeras son destin, dit-il en se levant.

— Par le sang, Merlin, pourquoi n'as-tu pas dit que tu étais là !

Uter chercha des yeux Ulfin pour lui en faire le reproche, mais le chevalier était fort opportunément sorti avec la nourrice.

— D'ailleurs, tu sais, Morgane elle-même ne s'appelle pas vraiment ainsi, poursuivit l'homme-enfant en passant devant lui, de ce ton insouciant qui avait depuis toujours le don de l'exaspérer au plus haut point. Sa mère la nomme Rhiannon, « la Royale », pour que les elfes n'oublient jamais qu'elle sera leur reine, un jour…

— Je sais, dit Uter. Mais c'est toi qui as voulu l'appeler Morgane. Et parfois je me dis que tu l'as fait exprès, que tu savais que Gorlois nommerait sa fille Morgause, et que tu arranges encore l'une de tes diableries !

— Vraiment ? Comme c'est étrange… Moi aussi, parfois, je me dis que tu racontes n'importe quoi…

Dans l'obscurité, Merlin avait l'air d'un vieil homme, à cause de ses cheveux blancs et de sa maigreur. Mais, dès qu'il s'avança dans la lumière des chandelles, il redevint cet homme-enfant à l'âge indéfinissable, mi-elfe mi-homme, dont la seule vue indisposait la plupart de ceux qui le découvraient pour la première fois.

— Je t'avais demandé de t'occuper de Freïhr, grogna Uter. Tu ne devais le quitter sous aucun prétexte, jusqu'à ce qu'il reprenne connaissance !

— Oui, et c'est pour ça que je suis ici. Les fièvres sont retombées, et il s'est éveillé un peu avant l'aube… Ah, au fait, il t'a demandé.

— Mais, bon sang, tu pourrais me le dire !

— C'est fait.

Uter ouvrit la bouche pour répliquer, mais il renonça, et son poing déjà serré retomba avec sa colère. Il était inutile d'argumenter avec Merlin. On aurait dit qu'il prenait un malin plaisir à le mettre en rage, et il y parvenait avec une telle facilité que c'en était presque humiliant.

— Reste ici avec Arthur, grogna-t-il en quittant la pièce.

La voix de Merlin lui parvint alors qu'il était déjà dans le couloir.

— Jusqu'à ce qu'il reprenne connaissance ?

Uter répondit par un grognement, qui fit sourire l'homme-enfant. Cet amusement, pourtant, ne dura pas. Avant même que les pas du roi aient décru dans le couloir, le visage de Merlin s'était défait. Depuis l'aube, une boule s'était nouée dans sa gorge, à l'étouffer. Oui, Freïhr s'était éveillé, mais, malgré toute l'amitié qu'il éprouvait pour ce bon géant, sans doute aurait-il préféré que ses fièvres durent encore un peu, au moins jusqu'à ce soir, après le Conseil… Ou au moins qu'il se taise.

Il avait cessé de pleuvoir, mais c'était tout de même une journée d'hiver, glaciale et humide, un vrai temps de chien qui avait détrempé les toits de chaume et engorgeait les ruelles d'un ruissellement de pluie boueuse et de fétus de paille. Le temps ne se prêtait guère à la liesse, mais il y avait tant de monde que la ville retrouvait peu à peu son agitation passée, et la perspective du banquet réchauffait les cœurs. Chaque venelle hier encore laissée aux chiens, aux pourceaux et à la volaille débordait de vie, de cris, de couleurs. Toutes les échoppes étaient ouvertes, cordonniers, armuriers, taverniers, tailleurs et regrattiers [1], et leurs commis s'acharnaient à attirer le chaland, à s'en briser les cordes vocales. Ceux qui étaient trop pauvres pour tenir boutique, chiffonniers ployant sous les hardes, chandeliers coulant la graisse ou le suif, porteurs d'eau ou marchands d'oublies, jetaient leur étal au milieu de cette foule et criaient plus fort encore. Des paysans des alentours côtoyaient des bourgeois parés comme des princes, ouvraient des yeux ronds devant l'impudeur débordante des filles de joie penchées à leur balcon ou perdaient leurs deniers dans les estaminets où des tonneaux étaient mis en perce à un rythme frénétique, et tout ce monde crottait ses chausses dans la boue du ruisseau. Le froid, l'humidité, la bruine qui faisait luire les ardoises et fumer les chaumes, ne pénétraient pas jusque-là. Les hommes se tenaient chaud. Le vin leur tenait chaud. Les ribaudes et le jeu leur tenaient chaud. C'était une liesse un peu forcée, mais on aurait pu se croire revenu aux temps anciens, avant la guerre. D'ailleurs, il y avait à nouveau des elfes dans les rues de Loth. Peu nombreux, certes, et se limitant pour l'essentiel à l'escorte du grand druide Gwydion et du prince Dorian, mais c'était malgré tout un spectacle réconfortant et, à la grande stupeur des êtres bleus, leur passage dans les ruelles bondées avait plus d'une fois été salué d'une joviale bourrade ou d'une claque dans le dos (et il avait fallu expliquer à un jeune elfe un peu vif qu'il s'agissait là de démonstrations d'amitié, chez les hommes du Lac). On pouvait même croiser des nains, en plus petit nombre encore, mais avec moins de plaisir. Bougons, brutaux, ne marchant qu'en groupe, frileux et croulant sous les fourrures, ils s'ouvraient un chemin

1. Épiciers.

dans la foule à grands coups de gueule, et les hommes ne s'écartaient devant eux qu'en grommelant, car le souvenir de la guerre ne s'effaçait pas si facilement.

Peu avant sixte [1], les cloches se mirent à sonner, et toute cette foule convergea vers l'église. Le glacis s'étendant devant les remparts de la première enceinte était déjà noir de monde, au point que les archers du guet eurent les pires difficultés à frayer un passage à la procession royale.

Malgré les vivats et les gesticulations du peuple de Loth, Uter ne desserrait pas les dents, le regard perdu dans le vague et la mine sombre, tenant étroitement contre lui le petit corps emmailloté d'Arthur, à peine visible sous son manteau. Ygraine chevauchait à ses côtés, pâle mais droite.

Elle était très richement parée, vêtue d'un blanc samit, cotte et mantel fourré d'hermine, montée sur un petit palefroi tout blanc, le plus beau et le mieux fait que l'on pût imaginer. Le mors était de pur argent fin, ainsi que le poitrail et les étriers. La selle était d'ivoire, sculptée très délicatement de petites images de dames et de chevaliers. La sambue [2] était toute blanche, traînant jusqu'à terre et faite du même samit dont la dame était vêtue [3].

Ygraine avait abaissé la guimpe qui lui enserrait le visage et souriait à la foule, mais le mutisme du roi lui faisait presque venir les larmes aux yeux. Tout à l'heure, Uter s'était rapidement entretenu avec Léo de Grand, son frère, et c'est tout juste s'il avait répondu aux salutations enjouées du seigneur Bran, régent des nains sous

1. La sixième heure du jour, midi.
2. Étoffe couvrant la selle.
3. Les textes en italique sont tirés de *Lancelot du Lac*, roman français du XIIIe siècle, traduction de François Mosès, Le Livre de Poche, éd. 1991.

la Montagne. La duchesse Helled de Sorgalles n'était pas là, mais ce retard ne suffisait pas à expliquer la mauvaise humeur du roi. Était-ce Merlin, ce mauvais génie au visage de vieil enfant, dont la vue seule l'oppressait au point qu'elle manquait en défaillir, qui réussissait à le tourmenter à ce point ? Un instant, elle songea à Freïhr, et craignit qu'il n'ait succombé durant la nuit. Ce ne pouvait être cela... Frère Blaise, le chapelain, l'en aurait avertie, et puis les mires ne cessaient d'affirmer que le barbare reprenait des forces, depuis le jour où des cavaliers du roi avaient ramené sa dépouille inanimée. Mais, bien sûr, la reine ignorait que Freïhr avait repris connaissance, et qu'il avait parlé à Uter.

Devant le parvis de l'église, le couple royal abandonna montures et escorte et, seulement accompagnés de la haute silhouette du chevalier Antor, l'homme lige de la reine dont le manteau rouge surplombait la foule comme une enseigne, ils retrouvèrent les autres mères venues recevoir l'amessement. Selon la coutume, maris et femmes étaient séparés, et c'était aux pères de se charger de leur nouveau-né. Uter en fut ravi. Aussi maladroit et aussi fier que ses compagnons, il se sentit parmi eux libéré du poids qui l'oppressait. Il y avait là un homme d'armes arborant les couleurs du duché de Carmelide, quelques paysans vêtus de braies grossières et de tuniques de laine brunes, deux jeunes citadins, un forgeron portant encore son tablier de cuir et un jeune hobereau endimanché coiffé d'un chaperon écarlate dont la longue queue lui tombait dans le dos comme une flamme, chacun portant son fils ou sa fille dans les bras, et leurs femmes s'attendrirent de les voir aussi heureux. Presque aussitôt, Arthur se mit à brailler, au grand embarras d'Uter, qui jeta vers la reine un regard d'impuissance. Elle lui sourit mais leva les mains, comme pour dire « débrouille-toi » ; le jeune roi le berça dès lors vigoureusement, ce qui ne fit bien sûr qu'attiser ses cris et provoquer par contagion les pleurs des autres bébés. Bientôt, ce fut toute la marmaille qui vagit à tue-tête, plongeant les pères dans la plus totale confusion, au grand amusement de leurs épouses.

Les rires avaient dissipé la tension qui s'était installée dans la suite du roi, et la place résonnait à nouveau d'un joyeux brouhaha, dans une atmosphère de kermesse. Des bancs avaient été montés sur une estrade pour accueillir les gentilshommes et les gentes dames du palais, ainsi que les dignitaires elfes et nains venus rendre hommage au prince avant de se réunir pour le Conseil. Assis au premier rang (et ses courtes pattes ne touchaient pas terre), Bran avait lui aussi retrouvé sa bonhomie habituelle, oublieux de la froideur du roi à son égard, et devisait avec Ulfin.

— Tant d'enfants ! s'écria-t-il, en faisant mine de se boucher les oreilles. Ce sont tous les nouveau-nés de l'année ?

Le chevalier éclata de rire, mais au regard du nain il comprit que ce n'était pas une plaisanterie.

— Mais... non ! Ce ne sont que les naissances récentes... Les garçons ont au moins quarante jours, les petites filles environ trois mois. C'est la coutume...

— Vraiment ?

Bran hocha la tête, puis jeta un coup d'œil en coin au conseiller Onar, un nain formidablement renfrogné, emmitouflé dans une cape qui lui donnait l'allure d'un sac. Attendant un commentaire qui ne venait pas, Ulfin poussa Bran du coude.

— Qu'est-ce qu'il y a, mon ami ?

— Rien, grommela le prince. Mais je crois qu'il n'est pas né la moitié de ce nombre dans toute la nation naine depuis que nous avons perdu l'Épée...

Ulfin ne répondit pas (et d'ailleurs qu'aurait-il pu dire ?), mais Merlin, assis à côté de lui, se pencha en avant pour dévisager Bran. Il ouvrait déjà la bouche pour l'interroger lorsque le preux le foudroya d'un regard noir et il se tint coi, gardant ses questions pour lui. Tout de même, il haussa le cou afin de dénombrer rapidement les bébés présentés devant le parvis. Ils n'étaient guère qu'une dizaine… Se pouvait-il que Bran dise vrai ? En un an, moins de cinq naissances, vraiment ?

Malgré sa cape de laine épaisse, son bliaut couvrant des épaules jusqu'à mi-jambes sa chemise et ses braies, malgré ses hautes bottes de cuir doublées de feutre, Uter commençait à avoir froid et il n'était pas le seul, à en juger par la façon dont chacun se dandinait d'un pied sur l'autre, le nez rougi et les bras croisés contre le corps, aussi bien dans sa suite que dans l'attroupement du peuple. Malgré cela, les moines semblaient prendre tout leur temps, alors que la plupart d'entre eux allaient pieds nus dans cette froideur, vêtus de simples robes de bure de laine crue (et non teinte, car teindre c'est mentir, « *nulla tinctura, nec mendacio defucata* »), souvent rapiécées, serrées à la taille par une ceinture de cuir, le capuce rabattu sur les épaules, la tête tonsurée offerte au vent, maigres, gris et droits comme des bouleaux. Parmi eux, seule la taille distinguait leur supérieur, l'abbé Illtud. Depuis la mort de l'évêque Bedwyn et en l'attente de son hypothétique remplacement, le clergé séculier ne cessait de perdre de l'influence dans le royaume au profit des moines dont il était le prieur, *pater monasterii, vices Christi agit* [1]. Sans crosse ni mitre, portant une simple croix autour du cou, le visage long, la barbe sombre, il se tenait lui aussi immobile et les yeux clos, joignant sa voix à celle de ses frères pour

1. « Père du monastère, vicaire du Christ » (règle de saint Benoît).

un Te Deum grave et lent, comme si ce froid humide n'avait aucune prise sur lui.

Les conversations se tarirent peu à peu sur le glacis. Sans doute, la plupart de ceux qui étaient rassemblés là, bourgeois, nobles ou mendiants, elfes, hommes ou nains, se laissaient-ils gagner par cette ferveur ascétique et le spectacle fascinant de cette mortification insensée. Ce n'était plus la même religion depuis que les moines avaient remplacé les prêtres. L'église elle-même avait été dépouillée des bannières et des tapisseries qui l'ornaient autrefois. Il ne restait que la pierre nue et le sombre visage des saints sculptés sur la façade. Le Christ en gloire du gros évêque avait cédé la place au crucifié émacié et à ses ouailles, vibrant de toute la force de leur maigreur. Il n'y avait là nul plaisir, nulle bonhomie, et toutes les jeunes mères qui, comme Ygraine, étaient venues célébrer une fête joyeuse, souvent leur première sortie après l'accouchement, se sentaient glacées jusqu'au cœur par cette gravité.

Un silence prolongé succéda au Te Deum, jusqu'à ce que, enfin, Illtud ouvre les yeux et descende les marches pour s'avancer vers le couple royal. Selon la coutume, les femmes qui venaient de donner la vie n'avaient pas le droit d'entrer dans un lieu saint, obligeant ainsi toute la cérémonie à se dérouler sur le parvis. Lorsqu'il fut devant eux, Illtud sourit, puis sans un mot saisit Arthur des bras du roi et le confia à sa mère. Derrière lui, les dizeniers [1] de l'abbaye s'avancèrent vers les autres jeunes pères et firent de même. Aucun d'eux ne parlait, ce qui ne faisait que renforcer le sentiment de malaise, de frayeur presque, qui émanait de leur groupe. Et pourtant Illtud leur donnait des ordres, usant de la *linguosi digiti*, la langue des doigts en usage dans les monastères. Uter sourit en le voyant mettre son pouce dans la

1. Doyens.

bouche, ce qui désignait les bébés, puis l'abbé se passa un doigt d'un sourcil à l'autre – geste qui désignait les femmes –, forma un cercle avec son pouce, son index et son majeur, et finit par tracer une croix dans sa paume, signes que nul ne comprit et qui figèrent les sourires.

Mal à l'aise, Uter chercha un appui autour de lui. Il croisa le regard de Léo de Grand, assis dans les tribunes, mais son beau-frère était aussi peu instruit que lui dans les choses de la religion, et son air renfrogné ne lui fut pas d'un grand réconfort. Derrière lui, un groupe d'elfes drapés dans leurs manteaux de moire aux reflets changeants baissaient la tête. Le vieux Gwydion lui-même restait coi, les yeux fixes, sans que son visage ridé ne laisse filtrer la moindre expression. Au-delà, le peuple de la ville s'était amassé à distance, semblable à une haie grisâtre et dense, dans un calme absolu.

Il y avait une force dans ce calme. Une force qu'Uter n'avait encore jamais soupçonnée, bien différente de la fureur des armes, de la puissance divine du Pendragon, de cet élan guerrier qu'il avait lui-même incarné et qui avait balayé tout le pays. Cette poignée d'hommes muets, grelottant dans leurs bures de mendiants, avait fait taire la foule.

D'un pas lent, soutenant parfois les jeunes mères encore affaiblies, les frères leur firent gravir les quelques marches menant au parvis, puis les invitèrent à s'agenouiller, auprès d'un groupe de novices masquant une sorte de grande cage d'osier. Ficelés dans leurs langes sans pouvoir bouger un membre, plusieurs bébés pleuraient maintenant à fendre l'âme, et leurs cris minuscules, parmi lesquels Uter crut reconnaître ceux de son fils, venaient fort heureusement briser un peu de la componction solennelle des moines.

— Écoutez la parole de Dieu ! s'écria brusquement l'un d'eux, d'une voix tellement forcée qu'elle en devenait aiguë. À genoux pour la parole de Dieu !

Uter, comme la plupart des spectateurs, eut un instant d'hésitation, d'autant qu'aucune estrade n'avait été prévue pour les pères et que la place n'était plus qu'un champ de boue. Il s'agenouilla, pourtant, trempant ses chausses et son manteau comme un vilain, et tous comme lui s'humilièrent devant Dieu. Sauf les elfes, bien sûr, et les nains.

Le prieur s'approcha d'une bible tenue à bout de bras par un novice, s'agenouilla pour baiser le livre saint, puis récita le texte, en langue vulgaire :

— « Lorsqu'une femme deviendra féconde et enfantera un garçon, elle sera impure pendant sept jours, elle sera impure comme aux jours de sa souillure, lors de son indisposition ; puis elle restera encore trente-trois jours à se purifier de son sang ; elle ne touchera aucune chose sainte et n'entrera pas dans le sanctuaire jusqu'à ce que soient accomplis les jours de sa purification. Si c'est une fille qu'elle enfante, elle sera impure pendant deux semaines, comme lors de sa souillure, puis elle restera encore soixante-six jours pour se purifier de son sang [1]. »

Il se tut, et referma le livre dans un silence pesant, seulement troublé par quelques quintes de toux étouffées ou par les pleurs des enfants.

— Il est écrit dans la loi du Seigneur que tout mâle premier-né sera consacré au Seigneur ! s'exclama tout à coup l'abbé Illtud, si brusquement et d'une voix si forte qu'Uter sursauta. « Quand seront accomplis les jours de sa purification », dit le livre, une tourterelle ou un pigeon sera offert au nom de chaque mère, comme sacrifice pour son péché !

Sa voix s'adoucit, et ceux qui se tenaient assez près du parvis eurent même l'impression qu'il souriait aux

1. Lévitique, XII, 2-6.

jeunes femmes tremblantes et saisies d'effroi agenouillées devant lui.

— Enfanter n'est certes pas un péché, mais le sang répandu est une souillure, et tel est le sens de cette cérémonie, dit-il. « Telle est la loi pour celle qui enfante un garçon ou une fille… Le prêtre fera pour elle l'expiation, et elle sera pure. » Marie elle-même, mère de Dieu, suivit la loi du Seigneur, ainsi que l'écrit Luc, en présentant Notre Seigneur Jésus au Temple. Et voici que, comme elle, vous offrez au Très-Haut les colombes du salut !

À ces mots, les novices ouvrirent la cage, libérant aussitôt tout un vol de tourterelles, avec un synchronisme tel que la foule poussa comme un seul homme un mugissement d'admiration. Relevant doucement Ygraine, Illtud saisit Arthur et l'éleva au-dessus de sa tête, pour que chacun le voie, ce qui ne fit que redoubler ses pleurs. Puis Uter eut le sentiment que l'abbé le regardait personnellement, lui et aucun autre dans la foule, lorsqu'il cita les Évangiles :

— « Vois. Cet enfant est là pour la chute et le relèvement de beaucoup en Israël, et pour être un signe en butte à la contradiction – et toi-même, une épée te transpercera l'âme ! – afin que de bien des cœurs soient relevés les raisonnements [1]. »

Uter fronça les sourcils, s'interrogeant sur le sens de ces paroles, mais l'abbé rendit l'enfant à Ygraine et l'entraîna, suivi des autres mères à présent purifiées, à l'intérieur de l'église.

Il n'avait d'autre choix que de les y suivre.

1. Luc, II, 34 : la prophétie de Syméon.

IV

La Table ronde

À la tombée du jour, il avait fallu allumer des flambeaux, malgré les fenêtres tendues de toile cirée qui garnissaient le tour de la salle. Le spectacle n'en était que plus majestueux. À la lueur changeante des flammes, les ors tissés des grandes bannières qui recouvraient chaque pan de mur faseyaient comme des voiles, et le même rougeoiement animait les armures d'acier des preux. Immobiles et silencieux, ils se tenaient tous les douze en arrière de chaque chaise, les mains croisées sur le pommeau de leur épée, aussi raides que des statues, comme s'ils ne formaient qu'une partie de ce décor. Entre les poutres du plafond, sculptées de motifs végétaux et d'oiseaux merveilleux à la manière elfique, pendaient les oriflammes des maisons naines et les pennons des grands barons du roi. Mais c'était la table qui attirait tous les regards. Une table de bronze, gravée d'entrelacs et luisant sombrement à la lueur des torches, de dimensions si vastes que la pièce semblait avoir été construite autour d'elle (ce qui, en fait, était assez proche de la vérité). En son centre avait été enchâssé le Fal Lia, la Pierre sacrée, le talisman offert aux hommes par les dieux, et qui gémissait à l'approche d'un vrai roi. Uter contemplait avidement cette large dalle brute qui avait fait de lui le maître du royaume de Logres, si anodine d'aspect, grise et terne, muette à présent qu'il s'était assis. Pouvait-elle souffrir la comparaison avec le talisman des nains, posé devant lui ? Certes pas. Lorsqu'il ne vibrait pas, le Fal Lia n'était qu'un rocher mal dégrossi, tandis qu'Excalibur, l'épée forgée par Nuada Airgetlam, le dieu Nudd-au-bras-d'argent, était une véritable œuvre d'art, enrichie génération après génération par les plus habiles orfèvres sous la Montagne. Chaque pouce de sa lame d'or lourde et tranchante était finement ciselé, sa garde et son pommeau étincelaient de pierres précieuses, sa fusée elle-même était tissée de fils d'or. Et c'était ce trésor qu'il était censé leur rendre, après ce que Freïhr lui avait dit ce matin ?

Assis à ses côtés, Léo de Grand de Carmelide échangeait des regards indécis avec le chambellan, n'osant interrompre la méditation de son beau-frère. Uter le sentait trépigner sur sa chaise, percevait ses raclements de gorge insistants, et finit à contrecœur par s'arracher à ses lugubres pensées.

— D'accord, dit-il en se redressant. Qu'ils entrent…

Le chambellan, que cette attente prolongée plongeait dans les affres, n'attendit pas le signe de tête du duc de Carmelide et frappa les dalles du sol d'un coup sec de sa canne ferrée.

La porte s'ouvrit aussitôt sur la longue et frêle silhouette d'un elfe vêtu d'une cotte de mailles d'argent étincelante et d'une tunique de moire aux reflets changeants.

— Dorian, prince des hauts-elfes, frère de Lliane, reine sous la forêt d'Éliande ! clama un héraut dans le couloir, d'une voix si forte qu'on devait l'entendre jusqu'aux cuisines.

Uter s'avança vers le jeune elfe pour l'étreindre, mais au moment où il aperçut son visage, si semblable à celui de Lliane, il ne put s'empêcher de marquer un temps d'arrêt. Comme elle, le prince était grand et d'une minceur extrême qu'accentuaient encore sa pâleur bleutée et ses longs cheveux noirs. Ses yeux, cependant, étaient différents de ceux de la reine. Des yeux sombres, marqués, malgré sa jeunesse, par tant d'épreuves endurées. Y lisait-il un reproche ? Dorian n'ignorait pas qu'Uter avait aimé sa sœur, qu'ils avaient eu ensemble cet enfant qui avait provoqué la disgrâce de la reine et que, par sa faute, le roi Llandon n'était plus que ce monarque méhaigné [1] moqué par les trouvères, un pauvre aveugle recueilli par les sorcières de la forêt... « Nous avons tous souffert », pensa-t-il. Le même Llandon avait tué Cystennin, son propre père, et ce crime était resté impuni. Jusqu'à présent...

Uter se reprit et le serra dans ses bras, puis détourna le regard pour saluer d'un signe de tête déférent le grand druide Gwydion, un vieil elfe qui, de l'avis de Léo de Grand, ressemblait davantage à un arbre mort qu'à un être vivant.

— Que le ciel te garde, dit Dorian.

C'était la formule consacrée, mais Uter la reçut avec surprise, presque avec gratitude. Il ne sut que répondre, et tapota affectueusement l'épaule du jeune elfe alors que le chambellan, déjà, frappait à nouveau le sol.

— Bran, fils de Iubdan, neveu de Troïn, seigneur sous la Montagne noire ! Bran, héritier de la lignée de Dwalin, prince des collines et des montagnes enfouies ! Longue vie, longue barbe, vaste trésor !

Uter retint un sourire narquois, tant l'emphase des formules protocolaires propres aux maisons naines seyait mal à son aspect.

Bran n'était pas né pour devenir roi. Il n'était que le cadet du seigneur Iubdan, lui-même frère cadet du vieux roi Troïn, et si, indubitablement, le sang royal de la

1. Blessé.

lignée de Dwalin coulait dans les veines du nain, l'accès au trône sous la Montagne noire n'aurait en principe même pas dû faire partie de ses rêves. C'était une situation qui lui convenait parfaitement, d'ailleurs, tant la vie d'un prince sous la Montagne était idéale en tout point : tout au long de sa jeunesse insouciante, Bran avait passé le plus clair de son temps à manger, boire, chasser dans les collines et bousculer à l'envi servantes et courtisanes naines dans leur palais de Ghâzar-Run, tandis que son frère aîné Rogor s'initiait avec le vieux Troïn et leur père aux arcanes du pouvoir. Quand Iubdan mourut, victime d'un accident de chasse, Bran en eut du chagrin, mais il ne changea pas de manière de vivre. C'était Rogor, dès lors, qui devenait l'héritier en titre, et grand bien lui fasse.

Et puis était venu ce jour affreux où l'elfe Gael avait tué le vieux Troïn Longue-Barbe et volé l'Épée sacrée dont sa lignée avait la garde, au nom de toute la nation naine. D'un simple coup de dague, l'elfe avait plongé le royaume sous la Montagne dans le chaos et le déshonneur. Tandis que Rogor partait à la recherche du meurtrier (et l'on sait comment périt Gael), Bran dut accepter la régence, ce qui n'était somme toute qu'un exercice provisoire, et qui comportait quelques avantages. Mais Rogor avait aujourd'hui disparu, et sans doute était-il mort lors de la bataille de la Montagne rouge. Il ne restait plus que lui, Bran, si peu enclin à se charger d'un tel fardeau, pour restaurer l'honneur de la maison de Dwalin et rendre vie au peuple nain…

Ulfin, immobile derrière le siège du roi, à l'abri de son heaume au ventail abaissé, sourit lui aussi en voyant l'accoutrement du jeune prince. Quelques mois plus tôt, il leur avait servi de bête de somme, à Uter et lui, et voilà qu'il s'était surchargé de fourrures, de bijoux et d'or, jusque dans ses cheveux et sa longue barbe rousse ! Bran la portait en fer à cheval, étalée sur son ventre en deux larges nattes, tissées de lanières dorées du plus bel effet, un raffinement que les hommes, avec leurs barbiches pelées ne dépassant guère le menton (et ne parlons même pas des elfes, glabres comme des cailloux !), étaient peu à même de comprendre. Cependant, malgré l'or, les fourrures et les étoffes précieuses, Bran avait conservé le même air bonasse et les mêmes manières de salle de garde. Et c'est les bras grands ouverts, faisant fi du protocole, qu'il s'avança vers le roi.

— Uter, mon ami ! dit-il en lui enserrant la taille de ses bras. C'est un grand jour ! Un grand jour !

Pour la première fois depuis qu'il avait parlé à Freïhr, le roi sourit, vaincu par la jovialité de son ami, mais, comme s'il s'en voulait, il se dégagea un peu trop brusquement de son étreinte, et lui fit signe de s'asseoir sans même adresser un regard aux deux nains formant sa suite. Il eût été difficile de savoir s'ils s'en offusquèrent, tant ils semblaient indifférents à tout – hormis à l'épée d'or brillant sur la table de bronze –, affichant comme il se doit l'expression d'ennui et de morgue habituelle aux dignitaires nains. Leur âge, pourtant, était tout à fait inhabituel. Le plus vieux des deux devait à peine avoir passé le siècle, ce qui était peu en regard des trois cents et quelques années du vieux Baldwin, l'ancien roi sous la Montagne rouge, et bien jeune en vérité pour porter les insignes de Maître des Pierres, ainsi que les nains nommaient leurs sorciers. Sudri n'était en fait qu'un novice, mais c'était le seul initié à la magie minérale qui se soit sorti de l'effondrement de la Montagne rouge. Il en était de même pour le troisième nain, Onar, un jeune guerrier à la barbe noire comme la nuit et aux yeux brillants, qui se donnait beaucoup de mal pour avoir l'air terrible.

— Abbé Illtud de Brennock ! annonça le chambellan.

On n'aurait pu imaginer contraste plus parfait : l'abbé avait une barbe, lui aussi, d'un brun clair tirant sur le roux, mais c'était véritablement la seule ressemblance qu'on aurait pu déceler entre lui et le nain qui l'avait précédé dans la salle du Conseil. Vêtu de la simple bure grise des franciscains minorites, il était sec et droit comme un hêtre, portant tonsure et crucifix, sans aucune des marques de distinction qu'affectionnaient les prêtres et les évêques du clergé temporel. Illtud souriait peu, parlait peu, ne buvait pas et, au contraire de Bran, il avait été un homme de guerre et s'était rougi les mains de sang avant de se retirer du siècle.

Sans paraître remarquer l'étonnement des elfes sur sa présence en ce lieu, Illtud salua le roi et chacun des membres du Conseil avec une impassible humilité, puis prit place sans un mot. La tête baissée et les mains jointes, il sembla aussitôt s'abîmer dans ses pensées.

— C'est bien, dit Uter. Qu'on ferme la porte et que nul n'entre ici sans mon ordre. Le Conseil…

Il s'interrompit, découvrant seulement à cet instant que Merlin était parmi eux, tranquillement assis à côté de Léo de Grand, sans qu'à aucun moment il ne l'ait vu entrer. Quand leurs regards se croisèrent, l'homme-enfant sourit en haussant les sourcils d'un air interrogateur.

— … le Conseil commence, grommela Uter en s'asseyant.

En voyant la reine entrer, Freïhr voulut se lever, mais il réalisa à temps qu'il ne portait rien sous les draps de lin et la couverture de laine qui recouvraient son châlit. Et d'ailleurs ce fut Ygraine qui s'assit, se laissa tomber plutôt, dans la chaise disposée près de son bat-flanc, avec une telle expression de soulagement qu'elle ne semblait plus capable d'un pas de plus. Tandis qu'Antor refermait la porte, elle reprit son souffle, les yeux clos, saisie de vertige. Son corps glacé, étroitement bandé, était pourtant nimbé de sueur, et le simple effort de descendre l'escalier menant à la maladerie du château lui mettait le cœur au bord des lèvres. La naissance d'Arthur l'avait déchirée, et il lui semblait que la blessure s'était rouverte au cours de la journée, poissant ses cuisses de sang, avec des élancements qui lui transperçaient le ventre. Son visage, sous sa guimpe de tulle blanc qui en soulignait l'ovale, était plus pâle que jamais, malgré les fards. Quand elle ouvrit enfin les yeux, l'air affolé du barbare la fit cependant sourire.

— N'ayez crainte, messire Freïhr, je survivrai bien encore quelques heures…

Freïhr fronça les sourcils, et elle rit plus franchement, en lui saisissant la main.

— Comme je suis heureuse de vous voir en vie…

Malgré la sueur qui collait la guimpe à ses joues, malgré les cernes et la lassitude de son visage, elle était si jolie en cet instant que le barbare se sentit rougir et ne put que bredouiller un remerciement d'autant plus vague qu'il usait mal du langage commun, guère habitué à autre chose qu'à l'obscur dialecte des Marches. Il s'était redressé dans son lit, révélant les bandages qui enserraient son ventre, ainsi que les innombrables horions et cicatrices qui parsemaient son torse massif, entre les dessins étranges des tatouages bleus qui l'ornaient. Ygraine en fut troublée, mais elle se ressaisit aussitôt.

— Vous avez vu Uter, n'est-ce pas ?

Freïhr hocha la tête.

— Il avait l'air bouleversé par ce que vous lui avez dit. Freïhr, que vous est-il arrivé ?

— Les monstres…

Le barbare chercha ses mots.

— Les monstres ont passé les Marches… Freïhr les a vus. Freïhr s'est battu, mais ils ont pris Galaad, mon… mon fils.

Ainsi que toutes les mères l'auraient fait en pareil instant, Ygraine pensa à Arthur, et elle fut bouleversée par la simple détresse du géant. Les enfants, en ces temps-là, mouraient en grand nombre, chaque jour, au moindre coup de froid ou au moindre accident, mais cela ne voulait pas dire que leurs mères n'en éprouvaient pas de peine. Elle imagina Arthur, si petit, aux mains des abominables créatures des Terres noires, et cette pensée insupportable lui fit venir les larmes aux yeux.

— Je comprends, dit-elle.

Freïhr hocha la tête, puis ébaucha un sourire qui retomba vite. Les yeux de la reine brillaient, elle semblait bien sur le point de pleurer. Cette compassion inhabituelle pour un être aussi rude rompit au plus profond de lui une digue qu'il aurait crue plus solide. La gorge nouée, il tourna vivement la tête vers l'étroite fenêtre de la maladerie, mais le morne rectangle de ciel gris ne lui fut d'aucun secours. À l'autre bout de la pièce, deux nonnes s'activaient entre les lits à peu près vides, s'efforçant de les laisser seuls. Il prit une longue inspiration pour tâcher de chasser le poids qui lui serrait le cœur et tenta à nouveau de sourire.

— J'ai essayé de le sauver, murmura-t-il dans sa langue rocailleuse. Il m'appelait… Il tendait les mains vers moi… Je n'ai même pas réussi à l'approcher…

Cédant enfin, il se saisit le visage à deux mains ; sa longue tignasse s'abattit comme un rideau et masqua son visage, mais la reine vit bientôt ses larges épaules tressauter sous les spasmes. Pour la première fois de sa vie, peut-être, Freïhr pleurait, la face enfouie dans ses larges pognes, avec des sanglots sourds de bête blessée qui broyèrent le cœur d'Antor et de la reine.

Ygraine s'empara de l'une de ses mains, si massives et si sombres comparées aux siennes, et la pressa contre ses lèvres. Les bandelettes qui liaient étroitement son buste et son ventre l'empêchaient de respirer, sa guimpe lui enserrait la gorge. Elle s'en défit fébrilement, arrachant les agrafes d'or, déchirant les précieuses étoffes et dénouant sa cotte jusqu'à ce qu'enfin elle se soit libérée de toutes ces entraves. Puis elle essuya le visage de Freïhr, bouffi de larmes, à l'aide de son voile.

— Uter le retrouvera, dit-elle. S'il est vivant, Uter le retrouvera.

Le barbare hocha la tête sans mot dire, puis un long moment s'écoula avant qu'il reprenne pleinement ses esprits. Alors il jeta un regard en biais vers Antor, gêné de s'être ainsi laissé aller devant un chevalier du roi, mais l'homme lige de la reine s'était écarté, avec autant de discrétion que les nonnes.

— Les monstres, reprit Ygraine d'une voix douce, combien sont-ils ?

Freïhr secoua la tête d'un air désolé.

— Trop nombreux pour être comptés, dit-il. Plus que les nains sous la Montagne… Plus que les arbres de la forêt…

La jeune reine se renversa lentement dans son fauteuil, frémissant d'effroi.

— C'est donc ça…

Oui, c'était cela qui avait rongé Uter toute la journée… Une horreur sans nom se répandait sur la plaine des hommes, et il leur faudrait à nouveau prendre les armes, tandis que le royaume pansait tout juste les plaies de la dernière guerre. Elle revit son époux faire face, tout le jour durant, au défilé des vassaux, aux interminables discours du banquet et aux sermons d'Illtud, le visage fermé mais tenant néanmoins sa place, alors que le danger était peut-être à leur porte.

— Freïhr les a vus, dit-il. Freïhr a vu Celui-qui-ne-peut-être-nommé… (Il jeta un regard furtif vers elle et leva une main hésitante.) Son visage… Il était…

Ygraine attendit, mais le barbare semblait figé dans l'horreur de ses souvenirs. Sans doute eut-il été chrétien de rester près de lui, de prier pour le salut de son âme et le repos de son corps tourmenté, mais, plus que tout, elle voulait rejoindre Uter, être près de lui, lui parler, le soutenir, peut-être par sa seule présence. Elle se leva, sans que Freïhr paraisse remarquer qu'elle le quittait.

Bran, moins encore que tout autre nain, n'avait rien d'un diplomate. Son sourire s'était figé dès les premières paroles d'Uter, et l'indignation à présent le submergeait tout entier. Fourrageant nerveusement sous sa barbe, il défit les cordons de sa cape de fourrure qui l'étranglait et, voyant que tous les regards étaient tournés vers lui, il chercha ses mots, au prix d'un effort considérable pour proférer autre chose que les jurons qui lui montaient aux lèvres.

— Le Conseil…

De la sueur perlait à son front. Sudri se pencha vers lui pour lui chuchoter quelque chose à l'oreille, mais il le rabroua dans le dialecte guttural des nains sous la Montagne, que peu de ceux qui étaient réunis autour de la table connaissaient.

— … le Conseil était réuni pour une chose précise, reprit-il dans le langage commun qu'usait chacune des tribus de la Déesse, y compris les monstres des Terres noires. Tu dois nous rendre l'épée, c'est tout.

— Bran, tu connais Freïhr, il est incapable de mentir, dit Uter en s'efforçant lui aussi au calme. Et d'ailleurs, l'état dans lequel on l'a retrouvé est la pire des preuves… S'il dit que les monstres ont franchi les Marches, c'est que c'est vrai. Ce n'est donc pas le moment de nous diviser. Il faut nous unir, au contraire, recréer l'armée du Pendragon pour leur barrer la route et les anéantir à jamais. Et pour cela nous avons besoin d'Excalibur.

— C'est ça ! hurla le nain, et son poing frappa la table de bronze qui résonna longuement. Tu décides et nous n'avons plus qu'à obéir, pas vrai ? Freïhr est plus stupide qu'un bœuf ! Qu'est-ce qu'on en sait ? Il a vu trois loups et il perd la tête !

Uter allait répondre, mais, à cet instant, le héraut frappa à l'huis de sa canne ferrée et la reine Ygraine entra, laissant le chevalier Antor au-dehors. Elle s'arrêta sur le seuil, intimidée par cette assemblée, surprise par le ton de Bran et le visage ulcéré de son mari. Pourtant, son irruption impromptue ramena le calme, un instant au moins.

Toute reine qu'elle fût, il ne convenait pas qu'elle siège au Conseil (et en cela les coutumes des hommes étaient bien différentes de celles des elfes). Ygraine ne l'ignorait pas. On s'était chargé de le lui faire comprendre dès son arrivée au palais, lorsqu'elle avait été promise, à peine âgée de douze ans, au roi Pellehun. Baissant la tête, rougissante, elle prit place en retrait, derrière Uter, sans oser lui parler – juste un regard furtif pour lui transmettre un peu de l'amour qu'elle éprouvait en cet instant. Dès qu'elle fut assise, elle croisa par-dessus son épaule le regard de l'abbé Illtud, assis juste en face du roi, et elle le vit s'incliner imperceptiblement devant elle, avec un sourire qu'elle trouva vaguement désapprobateur. Agacée, elle détourna les yeux et resserra instinctivement autour d'elle le voile de sa guimpe pour masquer l'état de sa robe. Et qu'importait sa mise ! Que savait-il, lui, de la menace qui pesait sur le royaume de Logres ? Avaient-ils déjà évoqué la question, ou parlaient-ils toujours de cette épée maudite ?

Dès les premiers mots de Merlin, elle comprit que les deux sujets étaient désormais liés.

— Uter dit la vérité, Bran, murmura-t-il après s'être éclairci la voix pour attirer l'attention. La reine… (Il jeta un coup d'œil vers Ygraine, et crut bon de préciser.) … la reine Lliane les a vus, elle aussi… Ne me demande pas comment, mais elle les a vus, dans le souffle du vent. Je crois qu'elle s'est servie de la tempête pour protéger Freïhr. Il m'a dit que les arbres eux-mêmes…

— La vérité, coupa Bran, c'est que vous êtes prêts à inventer n'importe quoi plutôt que de nous rendre le talisman !

Le nain se tourna à nouveau vers Uter, d'un air si sauvage qu'il en ressemblait presque à son frère Rogor, et les elfes frémirent malgré eux devant cette image effroyable.

— Tu es devenu comme Gorlois, et comme Pellehun ! dit-il en le menaçant de son index. Affamé de pouvoir, fût-ce au prix de notre vie à tous ! C'est de leur faute !

Il pointa brusquement un doigt accusateur vers l'abbé Illtud.

— Ce sont tes maudits moines qui t'ont tourné la tête, comme le vieux Pellehun, comme Gorlois !

Merlin réprima un sourire et jeta un coup d'œil en biais vers Illtud qui, lui, ne riait pas du tout. Pourtant, l'abbé ne répondit pas, et son silence passif exaspéra Ygraine.

— Le roi Pellehun ne croyait pas en Dieu ! lança-t-elle. Et Gorlois encore moins !

Tous se retournèrent pour la dévisager, mais elle fit face, soutenant le regard furieux de Bran, l'ironie de Merlin et la stupeur de son époux.

— Notre Dieu est un Dieu d'amour, dit-elle. Nous ne voulons que la paix, messire Bran…

— Oui, grogna le nain. La paix pour les hommes. L'amour pour les hommes… Une seule terre, un seul roi, un seul dieu, c'est cela ?

— Sire…

La voix posée de Gwydion, le grand druide des elfes de la forêt, dispensa la reine de lui répondre.

— Le seigneur Bran a peut-être raison sur un point, dit-il.

— Ha !

— Le barbare était blessé, affaibli… Est-on sûr de ce qu'il a vu ?

Uter soupira et se passa une main sur le visage. Les cris du nain puis le ton méprisant avec lequel il s'était adressé à la reine lui avaient mis les nerfs à vif, et il s'était senti bien près de lui sauter à la gorge pour lui faire avaler sa maudite barbe.

— Nous le saurons bientôt, dit-il, avec un sourire reconnaissant pour le vieil elfe. C'est la duchesse Helled de Sorgalles qui a recueilli Freïhr et qui l'a fait escorter jusqu'ici. Je sais qu'elle a envoyé une reconnaissance vers les Marches, il y a plusieurs jours déjà, et elle aurait dû être parmi nous aujourd'hui pour nous dire ce qu'il en est… J'ai moi-même envoyé des cavaliers à sa rencontre, mais je suis sans nouvelles.

— Il y a plus de deux semaines de route jusqu'aux Marches, grommela Léo de Grand, à côté de lui, comme s'il devait se justifier. Même en crevant plusieurs chevaux, il ne faut pas attendre leur retour avant trois, peut-être quatre jours.

— Pas si on utilise des chevaux libres, dit Dorian.

Le jeune prince souriait, tout content de se trouver enfin sur un terrain qu'il connaissait.

— Je peux y aller, proposa-t-il. Avec Lame et sa horde, nous irions plus vite que n'importe lequel de vos messagers.

Lame… Uter revit l'étalon blanc du roi Llandon, une monture d'une taille impressionnante, dont la crinière immaculée touchait presque le sol. Et il revit Lliane le chevauchant, sans harnais ni selle, enserrant l'étalon de ses longues jambes bottées de daim. Puis il sentit la présence d'Ygraine derrière lui et chassa cette pensée coupable.

— C'est une idée, dit-il.

— Eh ben, voyons ! cria Bran. Des elfes, maintenant ! On veut que nous fassions confiance à des elfes ! Par le sang, on se moque de nous, ici !

— Par le sang, tais-toi donc ! hurla Uter. Si tu veux tout savoir, Freïhr a vu autre chose que des monstres !

Il se tut, mais les regards insistants de l'assemblée lui interdisaient de cacher plus longtemps ce que le barbare avait aperçu dans le chemin creux. Il chercha des yeux le soutien de Merlin, mais l'homme-enfant baissait la tête, d'un air brusquement si triste qu'il en fut dégrisé, mesurant trop tard la portée de ses paroles. Ygraine, pâle et menue dans sa robe froissée, le regarda éperdument, et pendant un bref instant Uter se retourna vers elle et puisa dans les yeux de son épouse un peu de force pour continuer.

— Bran, je te supplie de me croire… J'aimerais vraiment que Freïhr se soit trompé, qu'il ait mal vu. Et je te jure que si c'est le cas je rendrai Excalibur au peuple des nains…

Le prince sous la Montagne ne répondit pas, gagné comme chacun par l'angoisse de ce qu'Uter allait révéler.

— Ton frère… Ton frère Rogor et des guerriers nains de la Montagne noire étaient aux côtés de Celui-qui-ne-peut-être-nommé.

Il se fit un silence absolu dans la pièce. Bran, les yeux écarquillés, dévisageait Uter avec horreur, tandis que ses compagnons, issus tous deux du clan de la

Montagne rouge, baissaient les yeux et retenaient leur souffle. Les lèvres de Bran balbutiaient des mots sans suite et sa barbe tremblait d'indignation ; soudain ce fut l'explosion :

— Mensonges ! hurla-t-il. Comment peux-tu dire une chose pareille !

— C'est la vérité, murmura Merlin, et tous se tournèrent vers lui. J'étais là quand le seigneur Freïhr s'est éveillé, et c'est la première chose qu'il m'ait dite…

— Mensonges !

Avant même qu'Uter ait reporté son regard vers le nain, Bran avait jailli de sa chaise et se ruait vers lui. Il leva la main pour parer le coup, mais le prince le percuta comme un bélier et l'envoya rouler à terre. Uter se débattit, empêtré dans sa robe coincée sous la chaise renversée. L'éclair d'une lame, soudain, dans le poing du nain, et son visage grimaçant, affreux, prêt à frapper. Uter cogna au hasard, se trancha profondément la main sur le fil de la dague, mais réussit à saisir Bran à la gorge. Ygraine hurla, et Uter perçut fugacement sa robe de samit, toute proche, et sa blancheur éclaboussée de son propre sang. L'instant suivant, un bras gainé de fer s'abattit entre eux comme un éclair de foudre. Une grêle de coups s'abattit encore sur lui, tant le nain se débattait entre les mains des preux qui l'avaient saisi. Uter parvint à se dégager, pourtant, et bondit sur ses pieds, ivre de rage. La pièce était pleine de hurlements. Onar, le jeune guerrier nain, avait réussi à renverser l'un des preux, et le rouait de coups. Sudri avait été maîtrisé avant de pouvoir lancer une incantation, mais il se débattait comme un diable. Ygraine avait été tirée à l'écart par un chevalier qui lui faisait rempart de son corps, elle tendait les bras vers son époux, sans qu'il perçoive ce qu'elle criait. Les elfes le regardaient avec horreur, barbouillé qu'il était de son propre sang. Ulfin enserrait Bran, et les autres preux s'étaient déployés autour de lui comme un rideau d'acier, contenant avec peine la fureur des nains. Comme si Uter s'était relevé trop vite, des étoiles devant ses yeux l'éblouirent et il chancela, retenu de justesse par Léo de Grand. Sa main profondément entaillée pissait le sang, l'air lui manquait et il ne parvenait pas à retrouver pleinement ses esprits.

Le visage de Merlin apparut tout à coup devant lui, affolé et criant des mots qu'il ne saisit pas mais qui lui vrillaient les oreilles. D'un revers de son poing valide, il le frappa de toutes ses forces, si violemment que l'homme-enfant fut projeté à plusieurs coudées de là, comme une poupée de chiffon, jusqu'aux pieds de la reine.

— Au nom de Dieu, arrêtez, tous !

Une fois de plus, la voix puissante de l'abbé s'imposa au-dessus du chaos, les laissant tous interdits, presque honteux. Bran lui-même cessa de se débattre, et quand Ulfin desserra légèrement son emprise il s'arracha rageusement de lui.

— Hors d'ici, gronda Uter. Hors d'ici à jamais, toi et les tiens ! Vous n'avez plus votre place au Conseil !

Bran accusa le coup, frémissant encore de colère. Les preux formaient entre Uter et eux une haie infranchissable, si haute et si massive que le nain ne pouvait même plus apercevoir le roi. Un bref instant, il croisa le regard de Merlin, toujours à terre, les yeux hagards et la joue tuméfiée.

— C'est aussi mon avis, murmura-t-il. Et d'ailleurs il n'y a plus de Conseil… Je ne vois ici que des hommes et des lâches.

Il cracha à terre, puis le groupe des nains tourna les talons et, comme un bloc, s'en fut de la salle du Conseil.

Dès qu'ils eurent quitté la salle, Uter chancela, mais il se retint à la table avant que le connétable ou la reine ne l'aient atteint.

— Je garde l'épée Excalibur, dit-il d'une voix hachée. Et, si quiconque tente de m'en empêcher, la fureur du Pendragon s'abattra sur lui.

Les elfes, plus pâles que jamais, émirent un bourdonnement de protestations sourdes, mais ils se turent dès que le roi leva vers eux un regard noir.

— Sire, cela ne se peut, dit enfin Gwydion de sa voix chevrotante.

— Vraiment ?

Uter ouvrit vers lui sa main ensanglantée, et tous virent la flaque sombre qu'elle avait laissée sur la table de bronze.

— Nul n'a le droit d'entrer en armes au Conseil, hormis les preux. C'est la loi, tu le sais, et il le savait ! Pourtant, vois ce qu'il a fait ! Dis-moi, après cela, qu'on peut faire confiance aux nains !

Le vieux druide sembla se recroqueviller sous les cris du roi, détournant les yeux de cette main tranchée qu'il brandissait vers lui.

— Il ne pourra y avoir de paix sur cette terre tant que le talisman des nains ne leur aura été rendu, murmura-t-il tout de même. Nul ne peut aller contre la volonté des dieux.

— Quels dieux ? s'enquit Illtud. Le seul Dieu qui parle ici est Notre Seigneur, et sa volonté est celle du roi !

Gwydion dévisagea longuement l'abbé, puis hocha la tête et, sans mot dire, le vieux druide quitta la pièce, suivi du prince Dorian.

— C'est bien ! cria Uter, après qu'ils eurent franchi la porte. Partez, vous aussi ! Dites à votre reine que nous affronterons seuls les monstres, pour la plus grande gloire de Dieu ! Cette terre est humaine, vous m'entendez ? À jamais, cette terre est humaine !

Ses mots résonnèrent longuement dans le couloir où mouraient les pas décroissants des elfes. Uter se retourna, cherchant des yeux Merlin, mais l'homme-enfant avait disparu, furtivement comme à son habitude. Uter en ressentit du remords.

Ainsi que Bran l'avait dit, il n'y avait plus à présent que des hommes dans la salle du Conseil ; des hommes et une reine, immobiles et muets autour de la table de bronze, agités de pensées diverses, perdus ou exaltés, effrayés en tout cas par ce qui venait de se passer. C'est alors qu'Illtud, qui seul était resté assis au milieu de toute cette fièvre, se leva, alla posément refermer la porte au nez du héraut et revint à sa place.

— À genoux, mes frères, car c'est la parole de Dieu qui vient de s'exprimer par la bouche du roi.

Il s'agenouilla le premier, inclina son crâne tonsuré devant Uter et joignit les mains, aussitôt imité par la reine. Alors les preux, les uns après les autres, mirent eux aussi genoux à terre, dans le bringuebalement métallique de leurs armures, et croisèrent leurs mains gantées de mailles sur le pommeau de leur épée.

Uter resta un long moment interdit, balayant du regard cette assemblée ployée devant lui. De ces géants de fer agenouillés émanait un appel muet, une espérance, comme si tous voulaient se convaincre que ce qui venait de se passer n'était pas le fruit de la colère ou de l'orgueil, mais bien l'expression d'une volonté divine, ainsi que l'avait dit l'abbé.

Ce n'étaient pas des sots, pourtant, tout juste des hommes, avec une telle volonté de foi qu'ils étaient prêts à croire à tout, en lui, en Illtud, en Dieu et, pourquoi pas, en eux-mêmes. Uter se sentit ébranlé par cette ferveur, bien davantage que par la rage de Bran ou la résignation désolée des elfes. Ainsi, les hommes n'aspiraient-ils à rien d'autre qu'à être des hommes... Combattre seuls. Vaincre seuls. Ne baisser la tête que devant un seul Dieu et ne rien partager, plus jamais... Les rêves du Pendragon, soudain, lui semblaient si différents de ce qu'il pensait au plus profond de lui, de ce qu'ils pensaient tous.

Uter ferma les yeux, savourant ce moment de communion qui apaisait sa colère et lavait son angoisse comme la vague drosse le rivage. Il chercha instinctivement son fourreau au côté et, se voyant désarmé, il s'empara d'Excalibur sur la table et dégagea la lame d'or dans un long crissement de métal qui leur donna à tous la chair de poule. Puis, comme eux, il s'agenouilla et posa les mains sur la croix de l'Épée sacrée.

— Mes frères, n'oubliez pas cet instant, murmura Illtud. Douze preux, semblables aux apôtres de Notre Seigneur, témoins à jamais de la volonté de Dieu. Prêtons serment devant Dieu, le roi et la reine de toujours en être dignes... Que cette confrérie rassemblée autour de cette table devienne l'instrument de Dieu, par l'ouïe et par la vue [1] ! Ôtez vos heaumes, messires, afin que nul n'oublie vos visages.

Tour à tour, chacun d'eux obéit. Le premier fut Adragai le Brun, aussitôt suivi de son frère Madoc le Noir, ainsi nommés à cause de leurs longs cheveux, puis Ulfin, puis Nut, Urien, qui plus tard devint roi, Kanet de Caerc, Do et tous les autres... Et, face à tous ces preux désheaumés, face au roi agenouillé comme eux et à la reine qui, dans la pâleur de sa robe de samit, semblait les éclairer de sa propre lumière, Illtud prononça le sermon de la chevalerie.

— *Sachez qu'au commencement, comme l'Écriture en témoigne, nul n'était assez hardi pour monter à cheval, s'il n'était auparavant chevalier. Les armes que nul ne porte qui ne soit chevalier ne leur ont pas été données sans motif.*

L'écu qu'il met devant lui pour se couvrir signifie que, comme l'écu se met entre le chevalier et les coups,

1. Formule classique du droit féodal.

le chevalier lui-même doit se mettre devant la Sainte Église, face à tous les malfaiteurs, qu'ils soient larrons ou mécréants.

Le haubert, qui recouvre le chevalier et le protège de toutes parts, indique que, de la même manière, la Sainte Église doit être enclose et entourée par la vigilance du chevalier.

Le heaume, que le chevalier a sur la tête et qui, plus que toutes les autres armes, est apparent, nous enseigne que, de la même manière, le chevalier doit apparaître avant toutes autres gens, pour combattre ceux qui voudront nuire à la Sainte Église et lui faire du tort.

La lance, qui est si longue qu'elle frappe avant qu'on puisse atteindre le chevalier, nous enseigne ceci : de même que la peur de la lance, dont le bois est roide et le fer tranchant, fait fuir le larron désarmé, de même le chevalier doit être assez fier pour répandre au loin la peur, afin que nul larron ou malfaisant n'ait l'audace d'approcher la Sainte Église.

L'épée, que le chevalier porte à sa ceinture, est tranchante de deux côtés, mais ce n'est pas sans raison. L'épée est de toutes les armes la plus honorée et la plus haute, parce qu'on peut s'en servir de trois manières. On peut pousser d'estoc et tuer avec la pointe. On peut frapper de taille, avec les deux tranchants droit et gauche. Les deux tranchants signifient que le chevalier doit être le serviteur de Notre Seigneur et de son peuple. L'un des tranchants doit frapper ceux qui sont les ennemis de Notre Seigneur ; et l'autre doit faire justice de ceux qui sont les destructeurs de la société humaine. Mais la pointe est d'une autre nature. La pointe signifie obéissance, car toutes gens doivent obéir au chevalier. Et c'est à très bon droit que la pointe symbolise l'obéissance, parce qu'elle point ; et rien ne point si durement que d'obéir à la force de son cœur. Telle est la signification de l'épée.

Le cheval, enfin, sur lequel le chevalier est assis et qui le porte en tous besoins, signifie le peuple, car le peuple doit porter le chevalier en tous besoins, et c'est sur le peuple que le chevalier doit être assis. Car celui qui est assis sur le cheval l'éperonne et le mène où il veut ; et de la même manière le chevalier doit mener le peuple à sa volonté, par une juste sujétion, parce que le peuple est et doit être au-dessous de lui. Ainsi pouvez-vous savoir que le chevalier doit être le seigneur du peuple et le sergent de Dieu [1].

Et c'est ainsi, devant la table enchâssée de la Pierre de Fal et l'épée Excalibur brandie par le roi, que douze chevaliers prêtèrent pour la première fois le serment de la Table ronde.

1. *Lancelot du Lac, op. cit.*

V

La pluie et le feu

La pluie avait détrempé l'herbe des prairies et la terre de la chaussée levée servant de chemin. Depuis qu'ils avaient quitté Loth, l'armée pataugeait dans une boue gluante où les chevaux s'enfonçaient jusqu'aux fanons, si bien que tous les chevaliers avaient dû mettre pied à terre, fixer leurs cuirasses et leurs heaumes au bât des sommiers[1], ne conservant que leurs mailles et leurs cottes d'armes sous leur mantel de pluie. Depuis, ils marchaient, maussades et trempés jusqu'aux os, au milieu de leurs hommes. Tôt le matin, ils avaient pénétré sur les terres de Sorgalles, sans y voir âme qui vive. C'était un pays sauvage et mal défriché, fait de collines boisées et de vallons encaissés, un pays sans horizon, bordé au sud par la lisière de la grande forêt et bien différent de la plaine immense qui s'étendait aux abords de Loth. Un pays d'embuscades, où l'on ne pouvait se déployer en bataille, ni éclairer convenablement sa route, ce qui rendait le duc de Carmelide nerveux.

Léo de Grand, pourtant, était né dans la guerre, et à le voir ainsi chevaucher noblement dans sa cotte d'armes

1. Cheval de somme. Le destrier est le cheval de combat, le roussin, ou roncin, la monture pour tous usages.

frappée de l'écu *d'argent au lion rampant lampassé de sable* [1] de la maison de Carmelide, massif comme une tour, les cheveux au vent et la barbe drue, le poil brun et le visage buriné, nul n'aurait pu imaginer ce qu'il éprouvait.

Jeune écuyer encore, il avait connu la guerre des Dix Années alors qu'Uter n'était pas même né. La guerre puis la victoire, lorsque les peuples libres des hommes, des nains et des elfes avaient repoussé au-delà des Marches Celui-qui-ne-peut-être-nommé et ses légions d'épouvante. Mais la perspective de marcher à nouveau contre eux ranimait au plus profond de lui des visions de cauchemar. Le venin de la peur avait corrompu son sang, comme celui de tous ceux qui avaient combattu les monstres. Il y avait certaines choses que les hommes ne pouvaient supporter. Des choses indicibles, visions d'épouvante, odeurs écœurantes et hurlements atroces qui faisaient perdre la raison ou vous durcissaient à jamais le cœur. Avec le temps, on parvenait à dormir des nuits entières sans faire de rêves, mais on ne pouvait oublier. Léo de Grand avait mis plus de vingt ans à enfouir cette horreur qui remontait à présent en lui comme une fièvre.

À la mort de son père, Léo de Grand avait hérité du titre, du duché de Carmelide, du château de Carohaise et de la responsabilité de toute la mesnie. Nul doute que, si d'aventure quelqu'un s'était risqué à le lui demander, il aurait juré s'être occupé seul de l'éducation de sa jeune sœur Ygraine, car c'était ce qu'il croyait. En réalité, Ygraine avait été élevée par un moine gris, frère Blaise, et par les servantes du château, tandis qu'il arpentait les grandes plaines en d'interminables et inutiles chevauchées, brandissant au vent son pennon frappé du lion

1. Lion noir debout sortant la langue, sur fond blanc.

noir des Carmelide. Sa femme elle-même ne le voyait que rarement.

Léo de Grand s'était battu contre les nains, contre des elfes gris des marais et contre les troupes de Gorlois sans jamais éprouver cette appréhension sournoise qui lui serrait le cœur aujourd'hui. Mais il aurait été impensable de confier à quiconque cette terreur sourde qui le glaçait, ni de décliner le commandement de l'armée. Uter avait perdu trop de sang pour prendre lui-même la tête de ses troupes, et cet honneur lui revenait de droit, en tant que connétable du royaume.

Léo de Grand s'ébroua, claqua les rênes de son destrier et le mit au petit trot. Uter n'avait même pas eu la force de les voir partir. Peut-être sa blessure s'était-elle infectée. Peut-être même la lame du nain était-elle empoisonnée, allez savoir avec ces sinistres bouffeurs de cailloux... Quoi qu'il en soit, les fièvres l'avaient saisi, et certains y avaient vu l'effet d'une malédiction. À peine capable de se tenir debout, le roi avait tout juste eu la force de convoquer le ban [1] et de mettre le duc à la tête de l'ost royal avant de sombrer dans l'inconscience. Ses ordres n'étaient pas aussi clairs que Léo de Grand l'aurait souhaité, mais le roi n'était plus en état de préciser ses craintes. Il fallait se porter dans les terres de Sorgalles, aller au-devant de la duchesse Helled, puis pousser jusqu'aux Marches noires... C'était une mission de reconnaissance, mais à la tête d'une véritable armée rassemblant l'essentiel des forces du royaume. Uter devait sans doute prêter quelque foi au récit de ce Freïhr...

Dans ce paysage impossible, la troupe s'était au fil des heures dangereusement étirée sur l'étroite et glissante levée de terre qui formait la chaussée. Carmelide

1. Assemblée des vassaux et de leurs troupes, rangée sous une bannière.

avait bien tenté d'envoyer des groupes d'archers et de piétons sur les hauteurs, en flanc-garde, mais les hommes s'étaient rapidement épuisés à se frayer un chemin dans ces collines aussi escarpées que des montagnes, ruisselantes de pluie et le plus souvent couvertes de sapins, si bien qu'il y avait renoncé.

Qu'importe, ils ne devaient plus être loin. Probablement auraient-ils atteint avant midi la première angarde [1] du duché de Sorgalles, et enfin auraient-ils des nouvelles de la duchesse Helled, ainsi que des troupes qu'elle avait envoyées vers les Marches.

Léo de Grand frissonna. Sa cape de pluie, ses bottes et jusqu'à ses braies étaient trempées, de l'eau lui coulait dans le dos à chaque pas, ses cheveux et sa barbe étaient gorgés d'eau. L'humidité traversait tout, y compris les mailles de son haubert et leur doublure de cuir épais. Et en plus il avait faim, n'ayant soupé depuis trois jours que de jambon cru et de pain noir, sans parvenir à se mettre quoi que ce soit de chaud dans le ventre. Comme chacun de ses hommes, il se sentait harassé de fatigue, malade, fiévreux et d'une humeur massacrante. Ils avaient marché trois jours, rien de bien terrible, mais le moral de la troupe s'était rapidement dégradé, et la pluie n'y était pas pour grand-chose. Se pouvait-il qu'ils aient tous peur ?

Soudain, une vague de cris et d'exclamations joyeuses parvint jusqu'à lui. Un cavalier portant un sayon de cuir peint aux armes d'Erbin, *d'azur bretessé au dragon de gueules* [2], galopait dans sa direction, en faisant de grands signes. Carmelide sourit en le reconnaissant. C'était le jeune Geoffroy, l'un de ceux qui

1. Fort avancé construit sur une colline, protégeant à distance une ville ou une forteresse.

2. Bleu, crénelé sur les bords, décoré d'un dragon rouge.

avaient pris son parti lors du tournoi de Loth, il y avait des siècles de cela.

— Alors ! cria le duc. Qu'est-ce qu'il y a ?

— L'angarde, messire ! L'angarde est en vue !

— Foutre Dieu, c'est la meilleure nouvelle de la journée !

Le connétable piqua des deux et, escorté du chevalier, remonta au petit galop la longue colonne des piétons. À un détour de la chaussée, ils virent le fortin à moins d'une demi-lieue [1], dominant la route du haut d'une motte défrichée. Ce n'était qu'un poste avancé, fait de rondins et de torchis, avec pour tout abri de pierre une grosse tour carrée faisant office de donjon, mais au moins y dormiraient-ils au sec, et au moins mangeraient-ils chaud. En l'espace de quelques minutes, la nouvelle se répandit jusqu'à l'arrière-garde, donnant une nouvelle vigueur aux hommes fourbus. Le pas s'accéléra, et un bourdonnement de conversations enfla d'un bout à l'autre de la longue colonne, sans que les sergents d'armes songent à le faire taire.

Léo de Grand, toujours accompagné du jeune Geoffroy d'Erbin, avait galopé jusqu'aux éclaireurs. Ils les auraient dépassés sans les voir si l'un d'eux, un escogriffe hirsute, les cheveux à ce point raidis par la crasse qu'il ressemblait à un hérisson, n'avait surgi, presque sous leurs sabots, pour les arrêter. Les autres s'étaient accroupis dans le fossé, en bas de la chaussée, les yeux fixés sur le fortin.

— Eh bien ! lança le duc.

Le hérisson mit son doigt sur sa bouche et désigna l'angarde.

— Pas de fumée, dit-il. Pas d'étendard. Pas de mouvements…

1. Deux kilomètres.

Aussitôt, l'enthousiasme de Léo de Grand retomba comme un soufflé et son cœur s'accéléra. Les hommes, derrière, s'approchaient d'eux en une masse désordonnée et insouciante. D'un geste, il leur envoya le chevalier d'Erbin, puis il descendit de cheval et vint s'accroupir parmi les éclaireurs. C'étaient tous des hommes des bois, des forestiers aussi silencieux que des elfes et puant comme des ours, vêtus de hardes qu'un mendiant même aurait refusées, ne portant que des boucliers de bois pour toute protection, mais bardés d'armes diverses, arcs, coutelas, haches... Sans doute auraient-ils fait défaillir d'effroi toutes les pucelles du palais. Ici, pourtant, ils étaient à leur place, et ils connaissaient leur affaire.

Sans quitter le fortin des yeux, Léo de Grand entendit d'une oreille distraite le jeune Geoffroy d'Erbin arrêter la colonne en quelques ordres énergiques et y ramener progressivement le silence. Il n'y avait effectivement nul signe de vie dans l'angarde. C'était avant tout un poste de guet, et le mouvement d'une telle armée sur la chaussée ne pouvait pas leur échapper. Alors pourquoi ne se manifestaient-ils pas ? Les fortifications semblaient intactes, elles ne paraissaient pas avoir subi d'assaut. Peut-être l'angarde avait-elle été abandonnée... Le bringuebalement sonore d'une troupe d'hommes d'armes se portant jusqu'à lui l'arracha à ses réflexions.

— Que se passe-t-il, messire duc ?

Léo de Grand de Carmelide jeta un coup d'œil de côté, reconnaissant entre mille la voix éraillée du vieux Meylir de Tribuit. Lui aussi était là lors du tournoi, mais, à la différence de Geoffroy, qui du haut de ses quinze ans faisait figure de jeune coq, Meylir était un homme d'expérience, et il se sentit rassuré de l'avoir avec lui.

— Prends dix chevaliers, dit-il en lui désignant l'angarde d'un mouvement de menton. Et des archers pour vous couvrir, on ne sait jamais…

Le baron plissa les yeux pour tenter de percer les secrets du fortin, puis il se releva brusquement et repartit au trot. Quelques instants plus tard, la chaussée gronda sous les sabots de la troupe qu'il avait levée.

On n'y voyait pas loin, dans ce maudit paysage de collines et de ravins, mais Carmelide perçut le mouvement du reste de la troupe, quittant la route pour se mettre à couvert dans le bas-côté. Déjà, les archers se déployaient en ligne et les chevaliers s'adoubaient prestement, heaume et corset de fer, puis enfourchaient leur destrier. Ce ne serait certes pas le meilleur champ de bataille, mais au moins seraient-ils prêts, si jamais… L'un des forestiers le tira par la manche de mailles de son haubert, et il quitta lui aussi le glacis entourant la chaussée pour gagner l'abri des fourrés.

La pluie s'était arrêtée. Un mince rayon de soleil donnait même de l'éclat aux feuilles et aux ronces détrempées. Juste devant lui, presque sous son nez, il aperçut des mûres gonflées à souhait et commença à en récolter. Comme les mailles couvrant ses jambes le blessaient à la pliure des genoux, il s'assit plus confortablement, une poignée de baies noires à la main, et c'est ainsi qu'il regarda le parti de Meylir gravir au petit trot le sentier menant jusqu'au fortin. Ils disparurent, durant de longues minutes. Chacun dans la troupe faisait silence, mais on n'entendait rien, ni cris ni tumulte. Et puis ils réapparurent et brandirent à trois reprises un gonfanon rouge vif, selon le signal convenu.

L'armée tout entière se remit en mouvement. Les nuages s'étaient peu à peu dissipés, et un beau soleil faisait luire les flaques sur la chaussée. Pourtant, le cœur des hommes se serrait un peu plus à chaque pas. En se rapprochant de l'angarde, des traces de combat apparaissaient, de plus en plus nettes, de plus en plus nombreuses. Des flèches piquées en terre, des poutres noircies, la grand-porte enfoncée, ses madriers brisés comme des brindilles, du sang, sur les rondins de la palissade extérieure. Mais pas un corps, pas un survivant, pas même un corbeau dans le ciel pour se nourrir de restes humains…

Carmelide partit au galop et fit bientôt irruption dans l'angarde. Pas une bête, dans la cour, ni chien, ni volaille, ni bétail, rien. Le silence, plus effrayant encore. Les hommes de Meylir, les armes à la main, inspectaient le moindre recoin, en vain. Il n'y avait plus personne ici. Plus une arme, plus une botte de foin, plus la moindre nourriture. Le fortin n'était désormais qu'une coquille creuse, entièrement vidée de son sang et de son âme…

— Il n'y a rien, messire duc, fit Meylir de Tribuit en le rejoignant. Je n'ai jamais vu ça…

Léo de Grand hocha la tête. Ses yeux se tournèrent vers le nord, et le vieux chevalier devina ses pensées.

— Sorgalles doit être à quatre ou cinq lieues tout au plus, dit-il. Deux à trois heures de cheval… Le double pour l'armée. On peut y être avant la nuit.

À nouveau, le duc hocha la tête. Il fallait savoir.

— Vas-y. Prends les éclaireurs, et toute la cavalerie. Je reste avec la troupe, nous vous rejoindrons avant vêpres.

Meylir ouvrit des yeux ronds et grommela quelque protestation dans sa barbe, mais Léo de Grand l'interrompit d'un geste avant qu'il ne formule ses objections. Comme tous les chevaliers, il ne pouvait concevoir qu'une armée se prive de cavalerie, et sans doute devait-il estimer que le duc prenait là un risque inconsidéré. Mais le duché de Sorgalles était trop escarpé pour les chevaux, et leur seul atout, aux yeux du connétable, n'était plus que leur vitesse.

— Va, fit-il à nouveau. Et prends garde à toi.

Uter n'avait pas repris conscience depuis trois jours. La blessure était saine, cependant, sérieuse mais en aucun cas mortelle, et justifiait mal l'état du roi. Les mires qui se pressaient à son chevet ne pouvaient qu'avouer leur impuissance. D'ailleurs il ne semblait pas souffrir, le souffle tranquille, immobile dans son lit, veillé par la reine et frère Blaise, son confesseur, afin que leurs prières éloignent le Malin.

La nuit était avancée, on en était à la deuxième chandelle après matines [1] lorsque le roi commença à s'agiter. Ygraine s'était endormie, Blaise lui-même avait piqué du nez, vaincus l'un et l'autre par de longues heures de veille. Uter se mit à gémir, à se retourner brusquement, battant l'air de ses bras comme pour chasser un ennemi invisible, et, lorsqu'il cria, la reine et le moine s'éveillèrent en sursaut. Il avait presque entièrement arraché ses draps. Son corps entier était couvert de sueur et tremblait. Ses paupières battaient et ses lèvres entrouvertes semblaient s'évertuer à former des mots. La reine, déjà, s'était jetée sur lui, tentant de maîtriser ses sursauts désordonnés.

— Frère Blaise, aidez-moi ! cria-t-elle.

— Il faut de l'eau, balbutia le vieux moine, encore à demi endormi. Il faut abaisser sa fièvre…

Tout à coup, un spasme violent arc-bouta Uter, si brusque et si puissant qu'Ygraine fut projetée à terre. Au même instant il hurla, et le palais entier résonna de ses cris insanes.

— *Feothan beorn gebedda !*

1. Matines est la première heure canoniale (minuit). La nuit se divisait en trois chandelles.

— Que dit-il ?

— Je... je ne sais pas.

Mais Blaise était devenu pâle, et Ygraine sut qu'il avait menti.

— Je veux savoir ce qu'il a dit.

— C'est le langage sacré des elfes... Je crois qu'il est en train de rêver. Non... C'est plus que ça. Je crois qu'il est à nouveau en elle... Je crois qu'il est redevenu le Pendragon.

Ombres parmi les ombres, courant dans les ténèbres du sous-bois à travers les ronces et les branchages comme une harde de cerfs, les elfes convergeaient vers la lisière de Brocéliande. La plupart portaient des arcs, et ces longues dagues effilées qu'affectionne le peuple des arbres. D'autres s'étaient armés d'épieux, et certains allaient les mains nues, pressés par la même sensation d'urgence, le même appel muet, inconscient, qui les avait éveillés en pleine nuit, nimbés de sueur et le cœur battant.

La forêt était en feu. Les arbres se tordaient dans les flammes, gémissant de toutes leurs branches et jetant de déchirants appels à l'aide dans le craquement de leur écorce.

Lliane, parmi eux, courait à perdre haleine et percevait déjà l'atroce rougeoiement qui défigurait la nuit. Comme eux, elle avait entendu la plainte des arbres, comme eux elle s'était élancée au secours de la forêt, quittant sans même s'en apercevoir son île, ses compagnes et sa fille. Comme eux, elle se sentait prête à tuer, prête à mourir pour défendre le pays d'Éliande. Mais l'horreur de cette profanation avait éveillé en elle autre chose que de la haine, ou de l'effroi. Une force nouvelle, incommensurable, coulait dans ses veines et la faisait frémir de puissance. Tous les elfes voient la nuit, mais Lliane ne faisait pas que percer les ténèbres : elle voyait au-delà, à l'intérieur même des écorces en feu et jusqu'aux nervures des feuilles tordues sur les braises. Elle devinait le bouillonnement de la sève et l'embrasement des ronces. La main griffue et la torche enflammée, les rictus hideux des incendiaires, leurs armes noires brillant à la lueur des flammes. Elle voyait le poison gluant dont ils enduisaient leurs lames, leurs étendards effilochés, les loups et les sombres armures d'une troupe déployée à la lisière, riant devant l'incendie. Tous les elfes courent vite, mais elle allait comme le vent, fendant les buissons de ronces sans sentir leur morsure sur sa peau, sans effort, sans même s'essouffler.

À quelques toises de la lisière, elle enjamba d'un bond le corps disloqué d'un gobelin, les jambes saisies dans un fouillis de ronces et la nuque brisée contre la racine d'un chêne. Les arbres, parfois, savaient se défendre seuls...

Elle fut la première à déboucher à la lisière de Brocéliande, traversant les flammes et foulant les braises, et jaillit hors du feu comme une déesse surgie des enfers, brandissant sa longue dague. D'un revers, sans même s'arrêter, elle décapita un gobelin qui l'éclaboussa de son sang noir. Ses vêtements avaient pris feu, mais elle ne sentait rien. Les silhouettes sombres des monstres, illuminés par leurs torches et le rougeoiement de l'incendie, tourbillonnaient en hurlant de rage autour d'elle, et sa dague fendait d'un éclair d'argent leurs rangs immondes, sans qu'aucun d'eux ne parvienne à l'atteindre.

Il y eut un sifflement strident, pareil à une subite rafale de vent ou au passage d'un essaim d'abeilles, et des dizaines de gobelins s'effondrèrent, percés de flèches. Les elfes, derrière elle, jaillissaient à leur tour du feu en criant de leurs voix aiguës. Nombre d'entre eux perdirent la vie dès les premières secondes de l'affrontement, fauchés par les cimeterres gobelins ou broyés par les crocs de leurs loups. Certains périrent brûlés, faute d'avoir traversé le feu assez vite. Mais la vague était trop puissante pour être brisée, et les monstres n'étaient pas assez nombreux. Quelques minutes suffirent à les disperser.

Lliane resta interdite, le souffle court, tandis que des elfes s'activaient autour d'elle, arrachant ses vêtements en flammes puis l'entraînant à l'écart de cette boucherie, pressant déjà contre ses brûlures des tampons faits de mousse. Elle vit le visage du vieux Gwydion penché sur elle, puis celui de Blodeuwez, et sentit ses blanches mains apaiser sa peau brûlante. Son esprit cependant était ailleurs, percevant à la fois la fuite éperdue des monstres dans la nuit, leur peur animale, mais aussi une autre présence, une autre peur, humaine, celle-là, de l'autre côté des flammes.

Alors elle se releva, presque uniquement vêtue de ses hautes bottes de daim noircies par la fumée, le corps luisant du sang des monstres, si belle et si désirable en cet instant que tous les elfes, mâles et femelles, y compris le vieux Gwydion, y compris Blodeuwez elle-même, sentirent leur pouls s'accélérer à sa vue. L'enfantement de Rhiannon avait donné à sa silhouette des formes inhabituelles chez les elfes, d'habitude aussi minces que des brindilles. Ses longues jambes avaient pris de la chair, ses hanches s'étaient élargies et, dans la lueur caressante de l'incendie, ses cuisses et ses seins flamboyaient dans toute leur splendeur. Pour autant, elle n'avait rien d'une femme. Aucune d'elles n'aurait eu un cou si délié, une démarche aussi vive ni une telle indécence. Mais elle n'était plus tout à fait semblable aux autres elfes.

Inconsciente des regards braqués sur elle, Lliane guettait un indice, par-delà le crépitement des flammes.

Ceux qui étaient le plus près d'elle perçurent le mouvement de ses oreilles et relevèrent eux aussi leurs cheveux pour mieux orienter leurs pavillons effilés. On entendait des cris et de faibles éclats de voix, derrière la lisière en feu, mais nul d'entre eux ne put les identifier.

Lliane, cependant, avait compris. Elle prit une profonde inspiration et cria un ordre, de sa voix de commandement :

— *Bettacan ar aeghwylc nith, hael hlystan !*

Stupéfait, Gwydion s'approcha d'elle.

— Que viens-tu de dire ?

Elle se retourna un peu brusquement, provoquant un mouvement de recul involontaire chez le vieil elfe. Ses yeux, à cet instant, semblaient vraiment luire de tous les feux de l'enfer.

Puis elle détourna la tête, et son corps parut s'affaisser.

— Pardonne-moi, dit-elle.

Elle se serra les bras en frissonnant, et accepta avec un sourire de reconnaissance la longue cape que Gwydion passait sur ses épaules. Son corps tout entier lui faisait mal, ses jambes avaient de la peine à la soutenir. Elle sentait ses forces l'abandonner, comme du grain s'écoulant d'un sac percé, et s'accrochait encore aux derniers vestiges de la formidable puissance qui l'avait habitée.

— Tu as parlé d'hommes, insista Gwydion. Tu as ordonné aux nôtres de traiter les hommes avec respect... Pourquoi ? Qu'est-ce que tu as vu ?

— Il y a... il y a des soldats dans la forêt, dit-elle. Des hommes en armes... Ils ont peur, ils sont blessés. Certains sont en train de mourir.

— *[illegible]*

Surpris, Gwydion s'approcha d'elle.

VI

« Le géant d'osier »

— Certains sont en train de mourir, dit Uter.

De saisissement, Blaise faillit laisser choir la cuvette d'étain qu'il transportait, emplie d'eau et de linges sanguinolents, alors qu'il venait de changer les bandages du blessé. C'étaient les premiers mots intelligibles que le roi prononçait depuis des jours, hormis les étranges ululements elfiques qu'il lui arrivait d'émettre, et qui résonnaient à travers les couloirs du château comme les cris d'un dément.

Uter avait parlé si bas, cette fois, qu'Ygraine, assoupie au chevet de son époux, ne s'était pas même éveillée. Le moine hésita, mais elle dormait profondément, anéantie par ces jours et ces nuits de veille, et il renonça à la prévenir, au moins tant que son état ne l'exigeait pas. À la flamme d'un lumignon, simple mèche brûlant dans une tasse d'huile, il alluma une chandelle et la rapprocha du lit. Les yeux du roi étaient ouverts, mais ils restaient absents et ne réagirent pas à la lumière.

— Qui est en train de mourir ? chuchota le moine.

— L'armée, répondit Uter (et sa voix si calme, si absente, lui donna la chair de poule)… L'armée ou ce qu'il en reste. On dirait qu'ils ne sont plus qu'une poignée…

Blaise secoua la tête sans bien comprendre ce dont le roi parlait. Uter était parfaitement immobile, le souffle régulier et le corps en paix, les yeux fixés sur le plafond avec une telle insistance que, malgré lui, le moine y jeta un coup d'œil. Rien d'autre, bien sûr, que des poutres plongées dans l'obscurité de la nuit.

— Qu'avez-vous dit, sire ? demanda-t-il. Vous avez parlé de l'armée…

— Il n'y a plus d'armée… Ils sont peut-être cent, peut-être moins.

Blaise se retint pour ne pas hurler, saisir le roi à la gorge et l'arracher à cette torpeur indifférente. Moins de cent hommes, sur plusieurs milliers partis au combat derrière le connétable Léo de Grand ?

— Ce n'est pas possible, murmura-t-il.

— Moins de cent, et certains sont en train de mourir, répéta Uter.

Toujours cette voix distante et ces yeux ouverts contemplant paisiblement, au-delà de cette pièce, le spectacle affreux d'une débâcle sans précédent.

— Vous les voyez, en cet instant ?

— Ils sont là, regarde… Ils ont peur, ils se cachent, ils ont perdu leurs armes. Mais le feu s'éteint. Le bois était trop mouillé, sans doute…

— Quel bois ?

Uter ne répondit pas. Frère Blaise tendit un peu plus le cou et vit ses yeux se fermer progressivement, tandis que le roi s'enfonçait à nouveau dans le sommeil.

— Quel bois, sire ? redemanda-t-il, d'un ton plus pressant, osant même le secouer par l'épaule.

— Il n'y a plus rien à craindre, murmura Uter. Les monstres ont fui, ils ne reviendront pas cette nuit. Et nous avons sauvé la forêt sacrée. Le Dagda ne l'aurait pas permis…

Le moine se signa et, sans s'en rendre compte, s'écarta de la couche royale, comme s'il craignait de se brûler à son contact. Le Dagda était le premier des druides, celui que les elfes surnommaient Eochu – *Père puissant* – ou Ruad Rofessa – *Rouge de la science parfaite* –, dieu guerrier et possesseur du chaudron dont il avait fait leur talisman. La forêt sacrée dont avait parlé Uter ne pouvait dès lors être qu'Éliande, au cœur de laquelle se nichait le Bosquet des sept arbres et le Chaudron de la connaissance… Éliande, le pays des elfes… Le pays de Lliane.

Frère Blaise s'assit, posa la chandelle et se prit la tête à deux mains, saisi de vertige devant ce qu'il entrevoyait, au fur et à mesure que son esprit enfiévré se perdait en conjectures. Le roi saisi à nouveau par l'esprit de l'elfe, dépossédé de son âme, son corps gisant comme une enveloppe vide. L'armée vaincue. Les monstres atteignant Brocéliande. Cela ne pouvait signifier qu'une chose : tout le duché de Sorgalles était envahi. Qu'était devenue la duchesse Helled, dès lors ? Et l'armée, qu'en restait-il ? Combien de troupes pouvait-on encore lever pour défendre Loth, et qui prendrait leur tête si le roi ne recouvrait pas ses esprits ? Combien de temps avant que les hordes de l'Innommable parviennent jusqu'ici ? Combien de temps avant que les armées du démon ne balaient à jamais le souffle de Dieu sur cette terre de larmes ?

Le moine releva la tête et dévisagea d'un air horrifié le profil impassible d'Uter. Quel enchantement, plus fort que toutes ses prières et que toute la médecine des mires, le maintenait-il ainsi dans cet atroce état d'absence, alors que son royaume croulait autour de lui ? Il pensa, une fois de plus, une fois encore, à Illtud. L'abbé saurait, lui, l'arracher à ces maléfices… Saisi d'une inspiration soudaine, il se rapprocha de la couche royale et, le cœur battant, chuchota à l'oreille d'Uter la conjuration des Écritures.

— Esprit muet et sourd, c'est moi qui te le commande. Sors de cet homme et n'y entre plus [1] !

Uter poussa à l'instant même un gémissement rauque, tandis que son corps s'arc-bouta brutalement en un spasme d'une violence insensée. Le moine recula si vivement qu'il chut à terre, renversant au passage un lutrin qui dans sa chute fit l'effet d'un coup de tonnerre dans la nuit.

— Qu'est-ce qu'il y a ? bredouilla Ygraine en s'éveillant.

Et la vision du corps tétanisé d'Uter lui arracha un cri d'effroi. Blaise, luisant de sueur, releva vers la reine des yeux de fou, tenant entre ses mains le livre tombé du lutrin, et qui lui parut envoyé du Ciel. C'était un modeste bréviaire relié d'un mauvais cuir, une copie malhabile de l'*Enchiridion*, le recueil très saint des invocations adressées par le pape Léon au roi Charles [2], un ouvrage qu'elle ne pouvait connaître, mais qu'il se mit à feuilleter fébrilement, comme un dément. Quand enfin il trouva ce qu'il cherchait, son visage s'éclaira d'un sourire effrayant.

— *Qui Verbum cara factum est...*, murmura-t-il d'un ton pressant. Le Verbe qui s'est fait chair et a été attaché à la Croix, et qui est assis à la droite du Père pour exaucer les prières de ceux qui croient en lui, lui qui par son saint nom tout genou fléchit, daignez préserver cette créature, Uter, de tous ceux qui pourraient lui nuire, et des attaques des démons, vous qui vivez et régnez dans l'unité parfaite...

Ygraine contemplait le moine avec horreur, tant son visage en transe lui paraissait possédé plutôt par Satan que par l'inspiration divine. Pourtant, Uter semblait réagir à l'invocation du pape. Le corps en nage, il avait

1. Marc, IX, 25.
2. Ouvrage rédigé vers l'an 800 par Léon III pour Charlemagne.

rejeté ses draps à force de s'agiter et semblait à présent secoué de tremblements, les yeux mi-clos et le souffle haché.

— Il revient, murmura-t-elle.

— Voilà la croix de Notre Seigneur Jésus-Christ dans lequel est notre salut, notre vie et notre résurrection, et la confusion de tous ceux qui veulent nous nuire et des malins esprits, poursuivit Blaise sans la regarder. Fuyez donc, parties adverses ; car je vous conjure, démons d'enfer et vous, esprits malins de quelque genre que vous soyez, jusqu'à ce que vous ayez quitté votre tromperie diabolique, vous vous en alliez incontinent, par le Dieu vivant, véritable, saint, Père, Fils et Saint-Esprit.

Les yeux d'Uter s'ouvrirent, sa tête se tourna péniblement, et son regard croisa celui du moine.

— Par celui qui a été crucifié en homme et vous a fait reculer, à mesure que vous vous approchiez, que vous ne puissiez molester ou chagriner cette créature ni dans son corps ni dehors son corps, par vision ni par frayeur, ni de jour ni de nuit, autrement je répands dessus vous toutes les malédictions, degrés et peines de tourments, par le commandement de la Sainte Trinité.

Uter s'éveilla. Au même instant, dans la forêt d'Éliande, Lliane cria dans son sommeil. Un cri si déchirant, si aigu et si soudain qu'il glaça le sang des elfes.

Léo de Grand reprit connaissance peu avant l'aurore. Ce fut le froid qui l'éveilla. Le froid et l'humidité. S'apercevant qu'il était nu, étendu sur une couche de fougères, il voulut se redresser, mais il poussa aussitôt un cri de douleur. Un cimeterre gobelin lui avait presque tranché le bras, à l'attache de sa spallière [1], et quand il

1. Pièce d'armure couvrant l'épaule.

porta instinctivement la main à son épaule, il y découvrit un épais emplâtre de feuilles, malaxées en un magma spongieux et odoriférant.

— Ne bouge pas…

C'était une voix féminine, presque une voix d'enfant, chantante et haut perchée.

Il écarquilla les yeux pour tenter de distinguer l'être qui venait de parler, mais l'obscurité ne lui permit que de deviner une silhouette claire, agenouillée à ses côtés. Puis il sentit la douceur d'une main sur son front brûlant, légère comme un souffle de fleurs.

— Sois en paix, grand grand homme, murmura la voix. Ta blessure est profonde, mais tu guériras. Ces plantes refermeront les chairs.

— Qu'est-ce que tu as mis, sorcière, ça me brûle !

Il tenta à nouveau d'arracher l'emplâtre, mais la main le saisit au vol et, avec une force qu'il n'aurait pu soupçonner, le plaqua fermement au sol.

— C'est le poison qui te brûle. Ils en enduisent toujours leurs lames, tu devrais le savoir… Fais-moi confiance, connétable. Si j'avais voulu te tuer, tu ne serais pas ici, dans ma hutte, mais tu pourrirais au-dehors, avec les autres… Et, pour ta gouverne, il n'y a là que de la résine de pin, des feuilles de lierre et de fraisier, de la tanaisie, du pavot… et diverses autres plantes que tu ne dois pas connaître.

Léo de Grand se laissa retomber en arrière. En masse, les souvenirs hideux de la bataille lui jaillissaient au visage. L'embuscade, les flammes semblant pleuvoir du ciel, les faciès de cauchemar des hordes du Seigneur Noir surgissant des entrailles mêmes de la terre, pareils à des démons, ses hommes tombant tout autour de lui, parfois sans même avoir tiré l'épée du fourreau, puis leur fuite, éperdue, jusqu'à la lisière de la grande forêt… Hormis son bras qui le cuisait atrocement, il grelottait des pieds à la tête sur ce lit de feuilles, et se sentait honteux d'être ainsi, nu, devant une femme, fût-elle une elfe.

— Qui es-tu ? chuchota-t-il.

Blodeuwez ne répondit pas tout de suite. Comme tous ceux du peuple de l'air, ses yeux n'étaient pas aveuglés par les ténèbres de ces dernières heures de la nuit, et elle se rassasiait sereinement de ce corps puissant, si massif et si blanc. Les hommes étaient brutaux, grossiers et bruyants comme une harde de sangliers, mais l'impression de force qui émanait d'eux, si différente de tout ce qu'un elfe aurait pu offrir, n'était pas sans attrait, après tout. Et puis la guérisseuse s'était souvent demandé ce que Lliane avait vécu, dans les bras d'Uter… Du bout des doigts, elle s'amusa à effleurer la cuisse, le ventre et le torse du duc puis, souriant de chacun de ses sursauts, glissa jusqu'à son sexe qui, immédiatement, sembla réagir à sa caresse, malgré le froid et la souffrance.

— Je reviendrai te voir, murmura-t-elle en réprimant un sourire.

Déjà, elle s'était levée, mais Léo de Grand parvint à lui saisir la main, de son bras valide.

— Attends ! Que sont devenus mes hommes ?

— Tes hommes sont morts ! jeta Blodeuwez d'une voix brusque. Ceux qui vivent encore sont soignés, comme toi, par les miens. Maintenant lâche-moi et dors !

Elle s'arracha à lui et sortit de sa hutte, les joues empourprées de ce subit accès de colère qui l'étonna elle-même. Au-dehors, le sous-bois toujours obscur vibrait des gémissements de dizaines et de dizaines de blessés, autour desquels s'affairaient les pâles silhouettes des bandrui[1]. Jamais encore la forêt d'Éliande n'avait vu autant d'hommes, chevaliers, archers ou piétons, mutilés, percés de toutes parts et

1. Druidesses.

versant leur sang sur sa terre sacrée. Les survivants se tenaient groupés, effrayés sans doute par les bruissements des elfes tout autour d'eux, dans ces ténèbres que leurs yeux ne pouvaient guère percer. Ils se taisaient, serrés les uns contre les autres comme des enfants, la tête baissée et le souffle court, isolés dans l'horreur de ce qu'ils venaient de vivre. Blodeuwez s'avança parmi eux, si pâle que certains durent voir passer un fantôme, et son cœur se serra un peu plus à chaque pas. De chacun émanait le même halo presque tangible, presque visible, de peur et de désespoir. Certains pleuraient en silence, certains parlaient tout bas, en eux-mêmes (ou peut-être était-ce ce que leurs moines appelaient des prières), et il y en avait même qui dormaient, affalés sur la mousse comme des cadavres. Où qu'elle pose le regard, Blodeuwez ne vit que des vaincus, des hommes brisés, rien qui ressemble encore à une armée.

Une vision affreuse, tout à coup, lui glaça le sang. Tous ces êtres étendus, toute cette peur et cette souffrance, donnaient à la forêt sacrée l'apparence du Sid, l'Autre Monde où séjournaient les âmes des morts. Même les ombres pâles des bandrui évoquaient les banshees des vieilles légendes. C'était une image intolérable, mais les elfes croyaient aux songes, et elle chercha alors des yeux quelqu'un pour en parler, ainsi que le voulait l'usage. Il n'y avait personne. Hormis les druidesses de la forêt, aucun elfe, druide, poète, ou guerrier, comme si tout le peuple d'Éliande s'était retiré loin des hommes, les laissant seules, elle et ses guérisseuses, avec cette armée lamentable.

Elle s'arrêta, saisie d'angoisse, et son regard se posa sur un tout jeune soldat adossé à un frêne, à l'écart des autres. Tête nue, il portait encore les vestiges d'une cotte d'armes lacérée si profondément que son gambisson de cuir matelassé avait été lui aussi tranché et laissait voir sa peau. L'enfant sursauta lorsqu'elle écarta les pans de son vêtement, mais il se laissa faire, trop épuisé pour qu'elle ait même besoin de l'apaiser. Trois striures parallèles avaient déchiré l'étoffe et le cuir, sans doute les griffes d'un loup, mais la peau était intacte.

— Tout va bien, dit-elle. Tu n'as rien...

Elle lui caressa la joue et déjà se relevait lorsque l'enfant s'agrippa à elle.

— Ne me laissez pas seul ! Ma dame, je vous en prie, ne me laissez pas seul !

Il la serrait si fort, cramponné à ses jambes, que Blodeuwez faillit perdre l'équilibre. Elle parvint cependant tant bien que mal à s'en défaire, s'assit près de lui, et aussitôt il se jeta dans ses bras. Les elfes ne connaissaient pas cet abandon, ce besoin de contact si particulier à l'espèce humaine. Les hommes se sentaient-ils si seuls qu'ils aient un tel besoin d'être embrassés ? Celui-là n'avait guère plus d'une dizaine d'années et semblait déjà aussi grand que bien des elfes adultes, mais aucun elfe de son âge n'aurait pu manifester une telle détresse. Comment cette race pouvait-elle être aussi forte et aussi fragile à la fois ?

— C'est fini, murmura-t-elle à son oreille. Les monstres ont été repoussés, et la reine est parmi nous. Ils ne reviendront pas...

Elle sourit, émue par ses propres paroles. C'est vrai, Lliane était là, quelque part, et elle l'avait suivie, comme toutes les autres, quittant leur abri d'Avalon d'un même élan, sans qu'un mot ait été échangé entre elles.

Blodeuwez ne s'attendait pas à ce que l'enfant réponde, et le son de sa voix la fit presque sursauter.

— Rien ne peut les arrêter, dit-il. Nous étions une armée entière, peut-être deux ou trois mille hommes, je n'avais encore jamais rien vu de tel... Ils ont attaqué la nuit. D'un seul coup, il y en avait partout, ça hurlait de partout. Il y avait des flammes, le camp entier était en feu… Messire Hugues était parti en avant, avec presque tous les autres chevaliers. Il m'avait dit de prendre soin du roncin et de ses bagages, mais j'ai tout perdu… J'ai eu peur, vous comprenez ? Il y avait des loups, et l'un de mes frères a été mangé par les loups, chez moi, au village, l'hiver de la grande famine… Alors j'ai fui… Et j'ai tout perdu.

Blodeuwez faillit rire, mais le désarroi du jeune écuyer, pour dérisoire qu'il paraissait en regard du carnage auquel il avait survécu, était bien réel. Un cheval perdu, quelques vivres et quelques manteaux faisaient de lui un failli, parjure à son seigneur, indigne de sa confiance, et cette perspective l'anéantissait.

— Peut-être est-il mort, ton messire Hugues ? dit-elle.

L'enfant se tourna vers elle et, dans la pénombre de l'aurore naissante, la dévisagea avec un mélange d'horreur et de stupéfaction.

— Cela ne se peut, bredouilla-t-il. Les chevaliers ne peuvent pas mourir comme ça ! Ce serait… Ce serait trop affreux.

Blodeuwez sourit, lui caressa la joue et l'allongea doucement au pied de l'arbre.

— Bien sûr, dit-elle. Les chevaliers ne peuvent pas mourir… Dors, maintenant, repose-toi.

Peu à peu, un jour timide et gris apparaissait, étirant les ombres de la nuit, et les hommes ragaillardis par cette terne lueur se levaient à présent, osaient s'éloigner de quelques pas, comme si leur proximité leur faisait honte. Ils étaient loin, séparés d'elle par le fouillis du sous-bois, et sans doute n'y voyaient-ils pas assez pour l'apercevoir, mais Blodeuwez s'enfuit, saisie tout à coup par une frayeur qui s'accélérait à chaque foulée, et un peu partout, comme elle, les bandrui s'évaporaient dans les derniers vestiges de la nuit, abandonnant la forêt à cette soldatesque défaite. Elle courut droit devant elle, sans but tout d'abord puis vers sa hutte, où elle se réfugia comme une enfant auprès du corps gigantesque de Léo de Grand.

— Tu es revenue...

L'elfe ne répondit pas, mais se blottit davantage contre lui. Un peu de jour filtrait au travers des branchages entrelacés de sa hutte, assez pour qu'il devine ses cheveux blonds, si rares parmi le peuple des arbres. Peut-être crut-il pour cela avoir affaire à une femme, ou peut-être n'avait-ce aucune importance à ses yeux. Blodeuwez laissa ses lourdes mains glisser le long de ses jambes, relever sa tunique de moire jusqu'à sa taille si fine. Et ce fut elle qui l'enjamba, prenant appui sur son torse massif.

À l'orée de la forêt, les elfes se confondaient aux broussailles et aux taillis formés par les plus jeunes arbres. Immobiles comme des souches, ils étaient là par milliers, hauts-elfes de Brocéliande, elfes verts des bosquets et des plaines, jeunes et vieux, mâles et femelles, guerriers, druides et peuple de la forêt, représentant les trois ordres de la société elfique, si parfaitement silencieux, étirés sur des lieues en une rangée étroite à deux pas de la lisière, que les oiseaux même ne percevaient plus leur présence. Et Lliane était parmi eux.

Le jour s'était levé dans une odeur de cendres et de fumée. Durant les premières heures, un brouillard persistant se maintint sur la plaine. Puis les brumes se dispersèrent lentement, et le doute ne fut plus permis : les monstres étaient toujours là.

Les hordes immondes de Celui-qui-ne-peut-être-nommé s'étaient retirées hors de portée de flèches, si loin qu'elles ne formaient qu'une ligne mouvante et sombre barrant l'horizon, hérissée de bannières couleur sang qui faseyaient dans le vent. Leur nombre, véritablement, était impensable. Les armées qu'on avait crues battues à jamais s'étaient reconstituées, et toute cette foule monstrueuse d'orcs et de trolls, de goules et de faunes, agrégée de tout ce que les terres de Logres comptaient de mercenaires, d'elfes renégats, de nains rescapés de la Montagne noire et de peuples mineurs s'amassait là comme un magma en ébullition. Des clans de loups, parfois, s'en détachaient et s'élançaient vers la forêt, comme pris d'une furie soudaine. Certains approchaient assez pour humer l'odeur des elfes et retroussaient leurs babines, le poil hérissé et le poitrail frémissant de rage. Mais les elfes ne bougeaient pas.

Des meutes d'hommes-chiens, de ceux que les nains appelaient kobolds, tout juste bons à disputer leur nourriture aux charognards, virevoltaient en avant des troupes en poussant des jappements aigus qui résonnaient à travers la prairie, entretenant par leur agitation insane une sorte de frénésie devant les rangs compacts et disciplinés des gobelins, la seule troupe de toute cette horde qui ressemblait à une armée. De loin en loin, parfois à quelques minutes d'intervalle et parfois après une heure ou plus, les monstres se mettaient à cogner sur leurs boucliers de bronze, *bomm... bomm... bomm...* à un rythme lent, obsédant, et s'avançaient vers la lisière, en frappant le sol de leurs pieds à chaque foulée, de plus en plus fort, jusqu'à ce que l'écho de leur martèlement devienne assourdissant. Ils avançaient ainsi de quelques toises, avec une lenteur exaspérante, un pas à la fois, ponctué par le fracas des lames sur les boucliers, et ils s'arrêtaient, net, laissant un silence plus effrayant encore, et ainsi tout le jour durant, se rapprochant sans cesse. Mais les elfes ne bougeaient pas.

Ils restèrent ainsi du crépuscule jusqu'à la tombée du jour, immobiles et silencieux, sans manger ni boire, sans parler, pas un mot. Petit à petit, des hommes d'armes étaient venus les rejoindre, et ils étaient à présent plusieurs dizaines, tapis auprès des elfes, à contempler avec horreur cette multitude déployée devant la forêt.

Tout à coup, alors que les nuages noirs de la nuit obscurcissaient déjà le ciel, un groupe de cavaliers bouscula l'ordonnancement des rangs gobelins, piétinant même sans vergogne ceux qui ne s'écartaient pas assez vite. Derrière eux, tirée par une longue théorie de bœufs attelés, une silhouette gigantesque fixée sur un chariot large comme une cour de ferme s'avança jusque sur le front des troupes. C'était un géant fait de bois et de paille tressée, semblable à une cage immense dont les membres et le torse grotesque étaient aussi vastes et hauts qu'un donjon. Rares étaient ceux, parmi les soldats rescapés de l'ost royal, qui comprirent ce qui se préparait, mais les vétérans de la guerre des Dix Années se mirent à gémir de désespoir, et les plus jeunes tremblèrent de terreur en voyant leur visage décomposé. Les elfes eux-mêmes rompirent leur long silence, et une rumeur d'épouvante monta de la lisière. Un nom commençait à circuler, de lèvres en lèvres, déferlant comme un torrent d'angoisse : *wicker nith*, « le géant d'osier ».

Un silence éprouvant s'était abattu sur la grande plaine, bientôt troublé par l'écho lointain de cris désespérés, qui glacèrent d'effroi les elfes et les hommes d'armes. Les monstres s'agitaient au pied du colosse de bois, en un mouvement désordonné qu'il leur était difficile de comprendre, à cette distance. Mais des échelles furent posées le long de ses jambes, de ses bras, de son corps, et furent bientôt chargées de grappes entières d'êtres humains. Sous les yeux effarés de toute la lisière, ils escaladaient ces échelles, poussés à coups de pique par les monstres groupés au bas du colosse et se jetaient, les uns après les autres, dans la cage d'osier. Le plus effroyable, sans doute, était leur passivité. Certes, les malheureux hurlaient de peur, comme si leur esprit réalisait le sort affreux qui les attendait, mais pas un d'eux n'avait le moindre mouvement pour se débattre ou tenter de s'échapper. Ensorcelés, sans doute, par quelque artifice de Celui-qui-ne-peut-être-nommé, leur corps ne leur obéissait plus. Il y avait là quelques elfes, probablement des chasseurs surpris hors de la grande forêt, mais la majorité était des humains, soldats portant encore la livrée du roi ou celle de la duchesse Helled, paysans, femmes et enfants, capturés dans le duché de Sorgalles. Dans le concert déchirant de leurs hurlements, ils tombaient les uns sur les autres, emplissant les membres et le torse du géant, écrasant ceux qui étaient au fond. Et quand le dernier d'entre eux eut rejoint la prison d'osier, les monstres fermèrent les trappes puis amassèrent à ses pieds une montagne de fagots et de bottes de paille, à laquelle, avec des cris de joie insanes, ils mirent le feu [1].

Aucun de ceux qui assistèrent à ce spectacle hideux ne pourrait jamais oublier les hurlements de terreur et les cris de souffrance des prisonniers brûlés vifs dans cette horreur, ni la lueur des flammes montant jusqu'au ciel, ni la rumeur joyeuse de l'armée gobeline, saluant ce bûcher macabre par des chants guerriers et des gesticulations démentes.

1. Ce sacrifice épouvantable a bien existé, dans les sociétés celtes. Il est évoqué par Jules César dans ses *Commentaires sur la guerre des Gaules* (VI, 16, 4) : « Certaines tribus construisent d'immenses formes de branches entrelacées qu'elles remplissent d'êtres vivants. Les formes sont mises à feu et les hommes périssent dans une mer de feu », ainsi que par Strabon : « Après avoir bâti un colosse de paille et de bois, ils y jettent du bétail, des animaux sauvages de toutes espèces et des êtres humains. Puis ils y mettent le feu, comme une offrande » (*Géographie*, IV, 4, 5).

Certains, parmi les elfes, s'échappaient en courant à l'abri de la forêt en se bouchant les oreilles. D'autres se plaquaient au sol et enfouissaient leur visage dans la terre pour ne plus voir ni entendre. La peur se répandait en chacun d'eux comme un poison, marquant à jamais leurs corps et leurs âmes. Lliane elle-même se sentait glacée jusqu'aux os, et des larmes coulaient sur ses joues sans qu'elle s'en aperçoive. Les cris, par-dessus tout, étaient insupportables. Ceux qui avaient été jetés en dernier dans l'affreuse prison ardente suppliaient qu'on les épargne, s'efforçaient désespérément de se glisser à travers les branchages, s'écorchant vifs pour échapper aux flammes, tandis que les malheureux du dessous se tordaient dans les affres de l'enfer. On ne pouvait supporter une pareille horreur. Il fallait…

— L'horreur est leur arme. La peur est leur force…

Lliane s'arracha brusquement au bras qui la retenait, mais elle se radoucit en reconnaissant Gwydion. Elle avait déjà dégainé Orcomhiela, « Pourfendeuse de gobelins », sa dague légendaire, et se serait sans doute ruée à l'attaque, entraînant avec elle tout le peuple des arbres vers une mort certaine, s'il ne l'avait arrêtée.

Le vieux druide lui prit la main, puis saisit de l'autre celle du jeune Llaw Llew Gyffes, son apprenti, qui lui-même tendit la main vers une jeune elfe guerrière aux yeux écarquillés d'effroi. Et ainsi une chaîne immense se forma le long de la lisière. Puis Gwydion ferma les yeux et, d'une voix forte, entonna le *Teinm laegda*, « l'Illumination du chant », l'une des plus puissantes incantations druidiques, et tous reprirent avec lui le chant du Sid, pour apaiser l'âme des suppliciés.

Viens avec moi
Au pays merveilleux où il y a de la musique.
La chevelure y est comme la couronne de la primevère ;

Le corps lisse y est de la couleur de la neige.
Là, il n'y a plus rien à moi ni à toi,
Les dents sont blanches et les sourcils noirs ;
La foule nombreuse est le plaisir des yeux.
Chaque joue a la couleur de la digitale,
Le cou de chacun a le pourpre de la giroflée ;
C'est d'un pays merveilleux que je parle.
La jeunesse ne s'en va pas avant la vieillesse.
Des fleuves tièdes coulent à travers le pays,
Avec l'hydromel et les vins les plus choisis.
L'être y est beau et sans défaut ;
On y conçoit sans péché et sans faute.
Nous voyons chacun et partout,
Et personne ne nous voit [1].

Ils chantèrent ainsi jusqu'à la tombée de la nuit, bien après que le géant d'osier se fut effondré dans une mer de flammes. Et, quand il ne resta que des braises rougeoyant tragiquement dans le ciel obscurci, l'armée des monstres se retira, laissant derrière elle les vestiges hideux de sa sauvagerie.

1. Texte mythologique irlandais, rapporté par F. Le Roux et C.-J. Guyonvarc'h.

VII

« Une seule terre… »

Elle était assise au bord de l'eau, le menton niché entre ses mains ouvertes, perdue dans ses pensées au point qu'elle n'entendit pas Myrddin s'approcher.

— Tu rêves, petite feuille, murmura-t-il.

Morgane ne tressaillit pas, ne se tourna même pas vers lui. S'il avait cru la surprendre, c'était raté…

— Non, dit-elle, je pensais à toi… Et ça n'avait rien d'un rêve.

— Merci…

— Je me demandais si j'étais aussi bruyante que toi, puisque nous sommes de la même race.

L'homme-enfant sourit, puis haussa les sourcils avec fatalisme et vint s'asseoir près d'elle, un peu en retrait cependant, pour ne pas mouiller ses chausses.

— Les hommes disent pourtant qu'on ne m'entend jamais venir, ni qu'on ne sait jamais où je suis…

— Alors les hommes sont sourds. Il faudra que je m'en souvienne…

La petite fille tourna vers lui son regard espiègle, encadré par des cheveux châtain clair légèrement ondulés. Ses yeux verts brillaient au soleil comme des émeraudes, tranchant sur la blancheur de sa peau. Hormis cette couleur d'yeux étrange, sa pâleur surnaturelle et ses oreilles pointues qu'elle orientait à l'envi, elle ressemblait davantage à un être humain qu'à une elfe. Davantage à Uter qu'à Lliane…

— Myrddin, je voudrais que tu m'apprennes tous tes tours, dit-elle avec un sourire enjôleur.

— Mes tours ?… Cette fois, c'est toi qui parles comme un homme, Morgane. La magie n'existe pas, tu sais. Ce que tu appelles des tours n'est que de l'illusion, et c'est bien assez pour les hommes. Mais la connaissance des arbres, du vent et des pierres est une force immense, que tu apprendras toi aussi, quand tu seras grande.

— Je suis grande.

Myrddin la regarda à nouveau. Elle avait encore poussé en quelques semaines et atteignait presque déjà sa taille adulte. En cela, au moins, ils étaient différents. Malgré son âge – et il était bien plus vieux que ne l'auraient cru même ses amis proches –, Merlin conservait une morphologie et un visage d'enfant.

— Bien, alors, si tu es grande, je vais t'apprendre un tour…

Il fouilla sa poche à la recherche d'une pièce de monnaie et, n'en trouvant pas, il ramassa dans l'eau un petit galet blanc et plat comme un écu.

— Regarde…

Il brandit le caillou sous les yeux de Morgane, leva la main gauche et claqua des doigts. Quand elle reporta son attention sur la main droite, le caillou avait disparu.

— Magie ! dit Merlin.

Il ouvrit sa paume, et le petit caillou blanc s'était transformé en caillou noir.

— Comment tu fais ça ?

— Attends…

Il tendit le bras vers elle, passa la main dans ses cheveux et sur sa nuque, puis en sortit la petite pierre blanche, qu'il brandit avec une certaine fierté.

— Tu vois ? Il n'était pas loin. C'est ta mère qui m'a appris ce tour. Entraîne-toi, Morgane. Quand tu sauras le faire, je t'apprendrai le reste...

La petite fille saisit le galet qu'il lui présentait et le jeta dans le lac.

— Pourquoi est-ce que tu m'appelles Morgane ? Mon nom est Rhiannon, parce que je suis fille de reine !

— Mais tu es aussi *Muirgen*, née de la mer, parce que tu es fille d'homme.

— Et toi tu es le fils d'un diable !

— Oui, c'est ce que disent les moines... Mais les diables n'existent pas, sauf dans leur imagination... C'est ainsi, il faudra t'y faire. Les hommes auront peur de toi, Morgane. Ils te traiteront de sorcière, détourneront les yeux et s'écarteront de toi. Les elfes eux-mêmes...

Myrddin s'interrompit, le cœur oppressé soudain par une vague de tristesse. Alors il ouvrit les bras, et Morgane vint se pelotonner contre lui.

— Nous sommes faits pour vivre seuls, murmura-t-il. C'est écrit dans les runes... Mais les temps changent, et un jour peut-être les quatre tribus de Dana n'en formeront plus qu'une seule. C'est là tout ce que je souhaite... Bran... Tu ne connais pas Bran, n'est-ce pas ? Tu n'as rien perdu. Il est plus petit que toi, et quatre fois plus gros. Et un sale caractère, avec ça... Pourtant c'est mon ami. L'être le plus grossier et le plus fidèle que je connaisse. Il m'a dit voilà quelque temps une chose qui m'a bien donné à réfléchir. Il n'y a presque plus de naissances, chez les nains, depuis qu'ils ont perdu leur talisman. Tu comprends ce que ça signifie ?

— Qu'il n'y aura bientôt plus de nains, et c'est tant mieux, dit Morgane. Blodeuwez m'a raconté plein d'histoires horribles sur les nains.

— Ce n'est pas si simple… Les royaumes sous la Montagne disparaissent, mais les hommes commencent à aimer l'or, et à creuser des mines. Et puis il y a eu ces naissances étranges, un peu partout. Des bébés humains qui avaient l'apparence et la taille de nains… Je crois que les hommes deviennent semblables aux nains, que les deux tribus se fondent en une seule.

— À cause du talisman ?

Merlin dévisagea la petite fille avec ravissement.

— C'est exactement ça. Et à présent les hommes veulent dominer le monde, asservir tous les autres peuples et imposer leur Dieu unique, leur loi, leur façon de vivre. « Une seule terre, un seul peuple, un seul Dieu », disent-ils…

— Il faut les en empêcher !

— Tu crois ?

L'homme-enfant repoussa doucement Morgane et se leva. Puis, sans se préoccuper de voir si elle le suivait, il s'écarta du rivage et s'enfonça dans les hautes herbes d'Avalon.

— Pourtant, je suis à moitié un homme, et toi aussi… Quelle est la voie, Morgane ? Toi qui, selon les runes du vieux Gwydion, dois régner un jour sur un peuple nouveau, ni humain ni elfique, peux-tu me dire quelle est la voie ? D'un côté la guerre… La guerre, oui, une guerre sans fin, contre les monstres puis contre les hommes, car jamais ils n'abandonneront Excalibur. La guerre pour restaurer les royaumes sous la Montagne et tenter de restaurer l'équilibre d'un monde qui peut-être n'existe déjà plus. C'est bien sûr le choix qui s'impose de prime abord, mais j'y vois tant de morts que j'en frémis… Et tout cela au nom de quoi, hein ? Au nom de la Déesse ? Mais les nains s'en sont détournés depuis longtemps… (« C'est pour ça qu'ils ont été vaincus », lança Morgane, mais Myrddin ne l'écoutait pas.)… Les monstres n'obéissent qu'à Celui-qui-ne-peut-être-nommé, et je doute qu'ils remercient les dieux de ne leur avoir donné que la haine et la peur en partage. Quant aux hommes, la plupart ne croient plus en Dana, ni en aucun des anciens dieux. Ils croient en un être unique, un Dieu à visage humain qui leur ressemble et qui leur promet un paradis terrestre…

— C'est ridicule !

— C'est ce que je croyais, moi aussi… Mais ta mère a ressenti son pouvoir, hier soir… Quand les monstres ont attaqué Brocéliande, elle était le Pendragon, Uter était en elle, et ensemble ils étaient l'égal d'un dieu, plus forts que le monde entier. Et puis une force irrésistible les a séparés, malgré eux… « Arrachés » serait le mot exact. Les voilà aussi loin l'un de l'autre que ne le furent jamais deux amants, j'en ai peur…

Il s'avançait dans les hautes herbes de l'île sacrée, parlant seul à présent, car Morgane s'était arrêtée et le regardait s'éloigner, les yeux brouillés de larmes.

— Voici l'autre choix, poursuivit Myrddin sans remarquer qu'elle ne le suivait plus. Un seul peuple, un jour, réunissant les quatre talismans. Et la paix, l'harmonie, enfin, car un peuple unique ne peut se faire la guerre à lui-même, n'est-ce pas ? Les hommes l'ignorent encore, mais ils ont déjà changé. L'esprit des nains est en eux… Ils se croient vainqueurs en tant qu'hommes, alors qu'ils sont devenus une race différente, et qui bientôt peut-être sera aussi naine qu'humaine. Je vois un monde où les quatre talismans seront réunis, où un seul peuple recouvrera la terre, ni humain, ni elfique, ni nain, ni monstrueux, mais tout à la fois… Un peuple aussi fier et aussi entêté que les hommes, puissant et cruel comme les monstres, industrieux mais cupide, à l'image des nains, avec la grâce et la froideur des elfes… Tous les défauts et toutes les qualités de chacune des quatre Tuatha Dê Danann[1]... Et tu seras leur reine, ainsi que Gwydion l'avait prédit.

Il se tourna vers Morgane, ne la trouva pas et renonça à la chercher, emporté par sa vision. « Une seule terre, un seul peuple, un seul Dieu... » Le credo de l'Église des moines prenait ainsi une nouvelle signification, bien éloignée sans doute de leur idée première, mais tellement évidente, tout à coup, que Merlin, pour la première fois de sa vie, se sentit transporté d'allégresse et se mit à rire, franchement, à pleine gorge. Et, mû par une inspiration subite, il se mit à courir vers le rivage, et la barque qui le ramènerait auprès de Lliane.

Au cœur de la forêt, les arbres étaient si hauts que leur voûte plongeait le sous-bois dans une pénombre pesante, surtout quand le soleil faisait défaut. C'est là qu'avaient grandi les chênes les plus vastes du royaume d'Éliande, souvent vieux de plusieurs siècles et trônant dans des clairières imposées par leur vaste ramure, ne tolérant autour d'eux qu'un pueil de jeunes pousses, hêtres ou châtaigniers. C'étaient des arbres aussi durs que le fer, aussi hauts que les montagnes des nains, et dont la couronne de feuillage formait un dôme immense, sous lequel pouvaient s'abriter des familles entières. Les elfes les vénéraient à l'égal des dieux, venaient leur parler et les paraient de colliers de fleurs, en offrande contre leur protection. Certains avaient installé des cabanes dans leurs branches, à plusieurs toises du sol et, comme les sangliers et les cochons sauvages de la forêt, se nourrissaient de leurs glands. C'est là, tapi dans l'obscurité séculaire de la vieille futaie, que se nichait le bosquet des sept arbres : *quert*, le pommier, le plus vénéré de tous, symbole de

1. Les tribus de la déesse Dana.

l'immortalité ; *beth*, le bouleau très noble, qui débutait l'année ; *saille*, le saule, l'arbre de la sagesse ; *coll*, le noisetier dont les branches servaient de baguettes aux druides ; *tinne*, le houx, qui chaque année lors de Beltane livrait bataille au chêne ; *duir*, l'arbre le plus ancien, et *fearn*, l'aulne au cœur rouge qui symbolisait à lui seul les quatre éléments, terre, air, feu et eau… Au cœur du bosquet sacré, les elfes avaient caché leur talisman, le Chaudron du Dagda, que peu d'êtres vivants avaient eu la chance de contempler, et auquel de plus rares encore avaient pu s'abreuver.

Assis par terre dans la clairière formée autour de l'un de ces chênes immenses, les elfes s'étaient réunis par milliers, mâles et femelles, vieillards et enfants, pour assister au Conseil. Sans doute tous les elfes du pays d'Éliande étaient-ils là, hormis ceux qui montaient la garde à la lisière de la forêt avec la poignée de soldats du roi qui avait survécu au massacre, veillant ainsi à ce qu'aucun d'eux n'approche du bosquet. Chacun, ici, pouvait parler, quel que soit son âge ou sa condition (ce qui explique que le Conseil des elfes pouvait parfois durer des jours entiers), et les décisions ne se prenaient qu'à une raisonnable majorité. Les plus nombreux étaient les *Aes Dana* – les gens de l'art, ainsi que les elfes nommaient les artisans, chasseurs et cueilleurs, dont le travail faisait vivre tout le monde. Ceux-là étaient rarement sortis du couvert des arbres et n'avaient pas appris à se battre (mais tous les elfes, bien sûr, savaient tenir un arc). L'incendie de la lisière et l'irruption des monstres les avaient terrifiés, comme si leur univers menaçait tout à coup de s'écrouler, ce qui était d'ailleurs peut-être le cas.

Moins nombreux et disséminés par groupes dans la foule, armés d'arcs et de dagues, parfois couverts de ces cottes de mailles en argent aussi souples que le cuir et aussi dures que le fer que les nains eux-mêmes leur enviaient, se tenaient les guerriers, le deuxième ordre des communautés elfiques, nommé *Flaith*. Moins nombreux encore, reconnaissables à leurs robes rouges, couleur du Dagda, venaient ceux du troisième ordre des clans elfiques : les *dru wid*, savants par les arbres, prêtres ou médecins, devins ou bardes, qui s'étaient regroupés près du vieux Gwydion, formant le premier cercle autour du tronc de l'arbre.

Le roi Llandon, appuyé à son bâton d'aveugle, était assis sur une souche à quelque distance, entouré d'une bande armée et de plusieurs druides, attentif au bruissement des conversations tout autour de lui. Et l'on cherchait des yeux Lliane, enfin revenue sous la forêt, mais qui n'était nulle part en vue.

Quand les derniers retardataires prirent place tant bien que mal dans la clairière surpeuplée, et alors que le jour tombait déjà, aussi gris, terne et humide qu'il avait commencé, une *banfile*[1] toute jeune se leva du cercle des druides et entama le *Teinm laegda*, « l'Illumination du chant ».

Je suis fille de poésie
Poésie, fille de réflexion,
Réflexion, fille de méditation,
Méditation, fille de science,
Recherche, fille de grande science,
Grande science, fille de grande intelligence,
Grande intelligence, fille de compréhension,
Compréhension, fille de sagesse,
Sagesse, fille des trois dieux de Dana.

Un silence absolu succéda aux derniers mots de la jeune elfe, puis la voix chevrotante du vieux Gwydion s'éleva dans la pénombre.

1. Poétesse.

— Peuple des arbres, écoute ma voix ! De grands bouleversements agitent le monde, et les runes restent muettes ! La calomnie et la trahison ont jeté les tribus de la Déesse les unes contre les autres, et à nouveau l'Innommable a quitté les Terres noires pour répandre la désolation à travers le monde. Le peuple sous la Montagne a été vaincu, l'Épée de Nudd est aux mains des hommes et, privés de leur talisman, les nains sont condamnés à disparaître…

Il y eut un brouhaha ponctué de quelques rires, que le grand druide préféra ne pas entendre.

— Aujourd'hui, ce sont les hommes qui sont menacés du désastre, par leur propre faute. Ils se sont détournés de la Déesse, vénèrent un Dieu nouveau et s'aveuglent de leur incroyable vanité. Le Conseil, peuple des arbres, est réuni pour répondre à une seule question, mais le choix que nous prendrons sera lourd de conséquences, quel qu'il soit ! Voilà : faut-il venir une nouvelle fois au secours des hommes, s'allier à eux pour vaincre Celui-qui-ne-peut-être-nommé, ou devons-nous rester en dehors de cette guerre, au risque de voir l'équilibre du monde s'écrouler à jamais ?

Une quinte de toux acheva tragiquement la péroraison du vieil elfe, et ceux qui étaient les plus proches virent son jeune *ollamh*, Llaw Llew Gyffes, se précipiter vers lui pour le soutenir. Gwydion était bien vieux, en vérité. L'hiver précoce qui s'annonçait pourrait être le dernier qu'il ait à subir…

Il y eut à nouveau un long silence, ponctué par le pépiement insolent des oiseaux, haut dans les branches. Puis la rumeur sourde de propos échangés à voix basse s'enfla jusqu'à couvrir leurs trilles.

— Je dis que les hommes n'ont que ce qu'ils méritent ! clama tout à coup une voix forte.

Llandon se leva, s'appuyant sur son bâton, afin que tous le voient. Malgré ses orbites vides portant encore les marques effrayantes du sort qui lui avait brûlé les yeux, le roi des hauts-elfes avait conservé toute sa prestance. Sa blessure la plus profonde n'était pas visible sur son visage…

— Gwydion a parlé de trahison et de calomnie, et il a bien parlé, dit-il. C'est la soif de pouvoir des hommes, leur volonté imbécile de régner sur le monde qui nous a tous plongés dans le chaos, la fureur et l'aveuglement ! Aveugle, je l'étais alors, bien plus que maintenant, quand je siégeais auprès du roi Pellehun et du duc Gorlois, sans me douter de leurs manœuvres. Mais j'y vois clair, à présent. Rien, jamais, ne ramènera les hommes vers la sagesse des dieux. L'Épée de Nudd, qu'ils nomment Excalibur, les enivre de puissance, et ils se répandent à travers le monde en retournant la terre et en brûlant les arbres, bien plus que ne le firent jamais les monstres du Seigneur Noir ! Quand j'étais enfant, la forêt s'étendait à l'infini, et regardez ce qu'ils en ont fait !

Llandon tendit le doigt vers le couchant.

— À moins de trois lieues d'ici, c'est la plaine, poursuivit-il. Notre royaume n'est plus qu'une île, cernée par le vide, et il faut aller jusqu'aux Marches et aux terres barbares pour revoir une forêt digne de ce nom. Partout, tout le temps, les hommes coupent les arbres, à coups de hache et de scie, pour rien, pour se chauffer, pour cultiver le sol, disent-ils, comme si la terre n'était pas assez vaste pour tous !

Un concert d'approbations s'éleva parmi les elfes. Nul n'aurait pu contester ce qu'ils avaient vu de leurs propres yeux depuis tant d'années.

— Je me suis battu, avec vous, avec eux, durant la guerre des Dix Années. Dix années de souffrances infinies, pour repousser les monstres dans les Terres noires. Dix années au cours desquelles des milliers d'entre nous ont péri. Et qu'en reste-t-il, aujourd'hui ? Il ne reste que nous, peuple des arbres, hauts-elfes de Brocéliande. Les elfes verts ne forment plus un clan, ils ne sont que des groupes, vivant dans des taillis qui ne méritent même pas le nom de forêt. Les elfes des marais sont devenus des bêtes sauvages, le roi Rassul est mort, leur clan n'existe plus. Voilà ce que nous avons gagné ! Et voilà ce qui nous attend, si nous quittons Éliande ! Ici, nul ne peut nous atteindre, ni les hommes ni les monstres. Voyez comme ils ont été aisément repoussés. Jamais ils n'oseront s'aventurer dans la forêt, et s'ils le font nous les repousserons à nouveau, comme hier, car la seule chose qui importe, à présent, c'est de sauver le pays d'Éliande, par la force des arbres et la magie de la reine !

Lliane, tapie contre l'écorce du chêne immense, sursauta en s'entendant ainsi interpeller par celui qui avait été son époux. Elle tendit le cou pour l'apercevoir, mais Llandon s'était de nouveau assis sur sa souche, noyé sous un déluge d'acclamations dans lesquelles se mêlaient des hourras qui lui étaient destinés, à elle. D'un coup d'œil, la reine balaya le petit groupe qui l'accompagnait, à demi dissimulé sous la pénombre de l'arbre. Dorian, comme toujours, détourna les yeux un bref instant avant de se reprendre, lorsque leurs regards se croisèrent. Derrière lui, le petit groupe de ses fidèles, Kevin l'archer, Hamlin le ménestrel, Lilian le jongleur et même Till le pisteur, un elfe vert de petite taille, dont le faucon blanc s'était perché dans les branches basses du chêne. Gwydion affaibli, toujours soutenu par ce jeune sauvage dont il avait fait son ollamh, et qui dardait sur elle un regard pénétrant, dont elle ne saisit pas le sens. Myrddin, souriant comme à son habitude, les yeux dans le vague, debout contre le tronc dans sa robe bleu foncé qui se confondait avec la noirceur de l'écorce, au point que son visage semblait flotter librement dans l'espace. Et près de lui, enfin, accompagné comme toujours par ses deux conseillers, l'être le plus incongru de cette réunion, dont la présence même sous la forêt constituait un sacrilège. Se décidant tout à coup, elle marcha vers lui, le prit par le bras et, en dépit de sa résistance, l'arracha à ses compagnons et l'entraîna en pleine lumière, jusqu'au cœur du cercle formé par les elfes.

Du fait de sa petite taille, et parce que de nombreux elfes avaient bondi sur leurs pieds sitôt qu'ils l'eurent aperçu, il fallut quelque temps avant que chacun comprenne ce qui était en train de se passer. La reine était là. Elle allait parler. Il y avait quelqu'un, avec elle. Petit, aussi rond qu'une barrique. Un nain, barbu et roux comme l'automne. Bran.

Lorsque les elfes réalisèrent qu'un nain, prince de surcroît, avait osé pénétrer dans la plus vieille futaie de Brocéliande, une vague de fureur meurtrière secoua l'assemblée, si violente que Lliane elle-même fut bousculée dans la mêlée. Sa voix, aussitôt, s'enfla au point de recouvrir tout ce tumulte et de les assourdir par sa force.

— *Aeghwylc aelf seon mid ar gorr aetheling ! Hael hlystan !*

Ils reculèrent, pantois et penauds, laissant seuls au milieu d'une trouée la reine et le nain renversé à terre, à demi assommé de coups.

— Honte à vous, qui trahissez la loi de l'hospitalité ! cria-t-elle de son timbre de commandement. Le seigneur Bran et sa suite ont été amenés ici par Gwydion et mon frère le prince Dorian ! Traitez-le avec respect, et que nul désormais ne s'avise de lever la main sur lui !

— Écoutez la reine ! clama derrière elle la voix usée du vieux druide. Asseyez-vous, tous !

Alors les elfes reculèrent, baissant les yeux, animés encore par le bouillonnement de l'indignation, mais n'osant s'opposer à leur souveraine.

— Doux peuple des arbres, écoutez-moi, dit-elle. Le prince Bran est le dernier seigneur des royaumes sous la Montagne. Comme nous, il a eu à souffrir de la vanité des hommes, et c'est pour cela que nous lui avons offert l'hospitalité de la forêt. Quels que soient les torts que nous firent les nains par le passé, ils n'ont pas voulu cette guerre, et en sont les premières victimes. Par le nain Credne, qui forgea le bras d'argent du dieu Nudd après la bataille de Mag Tured, ne fermez pas votre cœur à ses paroles…

Bran ignorait la langue elfique et n'avait pas compris un mot de ce qu'ils avaient dit. Il s'était relevé, hagard, la barbe et les cheveux en désordre, l'air furieux. Les regards, tout à coup, étaient braqués sur lui, bien peu aimables en vérité, lui commandant davantage de fuir à toutes jambes cette assemblée de cauchemar que de se lancer dans un discours, lui qui peinait à aligner trois mots sans juron. Aucun nain digne de ce nom n'avait encore été traité ainsi, bousculé et injurié, sans laver aussitôt l'affront à coups de hache. Sans doute y laisserait-il sa vie, mais ne serait-ce pas une belle mort, une mort de héros digne des vieilles légendes, succombant sous le nombre au cœur de leur maudite forêt ? Bran sourit tristement et secoua la tête. S'il ne parlait pas, il n'y aurait bientôt plus personne pour entendre les vieilles légendes…

— Je ne veux pas de votre aide ! dit-il en relevant le menton. Je n'en veux pas et je ne suis pas venu la demander, par le sang ! J'ai entendu vos rires, tout à l'heure, quand votre vieux sorcier nous a condamnés à disparaître. C'est bien… Peut-être n'y aura-t-il plus de nains dans le monde futur, mais ne vous en réjouissez pas trop vite. Dans ce monde-là, il n'y aura plus d'elfes, plus de forêt, plus de montagne, plus rien de ce qui vaut la peine de vivre ! Vous ne valez guère mieux que les hommes, tas de chiens couards embusqués derrière vos arbres ! Qu'est-ce que vous croyez ? Qu'on ne vous voit pas ?

De nouveau, l'assemblée des elfes frémit de colère. Les premiers rangs, poussés par la foule, se serrèrent contre eux à tel point que Bran, pour se dégager, bondit sur une souche.

— Je ne demande pas votre aide ! cria-t-il à nouveau. J'irai seul, s'il le faut, mais je retrouverai l'Épée, pour que vive à jamais le peuple sous la Montagne !

— Eh bien, moi, je demande votre aide ! dit Lliane. Si nous n'intervenons pas, si l'Épée de Nudd n'est pas rendue au seigneur Bran, le monde perdra à jamais son équilibre, et nous-mêmes, peuple des arbres, serons emportés dans le chaos et l'oubli.

— Mais ce sont les hommes qui ont l'Épée, et ce sont les hommes qu'on nous demande de secourir ! lança un elfe à l'autre bout de la clairière.

— C'est le seul moyen d'empêcher un désastre total, répondit la reine. Si les hommes sont vaincus, nous parviendrons peut-être à défendre notre forêt, mais jamais à repousser les monstres hors du royaume de Logres. Quoi qu'il advienne des talismans, nous ne vivrons plus jamais en paix. Si, au contraire, nous nous unissons pour vaincre Celui-qui-ne-peut-être-nommé, nous pourrons obliger les hommes à rendre l'Épée !

Une petite elfe à peine âgée de cinq ou six ans (et qui, donc, avait déjà atteint sa taille adulte) se leva tout près d'elle.

— Tu nous demandes d'aider Uter parce que tu l'aimes, dit-elle. Mon père s'est battu avec lui quand il était Pendragon, et il est mort. Et j'ai plein d'amies dont les pères sont morts. Uter avait juré de rendre l'Épée et il ne l'a pas fait. Moi, je n'ai jamais vu d'homme, mais je ne crois pas que ce soient d'honnêtes gens !

Les simples mots de la fillette avaient serré la gorge de Lliane au point qu'elle ne put répondre. Dans les ténèbres du crépuscule, sa petite silhouette droite et menue, dressée parmi le cercle muet du peuple d'Éliande, lui semblait le pire des reproches. C'était comme si Rhiannon, sa propre fille, s'était levée devant elle, victime, elle aussi, bâtarde à jamais, de ses amours insensées. Et le mutisme des elfes, tout autour, appuyait ces paroles si simples et si vraies d'une approbation lourde, oppressante même. Chacun d'eux avait perdu des êtres chers lors de la chevauchée du Pendragon, pour le même but de guerre que celui qu'elle plaidait aujourd'hui. Ce qu'on avait cru alors être une victoire n'avait été qu'un succès sans lendemain, presque tout restait à refaire. À cet instant, elle détesta Uter pour son inconstance, elle détesta Ygraine, les moines et tous les hommes pour leur soif de pouvoir insane qui lui valaient aujourd'hui les griefs de son peuple. Et comment ne pas leur donner raison ?

— J'ai cru bien faire, murmura-t-elle d'une voix brisée, si faiblement que personne ne l'entendit.

Myrddin, immobile dans l'obscurité des frondaisons, se mit à pleurer tout bas. Les autres le regardèrent en biais, intrigués et gênés par ses larmes. Les elfes ne pleuraient que lorsqu'ils avaient mal, physiquement mal, et personne ne comprenait ce qui pouvait lui causer une telle douleur. Lliane, aussi droite que possible sous le regard de son peuple, rejoignit le couvert de l'arbre, vit les larmes du jeune druide, et sentit en elle une étreinte, une sensation d'oppression qui l'empêcha presque de respirer. Ce n'était pas de la colère qu'elle ressentait, ni de la fatigue, mais un sentiment nouveau, affreux, qui la saisissait tout entière, lui nouait la gorge et lui piquait les yeux. Et quand Myrddin la vit ainsi, si proche de sangloter comme une humaine, il la prit doucement par l'épaule et l'entraîna hors de la clairière.

Quand ils partirent, suivis de Bran et des nains qui l'avaient accompagné jusque-là, le brouillard se leva, et les elfes en furent frappés d'angoisse. La brume n'était pas de ce monde. Les dieux seuls pouvaient l'étendre à la surface de la terre, recouvrir les arbres, les flots et les êtres vivants du même voile opaque et glacé. C'était un signe que nul ne pouvait ignorer. Alors, de crainte que la gelée blanche ne le sépare pour toujours de sa sœur, Dorian se leva d'un bond et courut la rejoindre. Kevin, qui comme à son habitude ne disait rien et ne se hâtait jamais, ramassa son arc et partit derrière lui, sans un regard pour ceux qui restaient. Sans doute hésitèrent-ils tous, tant la tristesse de la reine leur avait broyé le cœur. Certains se levèrent, d'ailleurs, mais des bras les retinrent. Il y avait eu assez de morts, déjà…

Seul Till suivit leur piste.

VIII

Kab-Bag

Il neigeait depuis quelques jours déjà. Les premiers flocons commençaient à tenir sur le sol durci par le froid. À perte de vue, c'était le même paysage d'un vert grisâtre, les mêmes collines mouchetées de blanc tout juste relevées par quelques boqueteaux rachitiques, la même désolation hivernale. À l'est, pourtant, des fumées bleues et noires s'élevaient tout droit dans le ciel gris, semblant surgir de terre, et formaient une nappe pesante, presque un couvercle, au-dessus de la ville. Creusée comme un puits en rase campagne, la cité souterraine des gnomes était difficilement discernable en temps normal, mais il aurait fallu être aveugle pour ne pas remarquer autant de feux de camp dans la campagne enneigée. L'armée des monstres avait pris ses quartiers d'hiver dans et autour de Kab-Bag, et ne prenait pas la peine de se cacher. Ni même de se défendre, car c'est tout juste s'ils avaient levé un sombre plessis de ronces et d'arbustes le long de leur vaste bivouac.

Qui, d'ailleurs, aurait été assez fou pour attaquer cette multitude ? Les loups, délivrés de l'armée de leur maître, rôdaient par meutes entières à des lieues alentour, et les hommes assez chanceux pour être encore vivants avaient déserté fermes et villages pour gagner l'abri de Loth, abandonnant souvent leur bétail à leurs griffes et à leurs crocs. La plupart des trolls avaient eux aussi quitté l'armée pour regagner les Marches, mais les autres contingents monstrueux, kobolds, orcs, goules et ogres, ainsi qu'une foule sans cesse croissante de mercenaires de tout poil, bandits de grand chemin, elfes gris renégats et nains de la Montagne Noire étaient restés là, par milliers, agglutinés autour de Kab-Bag. Des feux immenses avaient été dressés pour lutter contre le froid, alimentant des lits entiers de braises où rôtissaient des bœufs, des ânes ou des agneaux, tout ce que le pays autrefois riche comptait de bétail et de viande sur pied. La terre gelée s'était vite réchauffée dans cette fournaise, et le campement n'était plus qu'un champ de boue écœurant, couvert d'immondices et de carcasses pourrissantes sur lesquelles planait le vol lugubre des corbeaux. Livrés à eux-mêmes, les monstres avaient pris leurs quartiers d'hiver sans souci d'ordonnancement, chacun plantant sa tente ou creusant sa tanière selon l'inspiration du moment, et des bagarres ne cessaient d'éclater à toute heure, pour un quartier de viande ou quelques coudées de sol sec. Pourtant, plus on approchait du trou béant vrillé dans la terre, plus ce fatras infâme cédait la place à un semblant d'ordre.

Les nains du prince Rogor avaient accaparé une grotte naturelle, à flanc de colline, et avaient déjà commencé à la creuser. Les mercenaires humains et elfiques, regroupés à l'écart, montaient la garde autour de leur village de tentes, veillant jour et nuit sur leur or et leurs vivres. Les gobelins, enfin, s'étaient installés aux abords immédiats de la cité souterraine, protégeant leur macabre suzerain, et avaient dressé une haute palissade de rondins pour se tenir à l'écart de la lie de l'armée. Une garde de guerriers maigres et crasseux, armés de longs cimeterres noircis au feu et vêtus de cottes de mailles qui leur tombaient jusqu'aux pieds, formait aux portes principales une longue haie de fer et d'acier quand, à heures fixes, des esclaves apportaient des tréfonds de la cité des vivres, du vin et des fourrures en quantité, sur lesquels se jetaient les misérables ilotes cantonnés à proximité. Chaque jour, de pauvres convois de réfugiés, gnomes, nains, humains ou elfes, marchands et putains, orfèvres croulant sous le poids des richesses qu'ils tentaient de sauver, mendiants et estropiés, profitaient de l'occasion pour tenter de fuir la ville infestée. Certains parvenaient à s'en sortir vivants, abandonnant tout derrière eux jusqu'à leurs derniers vêtements, mais la plupart finissaient dans la boue des bivouacs, violés, torturés, dévorés vifs, livrés aux crocs des kobolds et de leurs chiens sauvages.

Rien de ce qui survenait aux abords de Kab-Bag ou dans n'importe laquelle de ses alvéoles caverneux ne restait longtemps ignoré de ses habitants, et pourtant il s'en trouvait chaque jour de nouveaux pour essayer d'échapper à l'enfer qu'était devenue la ville, parfois en force, à coups de couteau et de lance, parfois en projetant autour d'eux des poignées entières de monnaies d'or (ce qui n'avait aucun effet sur les chiens), parfois même en sacrifiant des esclaves, jetés nus à la furie des monstres avant de tenter une sortie. Même si les chances de survie étaient médiocres, tout semblait préférable à l'attente d'une mort certaine dans la cité souterraine.

Les gnomes étaient un peuple de marchands, opportunistes et dénués du moindre sens moral, grâce à quoi ils parvenaient à une certaine prospérité, mais ce n'étaient pas des guerriers. Les gardes du shérif Tarot, caparaçonnés comme des tortues, croulant sous des pièces d'armure mal assorties et des armes trop lourdes pour eux, n'auraient même pas songé à opposer la moindre résistance aux hordes innombrables de Celui-qui-ne-peut-être-nommé, ni quand elles s'étaient répandues dans la plaine, ni quand elles avaient investi leur cité, pillé leurs échoppes, vidé leurs coffres et réquisitionné leurs demeures. En temps normal, la milice avait déjà du mal à réprimer de simples bagarres d'ivrognes, alors de là à se dresser face à des gobelins armés en guerre et à leur horde de monstres… Sitôt les premiers postes de garde bousculés, les gnomes avaient reflué au fond de leurs trous, dissimulant dans mille caches tout ce qui pouvait encore être sauvé, puis ils s'étaient préparés à accueillir l'envahisseur, résolus à payer ce qu'il faudrait pour survivre.

Il en avait toujours été ainsi. Petits, ventrus et mal posés sur des jambes trop courtes, les gnomes n'avaient aucune valeur militaire, aucun art, aucun talent, si ce n'est celui de ne constituer aucune menace, même pour le plus fragile des royaumes. Querelleurs, fiers comme trois pommes, dans l'ensemble assez stupides et menteurs, ils s'étaient regroupés par clans, qu'ils nommaient *allyans*, et comme ils ne savaient rien bâtir ils s'étaient mis à creuser le sol, avec un acharnement de brutes, jusqu'au centre de la terre s'il l'avait fallu. D'un bout à l'autre du royaume, de Bag-Mor à l'ouest jusqu'à Ha-Bag, Kab-Bag et les repaires troglodytiques de la côte septentrionale, les allyans gnomes étaient devenus des centres de négoce, abritant tous les trafics, attirant les margoulins du monde entier, puis avaient bientôt servi de refuge aux voleurs, assassins et receleurs de toutes races, sur lesquels ils n'avaient aucune emprise. La milice gnome paradait dans les ruelles et prélevait des taxes sur tout ce qui pouvait ressembler à un étal de marchandises, mais le véritable pouvoir ne se situait certes pas dans le palais de leur shérif. À Kab-Bag comme ailleurs, c'était la Guilde, puissante confrérie des voleurs et des assassins, qui dictait sa loi. Ceux qui avaient compris les règles tacites de la cité pouvaient y mener des affaires mirobolantes, changer de vie, disparaître du monde ou dilapider des fortunes dans des tripots d'un luxe étouffant, à condition bien sûr de payer son écot à la Guilde, qui offrait en échange une garde mercenaire suffisamment dissuasive. Et les gnomes, fébriles comme des fourmis dans leurs puits insondables, déployaient là-dessus une agitation permanente, achetant tout, vendant plus encore, épices, esclaves, armes et chevaux, entassant des fortunes inutiles dans leurs trous qu'ils ne quittaient jamais.

Kab-Bag n'était pas leur seule cité, mais c'était sans nul doute la plus grande – c'est-à-dire la plus profonde –, s'enfonçant à près d'une lieue sous terre, dans un dédale de couloirs et de tunnels creusés autour d'un gigantesque puits central, lui-même sillonné de ponts et de plates-formes supportant les palais des plus riches. La rue principale, encombrée de ponts de singe, d'étals et de tavernes entre lesquels sinuaient des caravanes chargées de marchandises, s'enfonçait en tire-bouchon jusqu'à la ville basse, là où le soleil et l'air frais ne pénétraient que rarement, dans un quartier si sombre que ses habitants le nommaient Scâth – le Pays de l'ombre –, ce qui était aussi le nom du royaume des morts. C'était là que la Guilde avait établi son sanctuaire, si profondément enfoui dans la touffeur obscure de ruelles inextricables que les monstres eux-mêmes n'étaient pas descendus aussi bas.

Aucun mur, aucune palissade ne marquait l'entrée du Pays de l'ombre. Il n'y avait qu'une poutre, un simple pieu gravé de la rune de Beorn, représentant un arbre à trois branches, fiché en terre au détour d'un passage. Mais c'était assez pour que tous s'en écartent, à moins d'avoir une bonne raison d'y entrer.

Depuis la mort du sénéchal-duc Gorlois, l'homme qui avait organisé la Guilde des voleurs et des assassins pour en faire un instrument de pouvoir, la vieille Mahault de Scâth en était devenue la dernière souveraine. Mais la guerre qui ravageait la terre de Logres depuis deux ans déjà avait brisé son pouvoir bien plus que n'aurait pu le faire une armée entière d'archers du roi. Il n'y avait plus autant d'or depuis que les nains avaient fait effondrer leurs montagnes, plus de convois à travers les plaines, quand on risquait à tout moment d'être assailli par des elfes, des nains ou des hommes de Gorlois, et plus personne à assassiner, quand tant de gens mouraient sans raison.

Tapie dans son palais souterrain avec sa cour d'eunuques, de courtisans et de tueurs, dans la chaleur poisseuse des braseros et l'odeur enivrante de l'encens qu'on y faisait brûler en permanence pour masquer les remugles d'égouts qui suintaient de la ville basse, Mahault avait peur. Elle était si vieille, si riche et si laide – d'une laideur formidable, blanche et bouffie, grasse et pustuleuse – qu'elle n'attendait plus grand-chose de la vie, si ce n'est l'heure des repas. Mais l'odeur de la mort était parvenue jusqu'à elle, dans le silence morbide qui s'était brutalement abattu sur la ville. Kab-Bag s'était tue, depuis que les monstres l'avaient investie, et son bourdonnement perpétuel laissait place à un silence glacé, parfois déchiré par de longs hurlements atroces, quand un gnome servait de jouet à leurs abominations. Du haut de sa tour, seul bâtiment en pierre de tout le quartier et qui dominait les masures invraisemblables qui s'y étaient entassées, elle scrutait le ciel, loin au-dessus, inaccessible et gris, par une lucarne maculée de graisse. Et c'est là, à cet instant, qu'elle ressentit l'appel.

Mahault ne marchait plus depuis longtemps déjà. Son poids était tel, sans parler des bijoux, des fourrures et des étoffes de brocart, lourdes et chargées d'or, dont elle se revêtait par couches superposées, que ses jambes étaient bien incapables de la porter. Mais l'urgence de l'appel était telle qu'elle fit quelques pas avant de s'écrouler. Sans doute aurait-elle rampé, semblable à une limace monstrueuse laissant derrière elle une traînée de fils d'or arrachés à ses robes, si ses serviteurs ne l'avaient ramassée et hissée sur sa chaise. Étourdie par le choc, elle resta inconsciente durant quelques instants, assez pour que ses courtisans se pressent autour d'elle, affichant des mines désespérées qui n'étaient pas toutes composées. La peur s'était répandue jusqu'au Pays de l'ombre, et toute cette misérable cour de tueurs et de putains se raccrochait désespérément à l'espoir de sa puissance, sans comprendre que la Guilde n'était rien face à l'Innommable. Elle reprit enfin ses esprits, pitoyable avec son bonnet brodé qui avait glissé, révélant une calvitie striée de rares mèches filasse, et promena sur eux un regard parfaitement vide.

— Le Maître m'appelle, dit-elle simplement.

Construit à mi-hauteur de Kab-Bag sur une plateforme gigantesque dont les piliers s'appuyaient en arcade sur les deux flancs de la fosse, le palais du shérif Tarot ressemblait à une caricature de château, débordant de tours inutiles, de créneaux et de hourds, mais on y avait une assez bonne vue de la ville, et l'air qu'on y respirait était raisonnablement pur. En quelques heures, une escouade de gobelins en avait ravagé l'intérieur, ne laissant presque qu'une coquille vide, arrachant rideaux et tentures, fracassant les murs exigus et les couloirs étroits, défonçant les plafonds sur une hauteur de deux étages jusqu'à ce qu'une salle assez vaste y soit aménagée. C'est là que le Seigneur Noir avait pris ses quartiers.

Perdu dans la foule amassée au fond de la salle, derrière deux rangs immobiles de soldats d'élite, Tarot sanglotait en silence sur les vestiges de son palais. De ses velours et de ses soies, de ses sculptures délicates et de ses tentures brodées il ne restait qu'un amas de cendres et de gravats. La pièce était nue et sombre comme une grotte, éclairée par des flambeaux fichés dans le mur qui projetaient sur les dalles leur lueur vacillante. Lui qui avait autrefois régné, du moins en façade, sur le plus riche allyan gnome du pays de Logres, il était réduit à attendre là, parqué comme tous les autres quémandeurs, que le Maître lui accorde une audience. Mais au moins était-il en vie, ce qui était un luxe appréciable, ces derniers temps.

Tarot était trop petit pour seulement espérer l'apercevoir derrière les rangées de gobelins, et pourtant il ressentait la présence de Celui-qui-ne-peut-être-nommé. C'est tout juste s'il avait distingué, en découvrant avec effarement ce qu'il restait de son palais, un trône encadré par de vastes braseros rougeoyants, gardé par des monstres d'une taille effrayante, drapés dans des capes noires qui les recouvraient entièrement. En y repensant à présent, il peinait à savoir si le Maître était déjà là lorsqu'il était entré, ou s'il avait attendu que les portes – deux immenses vantaux arrachés à la poterne principale de son palais – se soient refermées pour les honorer de sa présence.

Soudain, un garde orc à demi nu se mit à frapper à une cadence de dément sur un tambour de bronze, jusqu'à produire une résonance assourdissante qui vous donnait envie de fuir dans l'instant ou de vous enfoncer les poings dans les oreilles. Tarot s'était recroquevillé contre ses voisins, les mains plaquées sur ses tempes, et il ne réalisa qu'après coup que l'effroyable martèlement s'était interrompu. Un officier vêtu d'une longue cape rouge aboyait ses ordres dans la langue gutturale et hachée des Terres noires, puis il les répéta en usant du langage commun.

— À genoux devant le Seigneur, Maître des Marches et des Terres foraines [1], roi de Gorre et de l'*Ifern Yên* [2], empereur au nom de Lug le Lumineux, Lug À la Longue Main, Lug Grianainech, Samildanach, Lug Lamfada [3], par la Lance et par le feu !

Tandis que ses voisins s'agenouillaient docilement, Tarot profita de l'occasion pour jouer des coudes et parvint à s'infiltrer au premier rang où, entre deux gardes, il vit un être d'apparence humaine, vêtu de noir et aussi pâle qu'un elfe, avec une longue chevelure de jais lui tombant jusqu'au milieu du torse, en longues nattes qui roulaient sur sa sombre cuirasse. L'homme (car il semblait vraiment être un homme) salua le Maître avec déférence puis s'avança à pas lents, tenant droit devant lui une lance d'or étincelante dont le fer semblait être en fusion. Et derrière lui, marchant tête basse, se profilait une interminable théorie d'enfants de toutes races.

— Honneur au prince Maheloas ! cria l'officier. Honneur à la Lance !

Le gnome, ébloui, ne pouvait détacher les yeux de cette pointe rougeoyante et de l'être impassible qui tenait à bout de bras ce qui ne pouvait être que le quatrième talisman, la Lance de Lug, si brillante qu'elle ressemblait à un rayon solaire. C'était un objet légendaire, l'égal du chaudron des elfes, de la pierre de Fal ou d'Excalibur, l'épée volée aux nains. Et aucun gnome, fût-il prince ou shérif, ne pouvait rester impassible devant une telle merveille...

Des cris affreux l'arrachèrent brutalement à sa fascination. Des orcs s'étaient brusquement jetés sur les

1. Lointaines.
2. « L'enfer froid ».
3. Lug « au visage de soleil », « multiple artisan », « à la longue lance », noms donnés au dieu dans la tradition celte.

enfants et, malgré leurs cris déchirants, les traînaient au-dessus d'un chaudron. Là, d'un coup de sabre, les malheureux étaient éventrés, tenus par les bras et par les jambes jusqu'à ce qu'ils se soient vidés de leur sang. Tarot ferma les yeux et se boucha les oreilles, pétrifié d'horreur. L'un de ses voisins vomit sur lui sans qu'il s'en aperçoive, et lui-même manqua défaillir tant l'atroce cérémonie se prolongeait impitoyablement. À demi inconscient, révulsé de dégoût, il vit à peine le prince Maheloas plonger la lance brûlante dans le chaudron débordant de sang et de viscères, indifférent aux corps exsangues qui l'entouraient. Il y eut un sifflement immonde quand le fer en fusion se refroidit au contact de ce magma écœurant, puis l'homme releva lentement le talisman sacré des monstres et le brandit à bout de bras, dégoulinant de sang.

— La soif de la Lance est apaisée ! cria-t-il. Au nom de mon Maître, je proclame la trêve d'hiver !

Le reste fut dit dans leur langue incompréhensible, tandis que le tambour de bronze reprenait son vacarme infernal. Tarot tenait à peine debout. Son visage de pomme de terre, terreux et boursouflé, était devenu rouge brique et son pourpoint l'étranglait. L'odeur des viscères et du sang tiède, la sueur âcre des êtres terrifiés qui le pressaient de toutes parts, la chaleur des flambeaux et des immenses braseros disposés devant le trône, tout cela lui portait au cœur au point que ses jambes courtaudes ne le soutenaient plus, et qu'il ne restait debout que par l'entassement dans lequel ils étaient tous confinés.

L'audience, pourtant, commençait, et son nom fut appelé en premier.

L'esprit engourdi par l'abomination à laquelle il venait d'assister, Tarot ne l'entendit pas. Il fallut que quelques-uns de ses administrés le poussent en avant, jusqu'à buter contre les gardes gobelins, pour qu'il se ressaisisse. Alors, comprenant qu'il avait été mandé, il faillit s'évanouir à nouveau, mais les gardes s'écartèrent, l'attrapèrent par sa cape et le projetèrent sur les dalles comme un paquet de linge sale. Le gnome se releva aussitôt, bafoué dans son honneur par ce traitement de gueux, et son indignation lui donna le courage d'avancer, pour un temps du moins.

Immobile comme une statue, Celui-qui-ne-peut-être-nommé regardait progresser pas à pas le shérif et se repaissait de son effroi croissant. Aucun autre souverain n'aurait toléré qu'un quémandeur s'approche aussi lentement, perde autant de temps à franchir les quelques toises qui les séparaient, mais les monstres se nourrissaient de la peur bien plus que d'eau ou de pain, et la terreur faisait partie de l'étiquette de leur cour. Tarot se sentait défaillir à chaque pas, mais se rapprochait toujours, fasciné et tremblant, ressassant l'unique question qu'il voulait poser. Ses yeux exorbités allaient sans cesse des gardes gigantesques à la silhouette hautaine du prince Maheloas, glissaient sans oser le regarder sur le trône du Maître, puis se figeaient sur le chaudron éclaboussé de sang et l'entassement atroce des misérables victimes de leurs rites insensés.

— Tu es assez près, dit tout à coup le prince à la sombre cuirasse, sans même tourner la tête vers lui. Pose ta question.

Le visage ruisselant de sueur, à bout de souffle et au bord du malaise, Tarot releva les yeux vers le Maître. On ne voyait de lui que la forme sombre d'une robe de velours rougeoyant à la lueur des braises, une vaste capuche rabattue sur la tête, impassible, inerte comme une eau stagnante. Seules ses mains, longues et grises, étaient visibles, ornées de bagues et d'anneaux à chaque doigt ou presque. Mais ces mains n'avaient aucune vie, pas le moindre frémissement. Une rigidité de cadavre...

— Maître, je suis venu dès que vous m'avez appelé, bredouilla-t-il.

— Pose ta question ! jappa Maheloas.

— Mon fils…

Le gnome ne put s'empêcher de jeter un nouveau regard en coin vers le chaudron et les cadavres vidés de leur sang. Voilà plus de trois ans, des gobelins avaient fait irruption dans le palais et enlevé son premier-né. Puis un message lui était parvenu, disant qu'on le lui rendrait en échange de certains services. Il devait avoir aujourd'hui à peu près l'âge des enfants qui venaient d'être égorgés… Abandonnant toute tenue, il éclata en sanglots et tomba à genoux.

— Mon fils… Est-ce que vous l'avez…

— C'était ça ? ricana le prince. Alors n'aie crainte, seigneur Tarot. Ton fils est toujours en vie.

— Mais… ces enfants…

— Quelque chose t'a déplu, gnome ?

— Seigneur, pardonnez-moi… mais vous n'avez rien à craindre. Nous n'avons pas levé les armes contre vous. Je vous ai même offert mon propre palais. Vous savez que nous ne tenterons rien qui puisse vous nuire… Rendez-moi mon fils, par pitié.

Le prince Maheloas, pour la première fois, daigna se tourner vers lui. Son visage blafard était fendu d'une sorte de rictus amusé qui devait lui tenir lieu de sourire.

— Tu n'as pas levé les armes contre nous, hein ? C'est bien aimable de ta part… Est-ce là toute ta requête, gnome ?

Tarot hocha la tête, ruisselant de sueur à présent à côté de ces énormes braseros. Comment pouvaient-ils supporter une telle chaleur ?

— Approche…

Le gnome tressauta involontairement. La voix du Maître n'avait été qu'un murmure, mais elle s'était imprimée en lui, insidieuse, comme s'il venait de parler à son oreille. Il se tourna vers Maheloas, mais celui-ci s'était de nouveau détourné de lui et ne lui offrait qu'un profil méprisant.

— Ton fils est en vie, chuchotait la voix. Je le garde avec moi jusqu'à ce que tu m'aies rendu service, ainsi que nous en sommes convenus... Mais ne crains rien, il se plaît bien avec nous... Regarde-moi.

Ils n'étaient plus distants que de quelques coudées. La main osseuse de Celui-qui-ne-peut-être-nommé s'anima, lui fit signe d'avancer, et, quand Tarot fut assez près, le Maître se pencha en avant, afin qu'il voie son visage, à la lueur des braises.

La vision le cingla aussi sèchement qu'un coup de fouet. De saisissement le gnome tituba, battit en retraite et finit par s'effondrer sur les dalles. Ce visage, c'était...

— Je vois que tu m'as reconnu, murmura la voix. Tu vois, avec moi ton fils ne craint rien.

IX

Une venue à Loth

La ville ressemblait à une maladerie. Les blessés et les souffreteux s'étalaient jusque dans les rues, malgré la neige, jusque dans les ruines des maisons incendiées lors du siège. Il y en avait plein l'église, plein le palais, et des hommes d'armes partout, réquisitionnant même les greniers pour s'abriter du froid. C'était comme si le royaume entier s'était réfugié à Loth. On avait peine, à présent, à faire circuler un chariot, et les vivres commençaient à manquer, mais cette foule, par son simple nombre, avait pourtant sauvé la ville du désastre, lorsque les monstres avaient attaqué. Une nuit et un jour, puis toute une nuit encore, les remparts avaient ployé sous l'assaut furieux de leurs hordes. Les douves débordaient de leurs corps broyés, les murailles ruisselaient de leur sang, mais ils n'avaient aucune machine de guerre, ni balistes ni catapultes, tout juste leur fureur effroyable et leur courage aveugle, et Loth avait tenu bon. Puis l'hiver s'était abattu sur la plaine et un beau matin le siège avait pris fin, sans que personne n'en ressente la moindre impression de victoire.

Après que les monstres furent partis, il avait fallu des jours entiers pour que quiconque ose s'aventurer hors des remparts, puis des jours encore pour ramasser les corps, souvent agglutinés par le gel, et en faire un horrible entassement, au loin, qu'on arrosa de poix, de soufre et d'huile avant d'y mettre le feu. Et des semaines pour que l'infecte odeur de chair brûlée soit emportée par le vent.

Quelques patrouilles de cavaliers s'étaient dispersées, au nord et à l'est, afin d'éclairer les abords de la ville. Aucune d'elles n'avait trouvé trace des monstres. L'espoir commençait à renaître, l'espoir et la vanité, car les hommes pensaient avoir vaincu seuls l'armée de Celui-qui-ne-peut-être-nommé. C'est alors que les loups s'étaient répandus dans la plaine.

Au cœur de la nuit, toute une meute avait attaqué une poterne où somnolaient des gardes abrutis de fatigue, puis s'était dispersée dans la ville endormie. Ç'avait été un effroyable carnage, jusque dans l'église, où une dizaine de fauves avaient surpris les moines à mi-nuit, lors des matines. La ville s'était éveillée en sursaut, dans les hurlements d'effroi ou d'agonie de ceux qui tombaient sous leurs griffes. D'un seul coup, il semblait y en avoir partout, jusque dans le palais, jusque dans les couloirs menant aux chambres royales… Des hommes en armes sillonnaient la ville, illuminant les moindres recoins des moindres ruelles d'une forêt de torches, des femmes en pleurs criaient de terreur, et les loups se cachaient, pour surgir tout à coup, semblables à des bêtes jaillies droit de l'enfer, lacéraient des escouades entières avant de succomber sous leurs lances. Ce fut ainsi toute la nuit.

Une semaine s'était écoulée depuis, mais les citadins n'osaient toujours pas sortir de chez eux après la tombée du jour. Nul ne savait combien de loups étaient entrés dans la ville, nul ne savait s'ils avaient tous été tués…

La peur était la meilleure arme des monstres.

Comme chaque matin, Uter arpentait le chemin de ronde, emmitouflé dans une cape de fourrure. L'air glacé et la neige qui tombait en flocons épais lui faisaient du bien, aussi il ne rentrait que lorsque ses bottes se craquelaient et qu'il ne pouvait plus supporter le froid. La campagne alentour, grise et plate sous le ciel d'hiver, n'offrait qu'un morne spectacle à l'œil et un piètre réconfort à l'âme, mais tout était préférable à l'atmosphère délétère qui régnait au palais. Où que le regard se portât, ce n'était que souffrance et désespoir. Tout ce que le royaume comptait de petits barons, de paysans libres et de clercs avait fui en laissant tout derrière soi, y compris les bêtes, les morts et parfois les blessés. Ou pire encore... Certains avaient cédé à l'épouvante et s'étaient sauvés sans se retourner, abandonnant femmes et enfants. Les têtes étaient baissées, les regards fuyants. La honte s'ajoutait au chagrin.

Uter, depuis le début du siège et la débâcle de l'ost royal, était sans nouvelles des grandes seigneuries : Sorgalles, bien sûr, qui avait subi le premier choc de l'invasion, mais aussi Lyonesse, Orcanie, Carmelide... Carmelide, justement... Aucun des hommes qui avaient réussi à rallier la ville n'avait pu lui dire si le duc Léo de Grand était encore en vie. C'était comme si l'armée s'était effondrée en un instant, comme si chacun de ses hommes d'armes, archers, écuyers et chevaliers avait combattu seul, pour sauver sa vie, sans qu'à aucun moment la bataille ait pris forme. Bien des troupes avaient rejoint Loth, dans les jours suivants, et des villages entiers, menés par leur baron et par le prêtre, mais, malgré tout ce monde, il n'y avait plus à Loth assez d'hommes pour monter une expédition, sortir enfin de ces murs et affronter les monstres en rase campagne, au lieu de périr de froid, de faim et de peur en attendant l'assaut final. Plus assez d'hommes courageux, en tout cas. Plus assez d'espoir, plus de volonté. Il ne restait que des naufragés accrochés aux débris de leur vie, espérant juste survivre encore un peu, passer l'hiver.

Un mouvement au loin tira brusquement Uter de ses amères pensées. Le cœur battant, il s'appuya à un merlon et pencha à demi le corps au-dessus du créneau pour mieux voir, mais il n'y avait aucun doute : un petit parti de cavaliers, escortant quelques chariots, s'approchait de la ville.

Le roi se rejeta en arrière, chercha des yeux un garde et apostropha le premier qu'il vit, tandis qu'au même instant une sonnerie de cor résonnait depuis une tour d'angle. Les guetteurs, par bonheur, n'étaient pas endormis. Ils les avaient vus, eux aussi... Des dizaines d'hommes d'armes jaillirent aussitôt de chaque bretèche, se répandirent sur le chemin de ronde enneigé et, comme lui, se penchèrent pour observer le convoi qui progressait sur la chaussée de terre levée. Passé le premier moment d'inquiétude, des cris de joie s'élevèrent parmi les gardes. C'était le premier signe de vie qui leur ait été donné de voir depuis des jours, hors des fortifications. Les cavaliers n'étaient pourtant pas assez nombreux pour constituer un quelconque renfort, ils ne portaient ni bannière ni oriflamme, pas même de lances. Il y avait deux chariots, dont un étrange attelage qui tenait plus de la litière que du fourgon, mais c'étaient des hommes, à n'en pas douter, et s'ils avaient pu passer c'est que, peut-être, les loups étaient partis...

Un sergent, le visage bleui de froid sous sa capuche de mailles couverte de neige, vint aux ordres, et Uter le prit familièrement par les épaules, reconnaissant un vieux compagnon d'armes (même s'il aurait été incapable de lui donner un nom).

— Descends à la barbacane, dit-il. Ordonne-leur d'abaisser le pont-levis mais de ne pas les laisser entrer. Fais vite...

L'homme partit à toutes jambes, au risque de s'étaler sur le chemin de ronde verglacé, tandis que le roi se penchait de nouveau au créneau. Les cavaliers n'étaient qu'une dizaine, tout au plus, chaudement vêtus, bien armés et montant de solides roncins, mais ce n'étaient pas des soldats, ni des chevaliers. Parvenus aux abords de la ville, ils ralentirent leur allure et certains mirent même pied à terre, soulageant leurs montures exténuées. Lorsqu'ils ne furent plus qu'à quelques toises de la barbacane défendant la grand-porte, l'un de ceux qui étaient restés en selle s'avança sur le glacis et leva la main en signe de paix.

— Asile, au nom de Mahault de Scâth ! Nous portons des nouvelles pour le roi !

Uter eut un hoquet de surprise, puis s'écarta du créneau en souriant. Mahault… Mahault de Scâth… La dernière fois qu'ils s'étaient vus, c'était dans son repaire, au tréfonds de Kab-Bag. Tant de choses étaient arrivées, depuis… Il se retint de ne pas courir sous le regard de ses hommes, mais il quitta le chemin de ronde aussi vite que possible, s'enfonça dans la tour d'angle et dévala les escaliers jusqu'au niveau de la cour, d'où il rejoignit en quelques enjambées le poste de garde du pont-levis.

Là, ses hommes levèrent vers lui des regards interrogateurs, fébriles et pleins d'espoir.

— Avec moi, dit-il.

Quelques pas encore et il fut au-dehors, saisi à nouveau par le vent glacé, clignant des yeux sous l'averse de neige. Il saisit par la bride le cheval de l'émissaire et flatta son encolure. La pauvre bête semblait à bout, écumante malgré la neige et fumant dans l'air vif du petit matin.

— Descends, ordonna-t-il à son cavalier. Qu'on mène ce cheval à l'écurie, qu'on le bouchonne et qu'on ne lui donne pas à boire avant une heure, sinon il va claquer !

L'homme obtempéra avec une lenteur insolente, céda ses rênes aux gardes et resta là à le dévisager. Ces yeux, ce sourire torve, ces vêtements de cuir sombre, les dagues qu'il portait à la ceinture, l'anneau, à son doigt, marqué de la rune de Beorn... Cet homme était un tueur, un assassin de la Guilde dont la place était au gibet, haut et court. Il ne s'écarta qu'à contrecœur du chemin d'Uter, avec autant d'irrespect que possible, et le roi sentit le frémissement de colère de ses gardes, derrière lui.

— Quel est ton nom, toi ? dit Uter.

— Guerri... Guerri le Fol, répondit l'homme en relevant le menton.

— Ça te va bien... Désarmez-le et fouillez-le bien. Aucun de ces hommes n'entre en armes dans la ville !

Puis il s'avança vers le premier chariot, un gros brancard attelé à quatre, deux chevaux de timon et deux de volée, mené par un cocher à demi recouvert de neige et qui semblait gelé jusqu'aux os. Contournant l'attelage, il écarta le rideau de cuir qui fermait la caisse. Une bouffée de chaleur parfumée lui sauta aussitôt au visage. L'instant suivant, un jeune homme vêtu de soieries ridicules lui brandit un poignard sous la gorge, avec un glapissement aigu. Uter s'effaça vivement, saisit son poignet et, d'une brusque traction, l'envoya bouler dans la neige. Le gandin y tomba cul par-dessus tête, si bien que tous purent voir qu'il ne portait rien sous ses robes, et se releva tant bien que mal sous les quolibets de ses compagnons.

— Le roi en personne ! gloussa une voix grasseyante, perdue sous un tas de coussins, de fourrures et de capitonnage. C'est beaucoup d'honneur pour la vieille Mahault !

Et elle émergea, bouffie et blanche, de son amas d'étoffes.

— Tu n'as pas changé, mon mignon, minauda-t-elle. Toujours aussi beau, oui, oui, oui...

— Toi non plus, tu n'as pas changé, Mahault de Scâth. Sauf que tu as quitté ta tour.

La vieille receleuse sourit, puis s'enveloppa frileusement de tout ce qui se trouvait à portée.

— Tu veux faire mourir de froid la vieille Mahault, mon puceau ? Monte avec moi, tu me tiendras chaud, oui, oui.

Uter sourit, puis jeta un coup d'œil amusé vers le jeune homme transi de froid qui s'était relevé et battait la semelle dans la neige, penaud, ridicule.

— J'aurais trop peur que tu ne caches un autre de tes pages sous ce tas de coussins, dit-il. Nous nous reparlerons tantôt, quand tu seras réchauffée.

Il rabattit le rideau, coupant court au babillage de la vieille femme, puis claqua la croupe du cheval de timon.

— Laissez-les entrer !

Lliane n'avait rien dit depuis son retour dans l'île. Pas un mot, sauf pour Rhiannon. Dorian, Kevin, Till et le seigneur Bran étaient restés sur la berge, sans même que Merlin s'en aperçoive, et lui seul avait suivi la reine jusque dans son refuge d'Avalon. Tandis que la barque se frayait un passage entre les roseaux, il avait essayé de lui parler mais n'avait pas su trouver ses mots. Tout au plus avait-il eu le courage de lui prendre la main. Lliane lui avait souri, un bref instant, puis s'était détournée, et, dès que l'esquif avait touché terre, elle s'était évaporée. Depuis, il était seul.

Chaque matin, il venait s'asseoir sur la roche que la reine aimait, une large dalle qui surplombait les flots, du haut de laquelle on pouvait deviner les cimes des grands arbres de la forêt, au-delà du brouillard. L'hiver était resté au-dehors de l'île, comme toujours, mais le froid parvenait jusqu'à lui, dans les fumerolles de brume qui s'effilochaient aux abords d'Avalon. Le ressac tranquille du lac et le lent balancement des roseaux au moindre souffle d'air entretenaient la mélancolie de son âme. Il n'y avait personne à qui parler, de toute façon, rien à faire à part jeter des cailloux dans l'eau et compter les cercles. La reine et sa fille s'étaient réfugiées loin dans l'intérieur des terres, là où seul le petit peuple pourrait les retrouver. Il ne les avait pas suivies. Il n'avait pas cherché à les rejoindre.

Peut-être resterait-il ainsi durant des siècles, tandis que le monde au-delà de la brume sombrerait à jamais. Et après tout, qu'est-ce que ça pouvait faire ? Les seuls êtres qu'il aimait vraiment étaient là, dans l'île. Le reste n'était que chaos et batailles, froid, souffrance, tristesse... Peut-être était-ce la volonté des dieux, puisqu'ils avaient créé ainsi ce monde, mortel, périssable, fugace. Un monde fait de vie, d'amour, de beauté, de chants, de rires, mais aussi de laideur, de cris, de pleurs et en fin de compte de mort. La mort inéluctable. La mort pour tous, princes et manants, riches et misérables, imbéciles et savants. La mort pour le nain creusant sa mine, la mort pour le kobold immonde flairant la charogne, la mort pour l'arbre couvert de feuilles, la mort pour l'oiseau et la belette, la source d'eau vive, la falaise battue par la mer. Tôt ou tard, douce ou violente. La seule question était de savoir quand...

L'eau, en dessous de lui, semblait l'attendre. Merlin se leva, retira sa robe, la plia, posa dessus ses maigres biens, puis s'avança jusqu'au bord du rocher. Voilà. Il ne suffisait plus que d'un pas en avant pour cesser de retarder vainement l'inévitable. Gagner du temps. Rejoindre le Sid, la paix enfin dans l'Autre Monde... Pendant un long moment il se tint ainsi, nu dans la brise, à contempler le miroitement indifférent des flots, pleurant sur lui-même et sa pauvre vie. Trop longtemps pour faire le pas. Alors il renonça, s'étendit sur le rocher et ferma les yeux.

— C'est si triste, murmura-t-il.

— Qu'est-ce qui est triste ?

Il reconnut la voix de Lliane mais ne bougea pas, n'ouvrit pas les yeux.

— Il y a malgré tout de la beauté dans ce monde, dit-il. Le soleil, au travers du feuillage, l'eau fraîche du ruisseau, le vin d'Uter, à la cour… Il y a tes yeux, aussi verts que les prés, tes cheveux et ta peau. Il y a tes jambes, si longues quand tu marches, tes seins sous ta tunique… Je t'ai vue, tu sais, le jour de l'ouragan. Je n'ai jamais autant désiré une femme, qu'elle soit elfe ou humaine…

Merlin sourit et secoua la tête, étonné lui-même de ce qu'il venait de dire, mais son pouls s'emballa lorsqu'elle s'allongea contre lui, sans aucune étoffe entre eux.

— N'aie pas peur…

Elle était là, si douce et si chaude contre son corps glacé, et la brise les recouvrait tous deux de la caresse de ses longs cheveux noirs. Il lui aurait suffi de lever la main pour toucher sa peau…

— C'est vrai, j'ai peur de toi, dit-il tout bas. Les hommes ont toujours eu peur de toi, tu sais ? Et même Llandon te craignait. Je crois que seul Uter a su te voir telle que tu étais, que lui seul t'a aimée assez fort pour ne pas s'effrayer de ta beauté. Et puis voilà… Ygraine est très belle, mais d'une beauté humaine, donc imparfaite, donc acceptable… Sans doute a-t-il eu peur de toi lui aussi, finalement.

Il s'interrompit, et pendant un long moment ils restèrent là en silence, sous le murmure du vent.

— Je devrais détester ce monde… Depuis que je suis né, je n'inspire que la crainte, le mépris ou la haine. Je sais ce qu'on dit de moi. Je suis le fils d'un diable, nul ne peut m'approcher sans ressentir un malaise, je n'ai pas d'âge, pas de race, pas de peuple… Et pourtant, tu sais, l'idée de voir ce monde disparaître me noue la gorge et me met les larmes aux yeux. Je pleure pour Bran et ses insultes insensées, pour Uter qui m'a jeté à terre, pour Rhiannon qui ne veut pas me ressembler. Je pleure pour toi, Lliane, qui ne m'aimes pas.

— Tu es resté trop longtemps près des hommes, chuchota la voix de l'elfe tout près de son oreille, tendre et chaude. Ce que les hommes appellent l'amour est une souffrance, une quête impossible qui aveugle le cœur et l'esprit. Ils ne se contentent jamais de l'instant présent, de la douceur de ma main sur ta joue, de mon corps contre le tien, du bonheur quand il est là, du plaisir quand il vient… N'ouvre pas les yeux, Myrddin. Aucune race animale, aucune tribu de la Déesse ne connaît l'amour des hommes. La tendresse, oui, le désir, le plaisir et l'ivresse, l'attachement, mais pas cette passion qui détruit tout ce qu'elle touche. Ne cherche pas à m'aimer. Prends ce que je te donne, Myrddin, pas ce que je ne peux t'offrir. Si je n'avais pas aimé Uter…

Elle ne finit pas sa phrase, mais se serra un peu plus fort contre lui. Malgré cela, malgré la chaleur de son corps et la douceur de ses lèvres contre sa peau, Merlin sentit l'instant se défaire entre eux. Alors il ouvrit les yeux et se tourna vers elle.

— Si tu n'avais pas aimé Uter, Rhiannon ne serait pas née, dit-il. Ce n'est pas toi qui as détruit ce monde, tu sais, ni toi ni lui. Mais c'est peut-être elle qui le sauvera…

Lliane sourit tristement, puis se détacha de lui et s'étendit sur le dos, contemplant les nuages dans le ciel.

— C'est gentil, mais ça n'a pas de sens…

— Si ça n'a pas de sens, c'est que les dieux ne savent pas ce qu'ils font, répondit Merlin, d'un ton soudainement exalté. Tu te souviens de la prophétie des runes ? Ethel, la rune de la maison. *« Byth oferleof aeghwylcum... La maison est chère au cœur de chacun. »* La rune de Rhiannon était inversée, et tu as cru que c'était un mauvais présage, qu'elle serait seule à tout jamais, loin des siens... Ce n'est pas ce que je vois, Lliane. Je vois un monde où il n'y aura plus d'elfes, plus d'hommes, de nains ou de monstres, mais une seule race, égale aux dieux, et qui n'aura jamais plus besoin d'eux. Rhiannon n'est ni une elfe ni une femme. Elle est ce que nous serons tous un jour.

— Elle est ce que tu es déjà, dit Lliane. « Sans race, sans peuple... » Ce sont tes propres mots.

— Et toi, quel est ton peuple ? trancha Merlin.

L'elfe ne répondit pas. Elle s'assit, serrant ses jambes repliées dans ses bras, et, lorsqu'elle posa sa tête contre ses genoux, le rideau noir de ses cheveux la masqua presque entièrement aux yeux de l'homme-enfant.

— Pardonne-moi, murmura-t-il. Je n'ai pas voulu te blesser. Nous avions cru que le monde était fait pour durer toujours, mais c'est cela qui n'a aucun sens. Rien ne dure toujours... Le monde change, oui, mais c'est parce que les dieux veulent qu'il change. Et nous sommes leurs instruments, toi, moi, Uter, Rhiannon...

Elle tourna la tête et posa la joue contre son genou.

— Ils auraient pu trouver mieux, dit-elle. Ce sont les monstres, bientôt, qui règneront sur le monde.

— Les monstres obéissent à la Déesse, tout comme nous. Les dieux ont voulu qu'ils châtient les hommes, c'est fait. C'est à nous, maintenant, de les vaincre, pour que leur volonté s'accomplisse, que toutes ces horreurs prennent fin et que ta fille puisse enfin régner sur un peuple apaisé.

Lliane sourit à nouveau et se détourna de lui.

— Tu rêves, cher Myrddin… Tu es plus aveugle encore que Llandon, et bien plus sourd que le vieux Gwydion. Les elfes ne se battront pas. Avec qui veux-tu vaincre l'Innommable ? Avec Dorian, Kevin et les autres ? Une poignée d'elfes contre des armées de monstres ? Tu dis n'importe quoi…

Merlin se rapprocha d'elle, écarta la longue frange qui masquait son profil et l'attira doucement contre lui.

— Ce ne sont pas les armées du roi qui ont terrassé les nains, murmura-t-il tout contre son oreille, humant son parfum d'herbe coupée. S'ils disparaissent aujourd'hui, c'est parce qu'ils n'ont plus de talisman. D'ailleurs, aucune armée, si forte soit-elle, ne peut détruire un peuple. Vois les monstres… Il aura fallu dix années de batailles et de massacres pour les repousser au-delà des Marches. On les croyait anéantis, et voilà qu'ils reviennent, plus nombreux encore qu'autrefois. Ce n'est pas avec une nouvelle guerre qu'ils seront vaincus. En revanche, si nous mettons la main sur leur talisman…

Lliane releva vers lui son regard vert si clair et sut qu'elle l'avait compris.

— Sans talisman, dit-il, aucun peuple ne vit.

Il n'y avait pas le moindre souffle d'air frais dans la pièce. Les fenêtres avaient été masquées par des rideaux de toile cirée, des bûches énormes se consumaient dans la cheminée sur un épais lit de braises, et le parfum capiteux de Mahault leur faisait tourner la tête, bien plus encore que tout le vin qu'ils avaient pu boire. La vieille receleuse avait eu faim, et il avait fallu supporter de la voir manger (un spectacle assez peu ragoûtant), emmitouflée dans ses fourrures et ses soieries malgré la touffeur de la pièce, jusqu'à ce que la table soit vidée de toutes victuailles. Uter s'était amusé un moment du dégoût avec lequel l'abbé Illtud la regardait, pestant dans sa barbe que d'aussi énormes quantités de provisions soient englouties avec une telle boulimie alors que tant de pauvres gens manquaient de pain. À la longue, pourtant, les minauderies et les bruits de succion écœurants qui ponctuaient son repas à chaque instant finirent par user également la patience du jeune roi, et, quand elle tendit son gobelet pour que l'échanson effaré le remplisse à nouveau, il intercepta la carafe et la posa hors de portée.

— Tu voulais me parler, ou tu es juste venue te remplir la panse ?

La vieille femme le regarda avec une moue désapprobatrice, puis reposa lentement son gobelet d'étain.

— Du temps du duc Gorlois, on était mieux reçu, susurra-t-elle.

— Je n'ai jamais vraiment porté le duc dans mon cœur, dit Uter en adressant un sourire de connivence à Ulfin, mais je doute qu'il ait eu l'idée de t'inviter au palais…

— Tu crois ça ?

Pendant un bref instant, l'œil de Mahault brilla d'une lueur matoise qui le troubla profondément. Il n'ignorait pas l'usage que le roi Pellehun et son sénéchal avaient fait de la Guilde, mais de là à recevoir l'une de ses représentantes les moins discrètes…

— Cette vieille folle nous fait perdre notre temps, grommela Illtud en se levant brusquement de table. J'ai beaucoup à faire auprès des blessés et des malades. Permettez-moi de me retirer.

— Asseyez-vous, père abbé, dit Uter. Je crois que nous avons beaucoup à apprendre d'elle, au contraire…

— Beaucoup, beaucoup, mon mignon ! gloussa Mahault. Tu sais tellement peu de choses !

Elle marqua un temps, sauça son assiette du bout de son doigt et le suça pensivement, avec des mines qu'Ulfin trouva obscènes, puis laissa tomber :

— Le Maître est à Kab-Bag.

Il leur fallut un temps pour comprendre de qui elle parlait, ou plutôt pour oser le comprendre.

— Toute son armée est installée au-dehors, poursuivit-elle, satisfaite de son petit effet. Il y en a partout dans la plaine, à des lieues à la ronde, et lui-même loge dans le palais du shérif Tarot… Ou dans ce qu'il en reste, oui, oui…

— Les gnomes ont livré bataille ? demanda Ulfin, ce qui eut l'heur de la mettre en joie.

— Bataille, bataille, bataille ! Ha ! Qui a jamais vu des gnomes livrer bataille ?

Le chevalier jeta un regard en biais vers Uter. Bien sûr, les gnomes de la cité souterraine appartenaient à la terre de Logres et, de ce fait, avaient théoriquement prêté allégeance au roi, mais la nouvelle de la chute de Kab-Bag ne constituait pas une grande surprise, plutôt même un soulagement. Si l'Innommable s'installait là, dans ce trou à rats graisseux foré au cœur des grandes plaines, c'est qu'il mettait un terme, provisoirement du moins, à son effroyable offensive. Sans doute ignorait-il à quel point le royaume était exsangue…

— Des pauvres gnomes il n'en reste plus guère, marmonna-t-elle d'un ton soudainement apitoyé, assorti d'une mine de circonstance. Chaque jour, il en meurt des dizaines… J'ai peur que personne ne puisse jamais sortir de là vivant.

— Personne sauf toi, Mahault, coupa Illtud. Avec des chariots et une escorte, encore ! De quelle trahison es-tu chargée pour qu'ils t'aient laissée passer ?

Un bref instant, elle regarda l'abbé furieusement, puis elle haussa les épaules et se renversa dans son fauteuil avec une moue fataliste.

— Vous ne savez rien, dit-elle. Personne ne sort de Kab-Bag, mais Scâth a toujours eu ses propres entrées, oui, oui !

— Scâth ? Qu'est-ce que c'est que ça ?

— Le quartier réservé de la Guilde, précisa Uter.

— Tu ne nous croyais tout de même pas assez bêtes pour nous installer tout au fond de ce trou sans prévoir une porte de sortie, mon mignon ?

Uter lui rendit son sourire, se renversa lui aussi dans son fauteuil et se servit une large rasade de vin, ignorant le gobelet qu'elle lui tendait.

— Eh bien. Qu'est-ce que tu proposes ?

— Moi ? Rien… Tu vois, joli roi, je ne suis qu'une pauvre vieille femme. Tout ce que je souhaite, c'est mourir en paix, oui, oui. Mais, si tu veux, mes hommes peuvent te montrer l'entrée du souterrain. Les monstres ne le connaissent pas…

— C'est un piège ! gronda Ulfin.

— Bien sûr que c'est un piège, dit Uter. Qui pourrait être assez fou pour suivre une bande d'assassins jusque dans leur repaire, puis livrer bataille aux monstres au fond d'un trou !

— Je ne t'ai rien proposé, dit Mahault. Et surtout pas de livrer bataille, non, non… Sans doute est-il préférable d'attendre qu'ils viennent, quand ils l'auront décidé…

Uter la dévisagea intensément, tendit le bras et lui servit un verre qu'elle but d'un trait, puis un autre encore.

— Un souterrain, hein ?

— Tu ne veux tout de même pas…

Uter posa la main sur le bras d'Ulfin pour le faire taire, sans quitter la receleuse des yeux.

— Le Maître, comme tu dis… Tu l'as vu ?

Pour la première fois, le regard de Mahault se troubla. Ce n'était qu'une pâle lueur dans les replis graisseux de son visage, la seule étincelle de vie dans cet amas de chairs blanchâtres, de robes et de bijoux d'un luxe ridicule, mais elle s'était voilée, et Uter eut fugacement l'impression de voir l'être humain qui se cachait derrière ces barrières d'étoffes et de graisse. Mahault était incapable de se mouvoir toute seule. Il avait fallu la hisser à bras d'homme jusque dans cette pièce, et il faudrait tout à l'heure l'emmener de même. Malgré tout son or, le plus novice des écuyers pouvait mettre fin à ses jours d'un simple coup de dague, et aucun de ses mercenaires ne lèverait le petit doigt pour la sauver. En quittant son repaire pour se réfugier à Loth, c'était sa vie qu'elle mettait dans ses mains. Cette petite flamme, dans son regard, était une lueur d'angoisse.

— Tu l'as vu, n'est-ce pas ?

Mahault ferma les yeux et hocha la tête. L'abjection de cet instant dépassait toutes les horreurs qu'elle avait pu voir depuis que des marchands d'esclaves l'avaient vendue à une maison de plaisirs de Kab-Bag, il y avait de ça des siècles... La salle dévastée et obscure, les soldats gobelins et ces sortes de géants maigres, tout de noir vêtus, qui gardaient le trône, le seigneur Maheloas, méprisant et beau comme un dieu, tenant la Lance... Les porteurs de sa chaise tremblaient tant qu'elle avait manqué verser à chaque pas, surtout quand ils l'avaient posée au sol.

— À genoux devant le Maître, avait sifflé la voix chuintante du porteur de la Lance.

Elle avait tenté de se repousser des bras de sa chaise, mais n'était parvenue qu'à glisser à terre, comme un amas informe d'étoffes et de chairs.

— Ainsi, voilà la maîtresse de la Guilde, avait dit le Maître. Quelle étrange allure pour quelqu'un d'aussi puissant... Qu'importe. Je suis heureux de te voir, vieille femme. Je sais tous les services que la Guilde a rendus au roi Pellehun et à son sénéchal... À présent, il faut en faire autant pour moi. Que les voleurs, que les assassins se répandent dans tout le royaume. Qu'ils pillent, qu'ils tuent. Tout l'or, toutes les richesses seront pour vous, fais-en ce qu'il te plaira. Je ne veux que la peur... Regarde-moi.

Le Maître s'était penché vers elle, avançant son visage dans un rai de lumière. Elle avait levé les yeux et l'avait vu...

Uter devina une larme, le long de ses bajoues.

— Je ne suis pas... je ne suis pas ça, dit-elle d'un ton implorant. Ce n'est pas moi...

— Qu'est-ce que tu dis ?

Elle leva la main et l'agita devant son visage, puis tenta de se redresser, la bouche grande ouverte, hoquetant comme un poisson hors de l'eau. Devant leurs yeux effarés, elle fut prise de spasmes et son teint livide devint cramoisi, comme si elle s'étouffait brusquement. Avant qu'ils aient pu intervenir, un sursaut plus violent que les autres la fit glisser à terre, empêtrée dans ses fourrures, et rouler sous la table en s'accrochant à la nappe, ce qui fit choir sur elle les reliefs de son repas.

Illtud fut le plus prompt à réagir. Saisissant une cruche d'eau, il la lui projeta au visage, puis, avec une force qu'Uter n'aurait pas soupçonnée, la poussa sur le côté et dénoua en quelques gestes les couches superposées de capes, de chemises, de cottes et de surcots qui la recouvraient.

— Va chercher un mire ! cria Uter à Ulfin.

— Ce n'est pas la peine, elle vit, dit l'abbé. Ouvre cette fenêtre, noie le feu ! Il lui faut de l'air frais, vivement !

Ulfin dégaina sa dague et lacéra le rideau huilé qui masquait l'embrasure. Aussitôt, le souffle glacé de la plaine se répandit dans la salle, chassant les relents pesants de son parfum et la chaleur du feu. Uter s'agenouilla près de la vieille receleuse et lui souleva la tête. Son bonnet avait chuté, ses robes étaient défaites. Il ne restait qu'une créature pitoyable, presque chauve, si blanche et si flasque qu'elle avait l'air moisie.

Elle tourna vers lui un regard implorant encore noyé de larmes et fit l'effort d'articuler quelques mots :

— Oui, dit-elle. Je l'ai vu… C'est pour ça que j'ai fui.

X

Le pacte

Il était tombé plus d'une paume de neige fraîche pendant la nuit [1], recouvrant jusqu'aux branches des arbres et aux mares gelées de la même blancheur uniforme, du même silence mat qu'aucun d'entre eux ne semblait vouloir troubler. Ils chevauchaient en ordre dispersé, certains par groupes et d'autres seuls, avec une lenteur que Léo de Grand trouvait exaspérante, maintenant que Loth était en vue. Lliane allait en avant, loin devant tous les autres, tête nue et drapée dans son manteau de moire aux reflets verts et bruns. Depuis que les hautes tours de la cité royale étaient apparues à l'horizon, elle s'était détachée d'eux, imperceptiblement, comme si c'était Ilra, sa jument, une alezane marquée d'une étoile blanche sur le chanfrein, qui avait choisi de forcer l'allure. Ni Merlin, ni Dorian, ni aucun autre elfe, nain ou homme de leur compagnie n'avait pu la rejoindre, mais il faut dire qu'ils montaient tous des chevaux libres de la horde de Lame, et que de tels coursiers obéissaient davantage à leurs propres lois qu'aux coups de talon de leurs cavaliers. La reine montait sans

1. Au Moyen Âge, toutes les mesures se prenaient à partir du corps humain : pouce (2,7 cm), paume (7,6 cm), pied (32,5 cm), coudée (52,5 cm).

selle ni mors et chantait à voix basse un air que Till lui avait appris autrefois, et que les chevaux aimaient. C'est une chose oubliée aujourd'hui, et qui paraîtrait bien absurde, mais les elfes connaissaient le langage des animaux. Pas tous, bien sûr, et pas la langue de toutes les bêtes, mais Lliane en savait assez pour dire à sa jument qu'elle voulait être seule, et Ilra avait passé le message au reste de la horde, d'un long hennissement auquel les hommes et les nains n'avaient rien compris.

Nulle tristesse n'habitait le cœur de la reine, et si elle s'était ainsi isolée ce n'était certes pas pour s'apitoyer sur son sort. Au contraire, le calme de ces étendues glacées l'emplissait d'une simple sensation de bonheur qu'elle-même aurait eu bien de la peine à expliquer. Elle avait perdu l'habitude du froid et grelottait dans sa mince tunique de peau, ces quelques jours de chevauchée lui avaient meurtri le corps, et l'intérieur de ses cuisses était presque paralysé à force d'enserrer les flancs de sa jument. Mais ce paysage immaculé lui donnait l'illusion d'un monde neuf, où une nouvelle vie pourrait s'écrire, un monde lavé des horreurs qui le ravageaient depuis tant d'années et dont elle ne porterait plus le poids. Chaque pas l'éloignait un peu plus d'Avalon et de sa fille, mais elle n'en ressentait aucun chagrin. Rhiannon, au moins, vivait en paix, loin de toutes ces folies... Quoi qu'il advienne, le petit peuple veillerait sur elle jusqu'à la fin des temps. Même si elle ne devait pas revenir...

Il ne leur avait fallu que quelques heures pour rassembler chevaux et équipement, rallier les survivants de l'armée d'Uter et quitter Brocéliande, tournant le dos à la clairière des elfes pour peut-être n'y jamais revenir – mais de cela non plus elle n'éprouvait pas d'amertume. Depuis leur départ, deux jours plus tôt, elle sentait au contraire son cœur s'alléger. Le simple fait de monter Ilra la ramenait bien des années en arrière, à une époque où la vie pouvait sembler facile et remplie de certitudes. Et puis, même si elle s'efforçait de ne pas y penser, quelque part, derrière ces tours lointaines piquetées d'oriflammes, il y avait Uter.

Soudain, sa jument s'ébroua pour la mettre en garde puis partit au petit galop dans la neige, ne lui laissant que le temps de s'agripper à sa crinière.

— J'avais dit qu'on nous laisse seules ! hennit Ilra.

— J'ai fait ce que j'ai pu, souffla le cheval monté par Léo de Grand, un roncin bai à la crinière et aux jarrets noirs. Mais il me fait mal à force de tirer sur les rênes et de donner des coups de pied !

— Reine Lliane, attendez-moi ! criait le duc. Il faut qu'on parle !

Mais la reine s'éloignait comme si elle ne l'avait pas entendu, et cette maudite carne bronchait à chaque pas, comme si elle n'avait jamais porté de cavalier de sa vie.

— Si nous marchions un peu ?

Carmelide se retourna, le visage empourpré de fureur, et se calma de mauvaise grâce devant le sourire innocent de Merlin.

— Laissons les chevaux ouvrir la voie devant nous, dit-il en descendant de selle. Avec cette neige, ils se fatiguent vite... Nous irons dans leur trace, ce sera plus facile.

Léo de Grand grommela un vague acquiescement et mit pied à terre avec une grimace de souffrance. Malgré tous les soins et la tendresse de Blodeuwez, son épaule restait engourdie et c'est à peine s'il pouvait encore remuer son bras.

— J'aime encore mieux me geler les chausses dans la neige que de supporter ce maudit bidet. Jamais vu une rosse pareille. Impossible de le faire marcher droit !

— Vous prendrez mon cheval tout à l'heure, messire duc. Il va bien...

Carmelide se tourna vers l'homme-enfant, si frêle à côté de lui dans sa longue robe bleue, à demi écrasé par une cape de fourrure qui semblait vouloir l'enfoncer dans le sol, et opina d'un hochement de tête qui pouvait passer pour un signe de gratitude. Il ouvrit la bouche pour lui parler, sans pourtant parvenir à trouver ses mots. Étrangement, le duc se sentait le cœur au bord des lèvres, comme chaque fois qu'il se trouvait en sa présence depuis leur départ de Brocéliande, mais il mit ça sur le compte de sa blessure. Merlin était un être étrange, en vérité, si maigre et d'apparence si chétive cependant qu'il ne parvenait pas à le croire dangereux, comme le murmuraient les hommes du Lac. Ce n'était qu'un enfant mal fichu, avec des cheveux blancs de vieillard qui lui donnaient un air curieux, voilà tout. Le reste n'était que des racontars de bonne femme et des histoires de druides.

Souriant enfin, il se pencha pour ramasser une poignée de neige fraîche dont il se frotta le visage, claqua négligemment l'épaule de Merlin pour attirer son attention et désigna la reine, dont la monture s'était remise au pas.

— On dirait qu'elle m'évite, dit-il, un ton plus bas. Pourtant j'aimerais bien savoir pourquoi on se traîne comme ça, alors que Loth n'est plus qu'à quelques lieues. En forçant un peu l'allure, on pourrait y être avant la nuit, bon sang. Alors, pourquoi ne pas y aller, piquer des deux et dormir au chaud, pour une fois !

— C'est vrai ? dit Merlin. Je n'aurais pas cru que nous étions si près... Les elfes ne sont pas si bons cavaliers, vous savez... Moins que les chevaliers du roi, en tout cas. Mais pourquoi ne partez-vous pas en avant ? Allez-y, et prévenez le roi de notre arrivée !

Carmelide lui jeta un coup d'œil, puis se tourna vivement vers les quelques cavaliers qui les suivaient et, au-delà, vers la longue file de fantassins qui s'étirait sur leurs traces, jusqu'à plus voir.

— Vos hommes nous serviront d'escorte jusque-là, dit Merlin en suivant son regard. Et puis d'ailleurs il n'y a plus rien à craindre, à présent. Si les monstres avaient dû nous attaquer, ils l'auraient déjà fait depuis longtemps.

— C'est certain...

— Dites au roi que nous l'attendrons au bord du lac.

Merlin siffla son cheval, en saisit les rênes et se pencha sur ses naseaux, comme s'il lui parlait. Carmelide, hésitant encore, saisit les rênes qu'il lui tendait puis, se décidant soudain, il se hissa en selle.

— Va voir le baron Meylir, dit-il. Qu'il prenne le commandement de la troupe...

— Ce sera fait, messire duc. Et quand vous verrez Uter, dites-lui que je viendrai l'attendre à la poterne du lac, au petit matin. Je crois que la reine n'aurait pas voulu entrer dans la ville, de toute façon. C'est mieux, comme ça...

Sans attendre sa réponse, Merlin claqua la croupe du cheval, qui partit aussitôt au galop, dans un nuage de neige, dépassa la reine et disparut bientôt hors de vue.

— Où est-ce qu'il va ? clama une voix sonore, derrière lui.

— À Loth, tu vois bien, fit Merlin en se retournant vers Bran, et il masqua un sourire en le voyant, lui et ses compagnons, juchés tant bien que mal sur des montures bien trop hautes et larges pour leurs jambes courtaudes.

Les nains n'utilisaient presque jamais de chevaux, ni à la guerre, ni à la chasse, ni même pour voyager. Tout juste quelques poneys, dont la taille et la lenteur leur étaient davantage supportables. Comme tous les princes sous la Montagne, Bran avait cependant reçu quelques notions d'équitation et il parvenait tant bien que mal à faire bonne figure, mais Sudri et Onar avaient l'air verdâtres et semblaient l'un et l'autre sur le point de rendre l'âme. Nul doute que si la neige avait été moins haute ils auraient mille fois préféré cheminer à pied.

— Il va prévenir Uter, c'est ça ?

Le ton de sa voix alarma Merlin, qui poussa un long soupir d'exaspération.

— Qu'est-ce qu'il y a ? dit-il en saisissant les rênes de Bran. Tu voulais peut-être revenir à Loth, convoquer le Conseil à nouveau, et lui couper l'autre main, pour faire bonne mesure ?

— Très drôle, grogna le nain.

— Laisse-moi faire, cette fois, d'accord ? Cette nuit…

L'homme-enfant s'interrompit, caressa l'encolure du cheval durant quelques instants puis, s'écartant de lui, se tourna vers la ville.

— Cette nuit, je parlerai à Uter.

Il ne restait que les elfes et le petit groupe des nains, au bord du lac. Lorsqu'ils s'étaient arrêtés là, à moins d'une lieue de la ville et alors que le jour tombait déjà, Meylir de Tribuit n'avait pas hésité un instant. La plupart de ses hommes étaient blessés, ils étaient tous épuisés et morts de faim. Passer, si près du but, une nuit de plus dans la neige et le froid lui aurait semblé la pire des abominations. Alors, rentrant la tête pour ne pas croiser le regard des elfes, vaguement honteux et de mauvaise humeur de se sentir ainsi coupables, les survivants de l'armée défilèrent devant eux et s'évanouirent bientôt dans le crépuscule.

Bran et ses compagnons allumèrent un feu, ce qu'aucun des elfes n'aurait eu l'idée de faire, mais ils se tassèrent tous autour des flammes avec reconnaissance, et acceptèrent de bonne grâce le vin chaud que les nains leur proposaient, si bien qu'ils étaient tous passablement ivres avant la nuit, sauf Kevin, évidemment, qui craignait que la boisson ne lui gâche la main et qui s'était posté dans les branches d'un arbre, pour veiller sur eux. Puis Merlin s'était lancé dans le récit d'une interminable histoire, longue et compliquée comme les aimaient les êtres bleus, usant du langage commun par courtoisie pour les nains, même si tous ne le comprenaient pas à la perfection. Et tout le temps qu'il parlait, Sudri et Onar ne cessaient de faire chauffer du vin, à croire qu'ils en disposaient à profusion dans les nombreuses outres dont ils s'étaient chargés. C'était une soirée agréable, en dépit du froid intense qui leur glaçait le dos, hors du cercle des flammes, avec une nuit claire piquée d'étoiles et la lueur de la lune miroitant dans les eaux du lac. Malgré la distance, le vent ramenait parfois de la ville des odeurs d'homme, viande rôtie, sueur et excréments, mais c'était supportable, bien moins pire que s'ils avaient dû y suivre Léo de Grand.

Till le pisteur vint s'asseoir près de la reine, et son faucon se posa derrière lui, blanc comme un fantôme dans la pénombre de la nuit, tandis que Merlin poursuivait son histoire.

— Ça me rappelle un autre feu, dit-il tout bas, afin qu'elle seule l'entende. Il pleuvait, ce jour-là, et Uter était parmi nous…

Lliane se tourna vers lui et sourit. Le vin faisait briller ses yeux et lui donnait un air gourmand.

— C'est bien loin, n'est-ce pas ? dit-elle d'un ton insouciant.

Puis elle but à son gobelet et le renversa.

— Mon verre est vide, seigneur Bran !

— J'arrive !

— Tu vois comme les choses changent, cher Till, reprit-elle plus fort tandis que Bran la servait. Nous faisions confiance aux hommes alors, et nous haïssions les nains. Merci, seigneur Bran… Jamais aucun d'entre vous n'aurait songé un seul instant à boire du vin chaud préparé par l'un d'eux, de crainte d'être empoisonné, ou tout simplement de perdre la face. C'est loin, tout ça, à présent...

Bran posa le chaudron vide et fumant encore d'enivrantes vapeurs d'alcool et d'épices, puis sortit de l'une de ses nombreuses poches une pipe en terre ébréchée, qu'il bourra soigneusement et alluma du bout d'un tison, en la regardant joyeusement, comme si elle s'apprêtait à raconter une bonne histoire. Mais Lliane n'était pas d'humeur plaisante.

— Aujourd'hui, je ne fais plus confiance à personne, dit-elle tristement. Et je ne mérite la confiance de personne...

— Comment peux-tu dire ça ? s'écria Dorian. Tu es toujours notre reine, et nous au moins nous t'avons suivie !

Lliane le regarda intensément par-dessus les gerbes d'étincelles qui jaillissaient du feu.

— Tu oublies ton frère, dit-elle, usant de la langue elfique pour que les nains restent en dehors de cela. Si c'était toi qui t'étais éveillé, cette nuit-là, pour m'enlever Rhiannon, je t'aurais tué, mon pauvre Dorian, mon petit frère, comme j'ai tué Blorian...

— C'était un accident, murmura-t-il en détournant les yeux. Tu ne savais pas que c'était lui...

— Le prince Blorian a fait ce qu'il croyait juste, intervint Merlin. Il voulait sauver la reine de ce qu'il croyait être une malédiction. Mais les dieux en ont voulu autrement, voilà tout.

— Les dieux ? Ha ! Tu crois que les dieux ont voulu que les nains disparaissent à jamais ?

Bran se racla la gorge pour attirer l'attention et leva le doigt comme un élève qui sollicite la parole.

— Moi, je crois que les dieux nous ont punis parce que nous les avons oubliés, dit-il en usant lui aussi de la langue elfique.

Puis, sans paraître s'apercevoir de leur étonnement, et revenant au langage commun :

— Sous la Montagne, plus personne ne croyait aux dieux, ni même aux talismans. Caledfwch n'était plus à nos yeux qu'un trésor parmi d'autres. Si nous n'avions pas perdu la foi, mon oncle le roi Troïn l'aurait mieux fait garder, notre lignée n'aurait pas été déshonorée et toute cette histoire ne serait jamais arrivée.

Il poussa un long soupir, tira une bouffée de sa pipe, et ajouta :

— ... Et moi je serais encore chez moi, à Ghâzar-Run, bien au chaud, au lieu de me geler dans cette maudite plaine.

— Les nains ont toujours froid, ricana Till. Il me rappelle Tsimmi...

À ces mots, Sudri, l'initié à la magie des Pierres dont Bran avait fait son sorcier, sembla se réveiller de sa torpeur avinée.

— Tu as connu Tsimmi ? dit-il.

— Ouais...

Till jeta un regard en coin vers la reine. Le nain n'évoquait pas en lui que des bons souvenirs.

— Un jour, il a bien failli me tuer avec l'un de ses sortilèges, dit Lliane avec un sourire qui adoucissait ses propos. Il nous a tous ensevelis sous une levée de terre, et c'est ainsi que Till perdit son chien... Pourtant, il est devenu mon ami.

— C'était le plus grand sorcier sous la Montagne, murmura Sudri. On dit qu'il est mort en ensevelissant une armée de gobelins...

— C'est vrai, acquiesça Lliane. (Les gobelins n'étaient en fait que quelques-uns, mais à quoi bon rétablir une quelconque vérité ?) Ce jour-là il nous a sauvé la vie…

Les yeux des trois nains brillaient de contentement, comme s'ils venaient d'entendre la plus belle histoire de leur vie. Sans doute même devaient-ils sourire, mais c'était difficile à dire, vu l'épaisseur de leur barbe.

— N'est-ce pas le signe que les temps changent ? fit Merlin. La reine des hauts-elfes sauvée par un maître maçon nain. Bran avec nous ici, ce soir, tandis que son frère Rogor…

Le regard noir que lui lança le nain dissuada Merlin de finir sa phrase, ce qui était d'ailleurs inutile.

— Nous vivions alors dans un monde simple, poursuivit-il. Chaque tribu vivait contre les autres, bardée de haines et de certitudes, avec une confiance aveugle dans son droit et le même aveuglement pour tout ce qui y était étranger… S'il ne faut plus croire en quelque chose, c'est bien en ce monde-là. Les bons nains, les méchants elfes, c'est fini tout cela. Seuls les sots croient qu'un peuple est entièrement bon ou mauvais. Regardez-nous… Les dieux nous ont choisis pour changer le monde, et nous le changerons, parce que ensemble nous sommes plus forts, plus riches. Nous avons beaucoup à apprendre les uns des autres, et tout à perdre de nos guerres…

— Tu oublies les hommes, Myrddin ! lança Dorian. Eux ne veulent jamais rien partager, avec personne !

— Tu parles comme Llandon, remarqua Merlin. Mais tu te trompes, et lui aussi. Les hommes ont besoin de nous, à présent, même s'ils ne le savent pas encore.

— Va dire ça à Uter !

Merlin sourit.

— Ne t'en fais pas, Dorian. Je vais le lui dire…

Le jour tardait à se lever. Une brume froide montait du lac et des douves, noyant les remparts et la campagne enneigée sous le même halo de givre. Le long des berges, les eaux s'étaient figées. Ce n'était pas encore de la glace, ou alors une infime pellicule, mais l'hiver ne faisait que commencer. Bientôt, les barques et les roseaux seraient pris au piège du gel, puis un manteau blanc recouvrirait le tout jusqu'au printemps…

Il leur fallut de longues minutes à batailler dans la neige durcie pour rejoindre Merlin, tranquillement assis sur un ponton à demi délabré, balançant les jambes dans le vide. Ulfin ouvrait la marche pour son roi, levant haut la jambe à chaque pas, crevant la surface de neige gelée puis manquant de s'étaler lorsqu'elle cédait parfois trop brusquement. Il faisait trop sombre encore pour qu'ils ne voient de Merlin autre chose qu'une vague silhouette, mais sans doute devait-il avoir ce petit sourire crispant, comme à son habitude, et c'était assez pour qu'ils s'en exaspèrent à l'avance.

— J'espère que tu as une bonne raison pour nous avoir fait lever si tôt, par ce froid de gueux ! cria Ulfin dès qu'il fut à portée.

— Voyez le noble chevalier du roi ! ricana l'homme-enfant. Une coudée de neige et il gémit comme une vieille femme !

Merlin se leva prestement, resserra autour de lui son manteau d'ours et battit la semelle sur le ponton branlant.

— Qu'est-ce que je devrais dire, moi qui vous attends depuis des heures !

Ils le rejoignirent enfin, secouèrent leurs capes enneigées et le regardèrent en silence, avec la gêne et la distance de vieux amis séparés par une dispute idiote. Étrangement, Merlin eut l'impression qu'Uter avait vieilli, ces dernières semaines. Son visage était le même, avec ses longues nattes brunes et cette cicatrice courant de l'oreille au menton qui ne parvenait pas à l'enlaidir, mais il avait perdu sa jeunesse. Son regard était fatigué, buté, marqué par le poids d'un destin qui n'était peut-être pas le sien. Sans doute le retour de Léo de Grand et de son armée décimée y était pour quelque chose. À voir ses cernes et son teint grisâtre, il y avait fort à parier qu'ils avaient passé la nuit en palabres, sans prendre le moindre repos.

— Tu vois, dit-il alors que le roi détournait les yeux, tu t'es trompé. Par ton orgueil, tu as failli tout perdre, et tu peux tout perdre encore si tu t'entêtes… Mais tu sais tout cela, puisque tu es venu.

— Toujours ta grande gueule, hein ? grogna Ulfin, massif comme une montagne à côté de lui, et semblant bien sur le point de le jeter à l'eau du haut du ponton.

— Laisse, dit Uter. Il a raison.

Les deux hommes échangèrent un regard las, puis le chevalier s'éloigna de quelques pas, les laissant seuls.

— Lliane est là ? murmura le roi.

— Lliane, et Bran, et quelques autres, répondit Merlin. Ainsi, vous pourrez tenir conseil, mais seulement si tu viens avec moi. Ils n'iront pas dans la ville… Pas après ce qui s'est passé.

Uter hocha la tête.

— Ce n'est pas facile d'être roi, tu sais… J'ai fait ce que j'ai cru bon, et d'ailleurs je ne crois pas que les choses auraient été différentes si je t'avais écouté. J'aurais rendu l'Épée aux nains, et alors ? Est-ce que l'armée de Léo de Grand aurait pour autant remporté la victoire ? Les nains ont été vaincus, c'est comme ça. Peut-être redeviendront-ils un jour une grande nation, mais c'est maintenant que nous avons besoin de renforts, tout de suite… Et puis qu'importe les nains. Que dit Lliane ? Est-ce que les elfes nous aideront ?

— Les elfes ne veulent pas de ta guerre, dit Merlin. Ils pensent que tu les as trahis.

De nouveau, Uter hocha la tête, puis soupira et leva les sourcils avec un sourire sans joie.

— Alors, qu'est-ce que tu m'apportes ?

Merlin lui rendit son sourire. Un clair soleil d'hiver se levait, irisant la brume de reflets roses. Plus que jamais, l'homme-enfant semblait sans âge, avec ses cheveux blancs coupés court et la pâleur de sa peau. Malgré l'expression insouciante qu'il affichait en toutes circonstances, il émanait de ses yeux une tristesse infinie, une tristesse à vous faire pleurer.

— Mon aide, dit-il, si tu en veux encore... Vois-tu, moi aussi je me suis trompé. J'ai cru qu'il fallait à tout prix retrouver l'équilibre des temps anciens, mais c'est trop tard, ça n'a plus aucun sens aujourd'hui... Je t'aiderai, Uter, même si tu n'es pas celui que je croyais. Je t'aiderai parce que je crois qu'en fin de compte les moines ont raison : il ne peut y avoir qu'une seule terre, qu'un seul peuple et un seul Dieu.

— Un seul roi.

Comme Merlin ouvrait des yeux ronds, Uter précisa :

— « Une seule terre, un seul roi, un seul Dieu... » Si tu veux qu'on te croie, essaie de citer les formules correctement.

L'homme-enfant haussa les épaules et se détourna de lui, contemplant le lever de soleil sur le lac.

— Qu'est-ce que ça peut faire, puisque tu ne seras jamais ce roi-là ? dit-il sans se retourner. Tu le sais aussi bien que moi... En épousant Ygraine, tu as refusé ton destin, même si ce n'était pas facile, comme tu dis. Pourtant...

Et il lui fit face, avec soudain dans le regard une fièvre sans artifice qui ébranla le roi.

— ... pourtant tu es le *Kariad daou rouaned*, l'Aimé des deux reines dont parlent les vieilles légendes. De cela, au moins, je suis sûr. Il est écrit que de ton sang naîtra la réconciliation du monde, et j'ai cru que

Morgane était l'enfant des prophéties. Mais peut-être n'est-ce pas elle. Peut-être est-ce ton fils, après tout... Qu'est-ce qu'on en sait, hein ? D'ailleurs, vous les hommes, vous n'obéissez qu'aux mâles !

— M... mon fils ? bredouilla Uter. Arthur ? Qu'est-ce qu'il a à voir là-dedans ?

— Arthur, oui... Arthur l'ours... Pourquoi pas ?

Uter s'écarta, chercha instinctivement des yeux Ulfin et le vit, assis un peu plus loin sur une souche. Le chevalier se raidit dès que leurs regards se croisèrent, mais Uter le rassura d'un geste. Il n'avait besoin de personne pour se défendre de Merlin, même si son exaltation insane lui donnait parfois l'air d'un possédé.

— Je t'aiderai, Uter, mais il faut me faire confiance, cette fois. Jure-moi de m'obéir...

Uter le dévisagea, enfiévré, hors de lui, l'air parfaitement dément, à présent, et il recula de nouveau.

— Oui, dit-il. Bien sûr...

— Comment, « bien sûr » ? As-tu une idée de ce que je te demande ? Pour mon aide, je veux ton fils, Uter. Je veux Arthur !

— Mais par le sang, qu'est-ce qui te prend, pauvre fou ! cria Uter en le repoussant vigoureusement. Qu'est-ce que tu manigances, encore ?

— J'essaie de te sauver, imbécile !

Les deux hommes s'affrontèrent longuement du regard, puis d'un seul coup Merlin retrouva son petit sourire insouciant et se mit en marche, sans plus faire attention à lui.

— Suis-moi, dit-il par-dessus son épaule. Lliane nous attend !

Ils ne marchèrent pas longtemps. Merlin longea le lac jusqu'à ce qu'ils aperçoivent une colonne de fumée blanche, montant droit dans le ciel, près d'un boqueteau. Le petit groupe s'était installé à proximité de la berge, dans un creux abrité du vent par un bosquet de bouleaux argentés contre lesquels on avait dressé des tentes. Tout d'abord, Uter ne distingua que les nains, autour du feu de camp, et le groupe des chevaux à quelque distance. Mais, quand ils s'avancèrent encore, une flèche siffla à leurs oreilles et vint se planter dans la neige avec un bruit mat, juste devant eux. Ils levèrent les yeux et aperçurent Kevin, qui descendait déjà de son arbre en riant. Puis le gerfaut blanc de Till, qu'ils suivirent des yeux jusqu'à ce qu'il rejoigne son maître, accroupi à côté du prince Dorian. Les deux elfes n'étaient qu'à quelques pas, si parfaitement inertes sous leurs capes de moire qu'ils ressemblaient à des troncs d'arbres dans la neige, et qu'ils seraient sans doute passés devant eux sans les voir. Mais eux ne riaient pas.

Uter écarta son manteau pour que chacun le reconnaisse, puis s'avança devant les autres. Bran et ses nains s'étaient levés. Ils avaient mis quelque chose à cuire dans un chaudron. Quelque chose qui sentait bon... Autour du feu, la neige avait fondu, formant un cercle de terre boueuse mouchetée de touffes d'herbe.

C'était elle qu'il cherchait des yeux et c'est là qu'il la vit, lorsqu'elle s'écarta de l'arbre près duquel elle était assise. Une nouvelle fois, sa beauté irréelle lui noua la gorge. Il s'arrêta devant elle, incapable du moindre mot ou du moindre geste, submergé par une émotion qui l'étreignait tout entier et le laissait semblable à un enfant. Lliane était plus belle encore que dans ses souvenirs, plus belle que dans ses rêves, séparée de lui seulement par quelques toises de neige, immobile sous son long manteau de moire et posant sur lui le plus doux et le plus distant des regards. Sans doute n'aurait-il pas dû s'arrêter, continuer sur sa lancée et la prendre dans ses bras, mais à présent c'était trop tard et il restait là, comme enraciné dans le sol, trop loin d'elle pour la toucher, immobile et muet (et ce n'est que plus tard, en y repensant, qu'il se demanda si Lliane ne lui avait pas jeté un sort).

— Qu'est-ce qui cuit ? fit la voix de Merlin, derrière lui, avec un enjouement trop forcé pour ne pas sonner faux. Je meurs de faim et je meurs de froid. Si on mangeait, avant de parler ? Messire Ulfin ?

— Ma foi, je ne dis pas non, si Bran nous invite…

— Bien sûr que je t'invite, grommela le nain. Je vous ai déjà nourris si souvent, tous les deux, alors une fois de plus ou de moins…

Lliane se détacha du groupe de bouleaux et alla rejoindre les autres, passant si près d'Uter qu'il put sentir son parfum d'herbe verte, mais sans lui accorder un mot, ni un regard. Alors il la suivit, transi de froid depuis qu'il avait rejeté sa cape en arrière, et bientôt ils furent tous assis autour du feu, sur le sol boueux mais tiède, puisant avec les doigts à même le chaudron une fromentée épaisse, si brûlante qu'elle n'avait aucun goût.

Uter commençait à se détendre, et il ruminait dans sa tête quelque phrase plaisante pour, au moins, attirer le regard de Lliane, mais Merlin ne lui laissa aucun répit.

— Nous n'avons pas beaucoup de temps, dit-il, et nous en avons déjà beaucoup trop perdu, par la faute du roi et de son orgueil imbécile.

De saisissement, Uter faillit s'étouffer, et leva vers l'homme-enfant un regard stupéfait, ne récoltant en retour qu'un froncement de sourcils impérieux.

— Uter a reconnu son erreur, poursuivit-il, et s'il est ici, c'est pour réparer, avec nous, ce qui peut être encore sauvé. Ce qui importe, avant tout, c'est de repousser les monstres hors des terres de Logres.

— Avec quelle armée ? fit Dorian. Nous sept, plus les éclopés que nous avons ramenés de la forêt ?

— Le roi dispose encore de nombreuses forces, répondit Merlin.

De nouveau, il darda sur Uter un regard qui lui intimait le silence. Et le jeune souverain se tut, malgré le bouillonnement qu'il sentait monter en lui, désireux avant tout de savoir où Merlin voulait en venir.

— Il reste bien assez d'hommes à Loth, sans compter de nombreuses troupes dans les duchés alentour. Peut-être même assez pour vaincre l'Innommable et le rejeter au-delà des Marches.

— Alors ? grogna Bran. Pourquoi on est là ?

— Parce que ça ne servirait à rien. Les monstres ont déjà été écrasés dans le passé par une armée dix fois plus nombreuse que tout ce que le roi pourrait rassembler aujourd'hui. Et pourtant ils sont revenus... Il y a des menaces, cher Bran, que les armes ne peuvent pas vaincre.

— Si tu nous disais ce que tu as en tête ? intervint Lliane.

L'homme-enfant, coupé dans son élan, se tourna vers elle et papillota des yeux, égaré par la soudaineté de sa question. Il mit plusieurs secondes pour retrouver le fil de ses pensées, rougissant même sous les regards de l'assemblée.

— Je... je ne peux donner que mon avis, bredouilla-t-il. J'essaie juste de trouver une solution à cette guerre...

— Continue, fit Uter d'un air encourageant. Nous n'avons rien à perdre, de toute façon...

Merlin le remercia d'un sourire, puis se concentra en regardant le feu. De cet instant, il ne leva plus les yeux sur aucun d'entre eux.

— Pardonne-moi, Bran, dit-il d'une voix brisée, hésitante, si inhabituelle chez lui que tous en furent frappés. Mais j'ai beaucoup pensé à ce que tu m'as dit, le jour de l'amessement de la reine. Depuis que vous avez perdu Excalibur (le mot « perdu » souleva quelques murmures de protestation, mais il les ignora), il ne naît plus d'enfants dans vos villages. Ton peuple est en train de disparaître, non pas à cause de la défaite de votre armée, devant la Montagne rouge, mais parce que le talisman ne vous protège plus. Je crois que la nation naine, telle que nous la connaissions, a cessé d'exister.

Bran, livide, retint d'un geste les réactions de Sudri et d'Onar, déjà prêts à bondir sur leurs pieds pour laver l'insulte dans le sang. Merlin était tout près des nains, séparé d'eux uniquement par Till le pisteur, qui ne lèverait sans doute pas le petit doigt pour venir à son secours. Chacun put sentir sa peur, mais il poursuivit malgré tout.

— Pardonnez-moi, dit-il encore. Mais je crois que c'est là notre destin à tous. Vous n'aurez été que les premiers...

— Tu crois que les dieux veulent la fin du monde ? murmura le prince Dorian, d'un ton où perçait l'angoisse.

— Je crois que le monde change... Je crois que toutes les tribus de la Déesse vont se fondre en une seule, et que la race élue sera celle qui aura réuni les quatre talismans. Ce n'est pas une malédiction, ce n'est pas la fin du monde... Au contraire, je crois que les dieux veulent un monde nouveau, un monde enfin apaisé... Peut-être même était-ce le sens de la vie, après tout ?

Un long silence suivit les mots du jeune druide. Chacun d'eux, à présent, avait les yeux dans le vague, contemplant le crépitement des flammes sous la fine averse de neige fondue qui s'était mise à tomber. Leurs cheveux, leurs fourrures et les mailles de leurs armures brillaient de givre, mais ils restaient là, sans même un frémissement, perdus dans leurs pensées.

Une sorte de chuintement étouffé les tira de leur léthargie et leur fit lever les yeux avec un bel ensemble.

C'était Bran qui pleurait. La tête enfouie sous ses bras croisés, les épaules agitées de soubresauts, indifférent à ce que les autres pourraient penser de lui, il pleurait sur Baldwin et les nains de la Montagne rouge, enfouis à jamais dans les ténèbres de leur cité écroulée, peut-être morts déjà et promis à l'oubli. Il pleurait sur sa vie gâchée et sur tous les bébés qui ne verraient jamais le jour, sur la gloire passée de la nation naine, sur la triste existence qu'il lui restait à vivre. Il pleurait de fatigue et de renoncement, parce que tant de mois d'efforts, tant de lieues parcourues, tant de batailles et de morts aboutissaient ici, dans ce vallon enneigé, à une oraison de Merlin et à la fin de l'espoir. Quelques mois ou quelques semaines plus tôt, sans doute aurait-il réagi comme Onar et Sudri, sans doute aurait-il hurlé et se serait-il jeté à la gorge de Merlin pour lui faire ravaler ses paroles. Mais il en avait tant vu qu'aujourd'hui il savait que le druide disait vrai. Les dieux avaient déserté les royaumes sous la Montagne. Retrouver Caledfwch n'y changerait rien…

Quand ses pleurs s'apaisèrent, il prit conscience du mutisme qui s'était abattu sur leur compagnie et s'essuya les yeux avant de relever la tête. Il croisa aussitôt le regard d'Uter, fatigué, défait. Ce n'était pas le regard d'un vainqueur. Uter avait vieilli, il tremblait de froid malgré le feu et sa cape de fourrure. Se pouvait-il que les hommes soient eux aussi condamnés à disparaître, qu'au bout du compte seuls les monstres règnent sur le monde ? Cette pensée lui parut insupportable, et il se sentit soudainement plein de colère devant l'abattement du roi. Après tout, si Merlin disait vrai, le sort des nains était lié à celui des hommes, à présent !

Bran se pencha sur le côté, vers l'homme-enfant.

— Si j'ai bien compris, tu penses que, si nous nous emparons de la Lance de Lug, la tribu des monstres disparaîtra, tout comme le peuple sous la Montagne depuis le vol de Caledfwch ?

— La Lance, oui, murmura Merlin sans le regarder. S'ils perdent leur talisman, ils seront condamnés, comme vous, non pas à disparaître mais à se fondre dans une autre race… Ce ne sera qu'une question de temps.

Chacun autour du feu s'était arraché à l'engourdissement des pensées chagrines, retenant son souffle pour ne rien perdre de leurs paroles. Bran releva la tête et soutint bravement leurs regards, souriant même, comme si la fin de son peuple était déjà de l'histoire consommée.

— Eh bien, je suis d'accord, dit-il (et il fallut un bon moment à chacun pour comprendre de quoi il parlait). Si vous voulez bien de moi, j'irai avec vous.

Il eut un soupir résigné.

— … Après tout, je n'ai pas grand-chose à perdre, pas vrai ?

— Tu peux perdre la vie, tout de même, murmura Merlin.

— Oui, bon…

— Attendez !

Merlin et Bran se tournèrent d'un même mouvement vers Ulfin.

— Par le sang, est-ce que je suis le seul ici qui n'y comprend rien ? grogna le preux. De quoi parlez-vous, foutre ? D'aller prendre le talisman des monstres, c'est ça ?

— En gros, oui…

— Eh bien, bonne chance ! Qu'est-ce que vous croyez ? Ils viennent d'écraser le plus clair de notre armée. Vous vous êtes regardés ? Vous pensez vraiment qu'ils vont vous laisser faire ?

Merlin perdait visiblement patience et, à l'instant où il allait répliquer au chevalier, Lliane prit la parole, sans élever la voix mais en les faisant taire immédiatement.

— Tu es dans tes rêves, cher Myrddin, grandioses et vains... Messire Ulfin a raison. Toutes les armées d'Uter et toute la magie du monde ne suffiront pas à vaincre les monstres, et encore moins à leur voler la Lance.

— Non, dit Uter, qui jusque-là s'était tu. Il y a un autre moyen...

Il garda le silence un instant, ordonnant le flot de pensées qui bouillonnait en lui depuis quelques minutes, et, tandis que les pièces se mettaient en place, une sorte d'exaltation ravivait son visage, dissipait la fatigue, l'abattement et le froid.

— Mahault, dit-il en se tournant vers Lliane. Mahault de Scâth... Elle s'est échappée de Kab-Bag, où l'armée des monstres a pris ses quartiers d'hiver.

Lliane et les autres le regardaient avec une telle expression d'incompréhension qu'il en bredouilla, peinant à exprimer clairement le plan qu'il commençait tout juste à entrevoir.

— Un groupe... un petit groupe peut entrer dans Kab-Bag par les souterrains de la Guilde, pendant que l'armée attirera les monstres dans la plaine. Le Seigneur Noir s'est installé dans l'ancien palais du shérif Tarot, et c'est là qu'il garde la Lance. C'est possible, après tout ! On peut y arriver !

Lliane secoua la tête.

— Ils auront la Lance avec eux. Ils l'emmènent toujours au combat...

— Pas si on les avertit de notre plan !

Cette fois, même Ulfin le regarda comme s'il avait définitivement perdu la raison.

— Grâce à Mahault, on pourra se servir de la Guilde pour transmettre de fausses informations, poursuivit le roi avec véhémence, cherchant du regard et du geste un soutien parmi leur assemblée. S'ils croient que nous voulons nous emparer de la Lance, il est certain qu'ils ne prendront pas le risque de l'exposer. Je mènerai l'armée jusqu'à Kab-Bag et je ferai retraite dès les premiers accrochages, de façon à attirer les monstres loin de la ville. Ainsi, vous aurez une chance de réussir.

— À condition de faire confiance à la Guilde, grommela Bran.

Lliane hocha la tête en silence, tandis qu'autour d'elle Dorian, Ulfin et les autres débattaient de cette folie. Uter semblait avoir retrouvé sa flamme, alors que l'attaque qu'il proposait de mener, même s'il ne s'agissait que d'une diversion, avait toutes les chances de tourner au désastre.

— Mais qu'adviendra-t-il si nous réussissons ?

Les conversations s'arrêtèrent et les regards se posèrent sur elle.

— Si nous nous emparons de la Lance, insista-t-elle, qu'adviendra-t-il ? Faudra-t-il que les elfes et les hommes se battent pour la possession du talisman ? Toi qui n'es ni un homme ni un elfe, Myrddin, quel sera ton parti ?

L'homme-enfant ne répondit pas, visiblement troublé par l'apostrophe de la reine. Puis elle se tourna vers Uter, qui sembla perdre un peu de son assurance tout juste retrouvée.

— Myrddin est un être étrange, dit-elle en souriant. Parfois je l'aime et parfois je le déteste. Je me suis toujours demandé comment il était entré dans nos vies, et parfois j'ai eu l'impression de n'être qu'un jouet entre ses mains… Je ne sais pas si nous réussirons, mais s'il existe une chance, si infime soit-elle, de ramener l'équilibre sur cette terre, alors j'accepte de la tenter, pour que ma fille, au moins, ait une chance de connaître la paix. J'irai à Kab-Bag…

Elle se leva brusquement, secoua la tête pour se débarrasser du givre qui constellait ses longs cheveux et s'écarta, pensive. Uter, dégrisé, eut l'impression qu'elle s'éloignait pour leur masquer ses larmes, tant ses derniers mots avaient été empreints de tristesse. Il songea lui aussi à Morgane, qu'il connaissait si peu, puis à son fils Arthur, et aux paroles de Merlin, près du ponton. Lliane leur tournait toujours le dos, et pendant un temps il n'y eut d'autre son que le crissement de ses bottes dans la neige et le crépitement du feu. Puis elle se retourna, les yeux brillants et la gorge nouée.

— … Mais que ce ne soit pas pour rien, cette fois ! dit-elle avec véhémence. Les talismans doivent être réunis là où nulle tribu n'en profitera. Je ne veux pas que les hommes dominent le monde, et je ne veux pas d'un monde où les nains et les elfes auront disparu. J'irai à Kab-Bag, Uter, avec qui voudra me suivre, mais si les dieux me permettent d'y trouver la Lance, je la ramènerai à Avalon, ainsi que l'Épée de Nudd, le Chaudron du Dagda et même la Pierre de Fal ! Que les talismans reviennent aux dieux !

Uter la dévisagea avec une expression d'égarement absolu puis, réalisant qu'elle attendait de lui une réponse, il se tourna vers Merlin pour qu'il lui vienne en aide. En vain. L'homme-enfant ne le regardait pas. Il souriait à la reine, non pas de cet air suffisant qu'il affichait d'habitude, mais avec extase. Les paroles de Lliane avaient été un éblouissement soudain, une révélation.

— L'île aux Fées, murmura-t-il pour lui-même. Comment n'y avais-je pas pensé…

Ensuite il se tourna vers Dorian (comme si Lliane elle-même n'était pas une elfe !), les yeux brillant de cette folie qui l'habitait parfois.

— Les elfes renonceraient-ils au Chaudron ?

Dorian n'hésita pas un instant, gagné peut-être par l'exaltation du druide sans âge.

— Tout ce que nous voulons, c'est la paix ! dit-il. Que tout le monde s'abreuve au Chaudron de la

Connaissance, si cela peut mettre un terme à ces guerres incessantes !

Till se leva brusquement, provoquant l'envol subit de son faucon.

— Tu parles trop vite ! dit-il, d'un ton où perçait la rage. Nous nous sommes battus pour Uter, et l'Épée de Nudd est toujours dans ses coffres, comme au temps de Gorlois ! Qu'il la rende, et qu'il renonce à la Pierre de Fal. Alors seulement nous vous donnerons le Chaudron !

Le pisteur jeta un regard aigu au roi, puis s'assit, avec au passage un coup de pied hargneux à un brandon échappé du bûcher.

— Voilà, Uter, murmura Lliane. Le choix t'appartient…

— Quel choix ? ricana-t-il en levant les yeux vers elle. Si nous ne tentons rien, la guerre est perdue, de toute façon.

Il se tut quelques instants puis, comme la reine avant lui, il se leva et secoua sa cape.

— C'est d'accord, dit-il. Mais sans la Pierre, il n'y a plus de roi, et sans l'Épée, il n'y aura pas d'armée. Il faut me les laisser, le temps de redonner confiance à mon peuple et de mener mes hommes à la bataille. Si nous gagnons, je fais le serment de les emmener moi-même jusqu'à ton île, Lliane. Il faut me croire…

Il s'était rapproché d'elle et, pour la première fois depuis qu'il l'avait aperçue dans le bosquet de bouleaux, il fut assez près pour la prendre dans ses bras. Sa peau était aussi froide que les eaux du lac, mais ses yeux verts rayonnaient d'une chaleur qui l'embrasa des pieds à la tête. Un bref instant, il n'y eut plus qu'eux au monde, leurs souvenirs, leur désir.

— Ce n'est pas assez ! fit une voix sèche, rompant le charme.

Merlin s'était levé, avec dans le regard une fièvre qu'Uter prit pour de la jalousie.

— Que dis-tu ?

— Ta parole ne suffit pas, Uter ! insista le jeune druide, prenant à témoin le groupe des elfes et des nains.

Leurs yeux ne pouvaient pas mentir. Aucun d'eux ne lui accorderait plus une confiance qu'il avait autrefois trompée. Lliane elle-même s'écarta de lui, détournant le regard.

— Que veux-tu de plus ! gronda le roi, furieux, frustré et convaincu d'être soudain trahi par Merlin. Tu sais aussi bien que moi que sans l'Épée je n'aurai jamais assez d'hommes !

— Je t'ai dit ce que je voulais, dit l'homme-enfant. Je veux Arthur… Arthur en gage de ta parole. Arthur contre l'Épée et la Pierre. Tel est le pacte !

Ainsi, c'était cela… De nouveau, les paroles de Merlin sur le ponton lui revinrent en mémoire, son emportement, la fièvre de son regard lorsqu'il lui avait demandé de lui obéir aveuglément, quoi qu'il dise. Mais que fallait-il croire, entre l'instant présent et ses promesses précédentes ?

— Eh bien, prends-le, maudit bâtard ! cracha-t-il, les dents serrées, avec une haine formidable. Mais s'il lui arrive quelque chose, prie les dieux que je meure à la bataille, car le monde ne sera pas assez grand pour que tu m'échappes !

XI

Veillée d'armes

À moins d'une lieue de là, un halo de lumière nimbait les remparts de Loth, et on apercevait même, au-delà des douves, les feux de camp de ceux qui n'avaient pu trouver place dans la ville et passaient la nuit sous la tente. Le vent portait jusqu'à Ulfin des odeurs de forge et de viande rôtie, des odeurs chaudes qui aiguillonnaient sa faim. Malgré sa chape fermée et ses grosses bottes doublées de fourrure, il claquait des dents dans son abri de fortune, sans même pouvoir allumer un feu pour se réchauffer. C'était la deuxième nuit qu'ils passaient au-dehors, Urien et lui, embusqués dans un petit bois bordant la route du nord. Mais au moins Urien parvenait-il à dormir, emmitouflé comme une chenille dans son cocon, tandis que lui ne pouvait fermer l'œil, si bien qu'il avait renoncé à réveiller son compagnon et prolongeait son tour de garde.

Comme eux, les autres preux étaient postés aux abords de chaque chemin menant à la cité, par groupe de deux, guettant nuit et jour le passage du fugitif qui les trahirait. Uter avait tout fait pour cela. Le moindre archer, le dernier des mendiants connaissait tout de son plan, ou du moins du plan qu'il avait laissé divulguer. Il en avait parlé à Mahault en présence de ses mignons, à Illtud et ses moines pour qu'ils récitent des messes en leur nom, à la reine Ygraine devant ses chambrières. Et si quiconque avait pu encore avoir des doutes sur l'imminence d'une sortie, les préparatifs incessants de l'armée, l'activité forcenée des fèvres, ou forgerons, les écuyers envoyés aux plus lointaines baronnies, convoquant la cour solennelle [1], et l'embauche, au su et au vu de tous, de soudoyers pour renforcer les chevaliers de mesnie [2], tout cela était suffisamment clair pour le plus aveugle des espions.

Mahault et ses hommes étaient arrivés par la route du nord, la voie la plus directe pour Kab-Bag, et si l'un d'eux se décidait à repartir pour l'allyan gnome et informer le Seigneur Noir de leurs intentions, il était presque certain qu'il passerait par là. Ulfin en était conscient, lui qui était le seul à connaître les visées réelles du roi. Il n'ignorait pas à quel point la réussite de leur plan dépendait de la tromperie qu'ils avaient manigancée, à quel point il était vital de s'assurer du passage de l'informateur, et sans doute le poids de cette responsabilité contribuait-il à le maintenir éveillé.

Les moines sonnèrent laudes [3]. La nuit se faisait plus noire et plus froide alors que les feux de la ville s'éteignaient, les uns après les autres. Ils s'étaient postés en hauteur, sur une butte buissonnante d'où ils pouvaient voir la chaussée jusqu'à des lieues sans être gênés par les arbres, mais Ulfin faillit bien le rater. Jusqu'au dernier moment, il ne vit rien. Seul le martèlement sourd d'un galop sur la piste enneigée le tira de son engourdissement. D'un bond fébrile et désordonné, le preux se

1. Assemblée des vassaux.

2. Chevaliers de la maison du roi, guerriers professionnels attachés à la cour et démunis de fief, par opposition aux chevaliers fieffés portant bannière ou aux soudoyers, chevaliers mercenaires entretenant parfois une petite armée à leurs frais.

3. Trois heures du matin.

débarrassa de sa couverture de fourrure et commença à dévaler la pente, manquant de s'étaler sur la neige durcie. Mais il fut à temps sur la route et surgit comme un diable, presque sous les sabots du cavalier. L'homme portait un ample mantel de pluie sombre dont le capuchon lui masquait en partie le visage, et néanmoins Ulfin le reconnut. Ce ne fut qu'un instant fugace, avant qu'il ne file dans la nuit, mais il le vit pourtant, et alors que le bruit de sa cavalcade décroissait au loin, le preux éclata de rire.

— Qu'est-ce qui se passe ?

Ulfin, riant encore, gravit la butte enneigée en s'agrippant de buisson en buisson. Son compagnon était debout, ébouriffé comme un diable, l'épée à la main.

— Je crois bien que nous avons tous perdu notre pari, dit le preux en le rejoignant. Ce n'était pas cette canaille de Guerri le Fol, c'était le page...

— Quel page ? fit Urien d'une voix pâteuse..

— Le mignon de Mahault, le gandin en robes qui s'était attaqué à Uter... Ça va lui plaire, d'ailleurs.

Ulfin ramassa sa couverture, et se mit à faire son sac.

— Ça ne veut pas dire que Guerri n'est pas parti, lui aussi, grommela Urien. Il a pu passer par un autre chemin...

— Ouais, c'est possible, mais prépare-toi quand même à dire adieu à ta bourse, mauvais perdant !... Allez, ramasse tes affaires, on s'en va.

Les deux chevaliers bouclèrent leur sac, puis quittèrent sans regret leur abri glacé. Une heure plus tard, ils franchissaient la poterne de la barbacane défendant la grand-porte, et s'arrêtèrent au poste de garde devant une flambée, un bol de soupe et une pinte de bière. La chaleur aidant, Urien ne tarda pas à piquer du nez, mais Ulfin poursuivit son chemin, par acquit de conscience, et monta jusqu'au château.

Il fit bien. Uter ne dormait pas.

Il le trouva dans sa chambre de parement, faisant et refaisant ses comptes avec ses trésoriers épuisés, à calculer combien d'hommes d'armes il pourrait équiper, combien de chevaux, combien de lances. Sitôt qu'il le vit, le roi congédia les scribes.

— Te voilà enfin ! dit-il. Alors ?

— Ça y est, je l'ai vu passer, filant comme un beau diable droit vers Kab-Bag.

— Tu as essayé de l'arrêter ?

— J'ai fait comme tu m'as dit.

— C'est bien… Un traître qui se sait démasqué n'a pas d'autre choix que d'aller jusqu'au bout.

— À propos, tu t'es trompé, comme nous tous… Ce n'était pas ton Fol, mais le mignon de Mahault, celui-là même que tu as jeté dans la neige.

Uter leva vers son ami un regard désabusé.

— Même lui, alors ?… Va dormir. Demain, je te montrerai quelque chose qui t'amusera.

— Je ne suis pas fatigué.

— Vraiment ? Alors viens…

Les deux hommes s'enfoncèrent dans les couloirs endormis, sans un mot. Ce ne fut pas long. Deux soldats en armes montaient la garde à quelques pas de là, devant une porte close, qu'ils ouvrirent d'un tour de clé sur un geste du roi. Celui-ci s'effaça avec une déférence de courtisan devant Ulfin, et le preux entra. Aussitôt, une odeur douceâtre, écœurante, lui sauta aux narines, mêlant des effluves d'un parfum capiteux à des relents de vinasse et à la lourde et insidieuse émanation du sang. Mahault était là, énorme masse couchée dans un lit clos, éclairée par la lueur dansante d'une lampe à huile, les draps en bataille et un bras pendant dans le vide, large comme la cuisse. Du sang coulait encore, luisant et sombre sur sa chair blanchâtre, depuis la base du cou jusqu'au bout des doigts, d'où il tombait, goutte à goutte, formant une large flaque sur les dalles.

Ulfin se pinça le nez et s'approcha assez pour se pencher sur elle. Égorgée d'une oreille à l'autre... Il se tourna vers Uter, qui était resté sur le pas de la porte, et sortit prestement, refermant derrière lui.

— On sait qui l'a tuée ?

— Le seul qui n'est pas parti, justement, dit le roi. Ton ami Guerri le Fol. Le reste de la bande a filé. Madoc et Adragai en ont vu passer trois ou quatre, par la route du lac. Les autres un ou deux, au plus, sauf Kanet qui en a trop fait, comme d'habitude, et qui a tué le sien, sur la route du sud. Urien et toi êtes les derniers... C'est drôle, on dirait qu'ils se sont tous acharnés à faire un détour plutôt que de passer là où je les attendais. À moins que vous ne vous soyez endormis, bien sûr...

Ulfin se cabra, l'air offusqué.

— Je plaisante, dit le roi.

— Ouais...

Uter entraîna son ami par l'épaule, revenant sur leurs pas vers la chambre de parement. Devant un verre de vin, bercé par la chaleur d'un feu mourant dans la cheminée sur un tapis de braises, Ulfin s'étira, puis étendit ses longues jambes jusque dans l'âtre.

— C'est drôle, elle était presque parvenue à me convaincre, dit-il à mi-voix. Pourquoi Guerri l'a-t-il tuée ? Tu crois qu'il avait peur de revenir à Kab-Bag ?

— Oh non... Sûrement pas. J'ai déjà connu ce genre d'homme, voleur ou assassin, avec au doigt l'anneau de la Guilde. Jamais il n'aurait tué la vieille Mahault s'il n'en avait pas reçu l'ordre.

— Mais je croyais que c'était elle qui commandait la Guilde ?

Uter vida son verre, puis se servit une nouvelle rasade de vin et en proposa à son compagnon.

— Alors il faut croire que la Guilde a changé de suzerain, dit-il en se laissant aller au fond de son fauteuil. On ne saura sûrement jamais la vérité, mais je crois qu'elle ne nous a pas menti. Ce n'était jamais qu'une receleuse, au fond… Tant que les gnomes contrôlaient Kab-Bag, elle n'avait pas grand-chose à craindre, mais depuis que les monstres s'y sont installés… À quoi aurait pu leur servir une vieille femme impotente comme elle ? Sans doute a-t-elle vraiment voulu fuir le Maître, comme elle l'appelait, sans savoir que ses hommes ne lui obéissaient déjà plus…

Il eut une bouffée ironique.

— … Jusqu'à son page, tu vois… Le Fol est resté en dernier, pour finir le travail avant de rejoindre leur nouveau chef.

Uter releva les yeux vers le preux, et désigna d'un mouvement de tête la chambre où gisait le corps de la receleuse.

— Tu as vu sa main ? Tu n'as rien remarqué ?

Ulfin revit en pensée le sang noir coulant sur sa main blanche et grasse. Il secoua la tête négativement.

— Il lui a coupé un doigt, dit Uter. L'annulaire… Et on a retrouvé sur lui la bague que portait Mahault. Si tu veux essayer de le faire parler, ne te gêne pas. Je te souhaite bien du plaisir…

— Et cette histoire de souterrain, alors ? Tu crois que c'était vrai ?

Uter se tourna vers lui, le regard grave, soudain.

— Il n'y a qu'un moyen de le savoir, Ulfin.

Le preux marqua un temps d'arrêt, puis il blêmit lorsqu'il réalisa ce que le roi attendait de lui.

— Tu iras avec Lliane, dit-il. Donne-lui l'anneau de la Guilde, elle saura s'en servir… Freïhr viendra avec toi, et tu peux lui faire confiance, il est de taille à s'occuper de ce Guerri. Il vaut mieux pour lui d'ailleurs que le souterrain existe bien, parce que sinon je ne donne pas cher de sa peau…

Ulfin sourit et finit posément son verre.

— Tu réalises bien sûr que, si ce souterrain n'existe pas, c'est tout ton plan qui ne vaudra pas cher. Vous vous ferez massacrer en pure perte…

— Je n'ai (et Uter insista sur ce mot) *aucune* intention de me faire massacrer.

Malgré le froid toujours aussi vif, malgré la neige qui recouvrait chaque toit, chaque tente, le gel qui avait saisi le lac et les douves, Loth avait un air de fête. En moins d'une semaine, près de dix mille hommes avaient été inscrits sur les rôles de l'armée, dont près de sept cents chevaliers. C'était un spectacle dont Uter ne se lassait pas, courant jusqu'aux remparts dès qu'il avait un instant libre, s'enivrant du claquement de ses étendards dans le vent, *d'argent à croix latine de gueules* [1], de l'odeur de forge et d'écurie qui montait de cette multitude massée dans et hors la ville. À chaque heure il en arrivait de nouveaux, parfois des troupes entières venues des baronnies sous une bannière, un pennon ou une simple enseigne, selon le rang de celui qui les commandait, souvent de simples paysans libres armés d'arcs et de piques, parfois encore de jeunes nobliaux menant tout juste cinq chevaux et deux écuyers, comme l'exigeait au minimum le service d'ost, dû quarante jours par an par tout vassal du roi. La plupart des seigneuries, épuisées par la guerre, avaient à peine les moyens d'équiper un seul chevalier [2], mais nul ne s'était défilé, et ce flot ininterrompu formait à la longue une foule immense, que le connétable Léo de Grand, aidé des douze preux, organisait inlassablement en

1. Croix rouge sur fond blanc.

2. L'entretien d'un chevalier et de sa suite correspondait au revenu annuel d'une exploitation de cent cinquante hectares.

conrois et en batailles [1]. Où que le regard se porte, on pouvait se repaître de l'agitation fiévreuse des préparatifs. Armuriers, forgerons, fèvres, maréchaux-ferrants et sochiers battaient fer et enclume depuis le petit jour jusque tard dans la nuit, recrutant autant de monde que possible dans la masse inactive des piétons pour emmancher des lances sur des hampes en bois de frêne, de pommier ou de hêtre longues de plusieurs toises, ou fabriquer des flèches. Des lignes entières de cavaliers s'exerçaient à la charge frontale, par rangs serrés, et faisaient trembler la terre sous les sabots de leurs destriers. Sous chaque tente, chaque tref, dans chaque écurie, des écuyers graissaient les cuirs et roulaient les hauberts de mailles [2]. L'air vibrait de cris et de rires, du cliquètement des épées et du sifflement des flèches, partout où des hommes s'entraînaient. C'étaient des jours de liesse pour la plupart d'entre eux. Par ordre du roi et selon son plan de bataille, tout ce qui savait tenir en selle, sergents, gardes ou écuyers, était fait chevalier sur l'heure et partait aussitôt s'exercer à la lance. De même, les chevaliers portant déjà écu et éperons se voyaient hissés au rang de bannerets, commandant des lignes ou des conrois entiers, quand bien même la plupart n'avaient pas seize ans. Partout dans la ville, les nouveaux promus arpentaient fièrement les ruelles, leurs cheveux rassemblés en chignon [3] au sommet de la tête et le bouclier dans le dos, encore humide parfois de la peinture blanche frappée d'une croix rouge qui en

1. Un « conroi » comptait vingt chevaliers, commandés par un banneret. Plusieurs conrois formaient une « bataille », et plusieurs batailles une armée.

2. Il fallait fréquemment rouler les cottes de mailles dans l'huile pour éviter qu'elles ne rouillent et conserver leur souplesse.

3. Les cheveux servaient ainsi de protection, sous le heaume.

couvrait la panne, et rêvaient déjà d'y apposer un jour leurs propres armes.

Tout comme les tavernes et les bordeaux, presque autant, l'église ne désemplissait pas. On y consacrait les nouveaux promus par bataillons entiers, sans le dixième des rites habituellement nécessaires, tout juste une bénédiction, mais il y avait tant à faire... C'était toujours la même phrase, récitée tout le jour durant : « *Seigneur Dieu, daigne bénir et sanctifier les hommes que voici, désireux de porter la bannière de la sainte Église pour la défendre contre la meute hostile, afin qu'en ton nom les fidèles et les défenseurs du peuple de Dieu qui la suivront se réjouissent d'obtenir la victoire sur ces ennemis et le triomphe par la vertu de la sainte Croix.* » Amen, et au suivant.

Ironiquement, les mensonges de Merlin étaient devenus une réalité, ce dont l'homme-enfant était le premier à s'émerveiller. Il avait laissé Lliane et les autres au bord du lac et ne cessait de sillonner la ville, reconnu de loin en loin par quelque vétéran de l'armée du Pendragon et qui, parfois, lui adressait un signe amical, ce qui pour lui était plutôt inhabituel. L'armée vaincue, démoralisée, s'était transformée en une multitude joyeuse et prête à en découdre. Il y avait forcément de la magie là-dessous ! Le pauvre aurait bien été étonné d'entendre ce qui se disait derrière son passage. Lui le banni, l'enfant sans père méprisé, rejeté, devenait le plus grand des magiciens, plus fort que tous les sorciers sous la Montagne, plus savant que tous les druides de Brocéliande, et la rumeur finissait par le précéder, si bien que tous souriaient à présent sur son passage, et qu'il s'en sentait transporté. Uter lui-même était métamorphosé. Il n'avait dormi que quelques heures ces jours derniers, et l'excitation le maintenait dans un état de fébrilité proche de la démence, courant partout, veillant à tout, s'arrêtant à chaque bivouac pour parler aux hommes, mordre dans une miche de pain ou boire à même une outre de vin, suivi comme une ombre par la masse imposante de Freïhr. Le barbare traînait encore la patte, mais il s'était dégotté une masse cloutée d'une taille tout à fait formidable et la portait sur l'épaule comme une cognée, ce qui faisait le bonheur de la troupe. Parfois, Merlin les rejoignait dans leurs incessantes pérégrinations, le temps de quelques mots, puis il disparaissait comme à son habitude, sans qu'on sache où il était passé.

Avec toute cette fièvre, Ygraine n'avait plus vu son époux depuis des jours, sinon de loin, en coup de vent, aussi sale et crotté qu'un gueux, et ce que les moines lui rapportaient de son comportement n'avait rien pour la rassurer. Elle priait dans la chapelle, seule avec Blaise et ses suivantes, lorsqu'une chambrière empourprée et haletante vint interrompre ses dévotions.

— Le roi est là, ma Dame ! Dans votre chambre !

La reine jaillit de son prie-Dieu, sourde aux protestations du moine, et sans même se signer quitta le lieu saint. Il ne convenait pas qu'une dame de qualité s'essouffle et gâte son teint en courant comme une fillette, mais Ygraine n'avait ni l'âge ni l'envie de suivre de tels conseils. Elle était hors d'haleine en atteignant leur chambre, laissa dehors ses suivantes et leur claqua la porte au nez.

Uter dormait déjà, affalé sur la couverture d'écureuil petit-gris étalée sur leur lit. Ses chausses boueuses avaient laissé des flaques sur les dalles jonchées de paille. Sa chape fourrée gisait à terre, encore constellée de neige glacée. Il avait défait son ceinturon dès l'entrée et jeté son épée en travers d'un fauteuil. Ygraine reprit son souffle, adossée à la porte. Elle se sentait d'un seul coup le cœur au bord des lèvres, saisie d'une suée froide, mais elle mit ça sur le compte de sa course précipitée.

Dès que la sensation de vertige se dissipa, elle s'avança jusqu'à la couche, s'assit précautionneusement pour ne pas l'éveiller et, après une hésitation, écarta du bout des doigts les nattes brunes qui lui masquaient le visage. Uter dormait la bouche ouverte, comme un enfant, les pommettes rougies par le froid, la peau luisante de givre fondu.

— Tu l'aimes, n'est-ce pas ?

Ygraine poussa un cri et se retourna d'un bond. Souriant près de la cheminée, tranquillement assis à réchauffer ses chausses contre les chenets, Merlin haussa les sourcils, comme s'il s'étonnait de sa frayeur.

Ygraine se reprit, jeta un coup d'œil vers Uter qui dormait toujours, puis en quelques pas rejoint le jeune druide.

— Sors d'ici !

— Je vais sortir, ma reine, et plus vite que tu ne le crois, sourit Merlin. Dans quelques heures, j'aurai quitté le château et tu ne m'y reverras plus.

— Grand bien nous fasse !

— Viens t'asseoir à côté de moi…

Elle le regarda avec haine, et Merlin poussa un soupir de lassitude.

— Comme tu veux, dit-il. Pourtant, il faut que je te parle…

La reine se tenait droite et fière devant lui, les bras croisés sous sa poitrine, avec une expression de morgue qui eût été offensante, si les lèvres qui la formaient avaient été moins jolies, et Ygraine moins jeune. En dépit des efforts qu'elle faisait pour tenir son rang, c'était une toute jeune fille, que même la colère ne parvenait pas à durcir. Ses cheveux blonds tressés et roulés en cadenettes sur les oreilles n'avaient pas tenu au rythme de sa course, et de longues mèches s'en étaient détachées, ce qu'il trouva parfaitement adorable. Uter n'était pas seulement « Aimé de deux reines », il l'était aussi des deux plus belles créatures qu'il lui ait été donné de voir. Lliane était plus belle, sans doute, avec cette grâce sensuelle, cette impudeur animale qui aurait fait se damner tous les saints des Évangiles, mais Ygraine semblait plus proche, plus fragile, et donnait envie de l'aimer en retour. Elle était rouge d'émotion, palpitante, et Merlin se sentit mortifié de la voir ainsi. Arthur n'était pas que le fils d'Uter. Il avait une mère, aussi, la plus jeune et la plus douce des mères, à laquelle il devait l'arracher… Et dire qu'elle semblait déjà le détester, avant même qu'il ne parle !

— Eh bien ! dit-elle sèchement. J'attends !

— Merlin est venu prendre soin d'Arthur, fit la voix d'Uter, derrière eux.

Ils se retournèrent d'un même mouvement vers le roi, qui se frottait le crâne, assis sur son lit, avec l'air d'avoir été ramassé par un chien.

— Qu'est-ce que tu dis ?

— Je n'ai pas eu le temps de te parler, murmura-t-il. Pardonne-moi…

Elle vint se réfugier dans ses bras et il la serra fort, les yeux fermés, humant la bonne odeur de ses cheveux.

— Je vais partir, dit-il tout bas. L'armée est prête, et il serait dangereux d'attendre plus longtemps. Mais il ne restera plus personne à Loth pour vous défendre, toi et Arthur. Je veux que tu ailles chez ton frère… Léo de Grand n'est pas en état de mener la bataille, c'est moi qui conduirai les troupes. Il t'emmènera en Carmelide, dans votre château de Carohaise.

— Et Arthur ? souffla-t-elle.

Uter ouvrit les yeux, croisa le regard de Merlin. Pouvait-elle sentir son cœur battre la chamade ? Voyait-elle la sueur perler sur son front ?

— Il serait trop risqué de vous faire voyager ensemble… Antor et Merlin veilleront sur lui. Ils vous rejoindront plus tard.

À nouveau, il croisa furtivement le regard de l'homme-enfant, et il lui sembla qu'il l'approuvait d'un hochement de tête. Mais presque aussitôt elle se détacha de lui et dévisagea Merlin avec un visible dégoût.

— Pourquoi lui ? siffla-t-elle. Est-ce à lui que tu veux confier ton fils ?

— Tu ne connais pas Merlin, dit-il en essayant de l'attirer à nouveau contre son épaule.

Elle s'écarta vivement, les yeux brillants de larmes.

— Écoute-moi, insista-t-il. Merlin est respecté et craint, tant par les elfes que par les nains. Avec lui, Arthur sera en sécurité, je t'en fais le serment !

— Jamais !

Ygraine les défia l'un et l'autre, puis elle courut jusqu'à l'unique fenêtre de leur chambre, et à voir les tressautements de ses épaules ils comprirent qu'elle s'effondrait en pleurs. Uter, d'un mouvement de tête, fit signe à Merlin de sortir, attendit que le jeune druide ait refermé derrière lui, puis vint la rejoindre.

— Il se peut que je ne revienne pas, tu sais…

— Tu crois que je ne le sais pas ? Tu crois que je n'ai pas vu ce qu'il restait de l'armée de Léo de Grand ? Tu crois que je n'ai pas subi leur siège, que je n'ai pas vu les flammes, ni entendu leurs hurlements ? Chaque nuit, j'étais auprès d'Arthur et d'Anna, à me demander si tu étais encore en vie… Je t'aime, Uter. Je t'aime plus que tu ne pourrais l'imaginer. Mais même dans les pires instants, quand je te voyais mort sur les remparts, brûlé ou dévoré par les loups, j'avais encore mes enfants, et au moins était-ce une raison de vivre… Si tu meurs, Arthur sera tout ce qu'il me restera de toi. Ne me l'enlève pas. Par pitié, ne me l'enlève pas.

— Ygraine, il est né pour être roi. C'est plus important que tout, il faut que tu le comprennes…

— Et qu'est-ce que ça peut me faire, qu'il soit roi ?

Elle criait à présent, le visage ravagé de larmes. Quand il tenta une autre fois de la prendre dans ses bras, elle le gifla à toute volée.

— Tu n'as pas le droit ! C'est moi, la reine ! C'est à moi que tu dois ton trône !

Les yeux écarquillés de rage, les nattes défaites, le visage baigné de pleurs, elle avait l'air d'une folle, à faire peur. Uter recula. Sa joue le cuisait, la gifle l'avait humilié plus encore que ses mots blessants, et le manque de sommeil lui mettait les nerfs à vif.

— Il te reste Anna, après tout...

— Sois maudit !

Alors il tourna les talons, ramassant au passage son épée sur le fauteuil, et claqua la porte derrière lui. Ygraine tomba à genoux, secouée de sanglots, puis s'effondra sur le sol.

— Sois maudit, Uter, toi et ton Merlin de malheur !

Uter ne pouvait plus l'entendre. Arpentant les couloirs comme un forcené, à une telle allure que Merlin devait courir pour rester derrière lui, il fit irruption dans la chambre d'Arthur, bousculant au passage Antor et la nourrice, semblant à peine remarquer qu'ils étaient enlacés.

— Faites vos bagages ! Soyez prêts à partir dans une heure, avec l'enfant !

Ses cris avaient réveillé le bébé, qui se mit à brailler dans son berceau. La femme se précipita, renouant fébrilement son corsage délacé, et le prit contre son sein pour le bercer, mais Uter leur jeta tout juste un regard. Quand il se retourna il vit Merlin devant lui, tremblant comme une feuille.

— Veille sur lui, bâtard du diable, comme si c'était ton propre fils !

— Ce sera comme mon fils, murmura Merlin.

Uter le mesura du regard et le vit tel qu'en lui-même, chétif et bouleversé, avec l'envie de le briser en deux.

Puis il avisa le chevalier Antor, avec sa tête de bon chien fidèle, et sa rage retomba.

— Brave Antor...

Il lui sourit et garda les yeux fixés sur lui tandis qu'une idée nouvelle faisait son chemin dans son esprit, si longuement cependant que le jeune chevalier se dandina d'un pied sur l'autre, rougissant comme une pucelle.

— Tu as des enfants, Antor ?

Le chevalier secoua négativement la tête.

— Une terre ?

Il haussa les épaules avec un sourire gêné.

— Et toi, la femme ? dit Uter en se tournant vers la nourrice. Tu es mariée ?

— Mon mari est mort. Mais il me reste un fils. Kaï... Il a presque deux ans.

— Un fils... C'est bien.

Uter semblait à nouveau tout guilleret et les regardait tour à tour, Merlin et eux, avec un air formidablement satisfait.

— Eh bien, Antor, je te donne ma terre, Cystennin. Ce n'est qu'une motte fortifiée à l'orée de la forêt, mais elle porte le titre de baronnie et compte quelques manses paysannes [1], qui te rapporteront assez de bien. Et je te donne cette femme, ajouta-t-il, avec un regard amusé vers la nourrice. Emmenez Arthur, élevez-le avec...

— ... Kaï, souffla-t-elle, alors que le roi peinait à retrouver son nom.

— C'est cela. Nul ne doit savoir qu'Arthur est mon fils, mais je compte sur toi pour le défendre, sur ta vie, et en faire un homme. Merlin ira avec vous. Obéis-lui en tout, Antor... Lui seul pourra venir vous le reprendre, quand le moment sera venu.

1. Domaine agricole, de cinq à dix hectares, concédé par le seigneur à des paysans libres, contre une redevance.

Uter hésita quelques instants puis, du bout des doigts, il caressa la joue de son fils. Arthur lui attrapa le doigt, le mit en bouche et se mit à téter, ce qui lui chavira le cœur. Doucement, il se dégagea et toisa Merlin.

— Ça te va, comme ça ?

— À moi, oui… J'espère que Lliane…

— C'est ça ou rien.

Uter souriait toujours, mais ses yeux brillaient et son menton tremblait. Merlin le retint par le bras à l'instant où il quitta la pièce, mais le roi se défit de son emprise et sortit sans se retourner.

Ils ne devaient plus se revoir.

XII

Un matin d'hiver

Seuls les gardes qui étaient de faction à la grand-porte à la troisième heure de laudes auraient pu les voir partir. Antor montait un sommier aussi noir que la nuit, l'arc en sautoir et le bouclier fixé à la selle contre son épée, précédant un lourd chariot tiré par deux bœufs que Merlin, presque méconnaissable avec son manteau et son bonnet de fourrure, menait à la baguette. Il allait à pied, le roi n'ayant pu (ou n'ayant voulu) distraire un cheval de plus pour leur expédition. Ce serait un long voyage jusqu'à la baronnie de Cystennin, surtout par ces routes enneigées, et si Uter avait voulu lui infliger une pénitence, il n'aurait pas agi autrement.

L'aurore était magnifique, pour la première fois depuis bien des jours, formant une longue bande rose sur le bleu pâle de la neige et irisant le faîte de la forêt de tentes élevées aux abords des fortifications. Pas un nuage dans le ciel, tout juste les sombres volutes de la nuit qui se dissipaient lentement. On pouvait y voir un présage heureux. C'est du moins ce qu'Uter ressentit tandis que le chariot s'éloignait, abritant la nourrice, son fils Kaï et Arthur. Instinctivement, il se retourna, leva les yeux vers le donjon et chercha la fenêtre de leur chambre, avec l'espoir d'y apercevoir Ygraine. Elle ne lui parlait plus, elle lui refusait sa porte, mais Uter l'avait fait prévenir de l'heure du départ ainsi que de l'endroit où il se tiendrait sur les remparts, si jamais elle voulait se montrer ou embrasser une dernière fois leur fils. Bien sûr, il ne vit rien, à cette distance, mais comment aurait-elle pu ne pas être là, alors que son enfant la quittait, sommeillant dans les bras d'une autre ? Uter resta ainsi de longues minutes, tourné vers cette fenêtre muette, dans l'espoir que le regard d'Ygraine se poserait sur lui sans trop de rancœur.

Il était conscient que lui arracher ainsi leur fils pouvait sembler la pire des trahisons et qu'elle ne pourrait le pardonner si vite, mais ce départ en précédait un autre, le sien, celui de l'armée. Partir sans la revoir serait un déchirement de plus…

Au bout d'un moment, un frisson le saisit d'être resté ainsi sans bouger, et il reporta son attention sur le chariot bâché, sur Merlin, empêtré et maladroit, glissant à chaque pas, et sur la silhouette altière d'Antor, juché comme un prince sur son gros cheval. Dans deux ou trois semaines, un mois au plus, il serait à Caer Cystennin, loin de la guerre et de l'agitation de la cour, avec en poche un parchemin que le jeune chevalier aurait été bien en peine de lire, mais qui portait le sceau royal et faisait de lui le nouveau maître des lieux. C'était une bonne chose. Quoi qu'il arrive, Arthur grandirait là où Uter lui-même avait grandi, guère plus riche, en vérité, que ses paysans, mais libre et insouciant, à l'orée de la grande forêt. Le vieux Elad, le chapelain de son père, lui donnerait un peu de religion, lui apprendrait à lire et sans doute à se méfier des elfes. Antor lui enseignerait à monter à cheval, à chasser, à tenir une épée. Et quant à Merlin… Eh bien, Merlin veillerait sur lui, et lui dirait peut-être un jour qui était son père.

Ils traversaient le campement, à présent, sans que personne ne fasse attention à eux, si ce n'est quelques soldats de faction auxquels le tout jeune baron de

Cystennin adressait des gestes joyeux. Sans doute devait-il se repaître de ce soleil levant, de cet air vif, de la bonne odeur des bœufs et du crissement des roues sur la neige fraîche de la chaussée. Un homme simple et brave, qu'il venait de combler au-delà de ses rêves en lui offrant une épouse, une baronnie, assez de biens pour couler des jours heureux et deux enfants qui, certes, n'étaient pas de lui mais qu'il élèverait comme les siens… Et la vie, ne pas oublier la vie, sauve, loin des combats qui se préparaient… C'était bien plus qu'il n'avait lui-même, pauvre roi qui risquait de tout perdre, femme, enfant, trône et vie, ou bien de tout regagner, à jamais.

Uter prit une profonde inspiration et s'efforça de chasser ses appréhensions en contemplant l'immense campement qui s'éveillait sous les premiers rayons du soleil. Toute cette masse d'hommes, tous ces chevaux… Ils étaient sûrement moins nombreux que la multitude qui avait suivi le Pendragon lors de son irrépressible chevauchée, mais cette fois il était lui-même, rien qu'un homme mais rien moins qu'un homme. Cette fois, ils vaincraient par le glaive et la lance, non par magie. Ce serait un nouveau départ, une deuxième chance. Lliane avait raison… Que les talismans rejoignent l'île sacrée, qu'ils y disparaissent et qu'on les y oublie jusqu'à la fin des temps !

Malgré lui, son regard se porta vers le lac, vers la petite sente qu'Ulfin et lui avaient suivie depuis la poterne jusqu'au ponton et, au-delà, jusqu'au campement des elfes et des nains. Étaient-ils partis, déjà ? Évidemment que non. Ils devaient attendre Freïhr, Ulfin et ce gibier de potence qui leur servirait de guide. Pourtant, on ne voyait aucune fumée…

Un bruit de glissade et un juron, sur le chemin de ronde, lui firent tourner la tête. C'était le duc Léo de

Grand, drapé dans une cape fourrée qui masquait son bras en écharpe.

— Je sais ce que tu vas me dire, fit Uter en levant la main pour l'arrêter avant même qu'il s'exprime. Épargne-toi des efforts inutiles, c'est moi qui conduirai l'armée. Ce n'est pas une sanction… Tu es toujours le connétable du royaume, mais tu es blessé. Tu ne pourrais même pas tenir une lance.

Le duc accusa le coup. Son visage était en sueur, aussi rougi par le froid que par l'effort qu'avait représenté l'ascension de la tourelle menant aux remparts. Il se dandina d'un pied sur l'autre, peinant à ravaler tout le petit discours qu'il avait élaboré et que son beau-frère venait de rendre vain par sa simple mise en garde. Il se creusait si visiblement la cervelle pour trouver de nouveaux arguments qu'Uter eut pitié de lui et, sans penser à sa blessure, lui claqua chaleureusement l'épaule, ce qui eut pour effet d'arracher à Carmelide un cri de douleur.

— Pardonne-moi. Tu vois, j'avais oublié…

— Ça va, grommela Léo de Grand dans sa barbe.

Il recula pourtant, pivotant sur lui-même comme pour mettre sa blessure hors de portée d'une nouvelle manifestation d'amitié intempestive.

— Par ailleurs, dit Uter, j'ai besoin de toi.

Le duc leva un sourcil broussailleux.

— Je veux que tu emmènes Ygraine à Carohaise. Il ne restera plus assez d'hommes à Loth pour la défendre, si jamais… Enfin, tu m'as compris.

Uter tenta de sourire, mais ce ne fut qu'un rictus.

— Maintenant, apprends-moi tout ce que tu sais des monstres…

Ils s'étaient mis en route à la nuit noire, à la seule lueur des étoiles et de la lune, ce qui était bien suffisant pour des elfes, et même pour des nains. Les trois hommes de leur compagnie, Ulfin, Freïhr et Guerri l'assassin, auquel on n'avait donné qu'une mule afin qu'il ne risque pas de s'échapper, n'y voyaient rien, en revanche, et s'écarquillaient les yeux à tenter de les suivre. Loin devant, comme à son habitude, Till marchait à pied, précédé de son gerfaut. C'était un pisteur, capable de courir des heures durant sans éprouver de fatigue, aussi silencieusement qu'un renard. Tout à l'heure, quand le jour se lèverait, sans doute forceraient-ils l'allure, mais pour l'instant ils allaient au pas, si lentement en fait que Till, bien qu'il aille à pied, avait déjà une avance considérable.

Lliane chevauchait en silence à côté de son frère Dorian et de Kevin l'archer. La nuit était calme, ponctuée des ululements d'oiseaux de nuit et du pas tranquille de leurs chevaux dans la neige. Aucun d'eux ne somnolait, mais la surexcitation du départ avait laissé place au bout de quelques heures à un mutisme général. Freïhr lui-même avait fini par se taire. La reine avait laissé les rênes de sa jument Ilra glisser sur son encolure, et son corps relâché épousait le balancement régulier du pas de la jument tandis qu'elle se perdait dans ses pensées.

Tout le jour, juchés en haut d'une motte à l'abri de fourrés alourdis de neige, ils avaient assisté à l'interminable procession de l'armée des hommes quittant Loth en ordre de bataille, et ces images restaient gravées dans sa mémoire. Tout avait commencé au début du jour, quand un parti d'éclaireurs à cheval s'était élancé du campement au grand galop, dans un désordre barbare. Et puis de longues cohortes de gens d'armes, coutiliers, archers, piquiers et simple piétaille armée de bric et de broc s'étaient mises en marche à leur suite, en rangs serrés, protégeant des convois de chariots et des troupeaux entiers de bœufs ou de moutons. Parmi cette foule, on voyait parfois de hautes croix, tenues comme des étendards par des moines en bure sombre, comme s'ils n'en avaient pas assez peint sur leurs cottes d'armes et leurs boucliers... Enfin, venaient les chevaliers, acclamés du haut des remparts par tout ce qui restait en ville de femmes, d'enfants, de vieillards et de si peu d'hommes valides que même ceux qui avaient reçu l'ordre de demeurer à Loth, soldats ou serviteurs, en éprouvaient de la honte. L'aube avait tenu ses promesses et un soleil d'hiver brillait toujours, illuminant leurs heaumes et leurs hauberts de mailles. On aurait dit un fleuve d'argent coulant lentement, interminablement, sous une forêt de lances. Malgré la distance, les elfes sentaient la terre gronder sous les sabots des chevaux, vibrer comme un tambour. Chaque conroi portait des bannières de couleurs différentes, et tous ces fanions flottant gaiement donnaient à l'armée un air de fête. Se pouvait-il que les hommes aiment la guerre, qu'ils soient joyeux ou fiers de se battre ? Lliane aurait voulu en parler à Myrddin, mais le jeune druide était parti avec le fils d'Uter, et elle n'avait pas osé poser la question à Ulfin. Il était trop tard à présent, alors qu'au spectacle de cette foule en armes étincelant sous la lumière du soleil avait succédé leur sombre et discrète équipée.

Quelle importance, d'ailleurs... Qu'ils partent au combat en chantant ou avec la peur au ventre, le moment de vérité serait le même pour tous, au bout du compte, quand la fureur de la bataille s'abattrait sur eux avec la soudaineté d'une tempête sur l'océan. À les voir partir ainsi et sachant qu'Uter était parmi eux, Lliane s'était à nouveau sentit saisie par cette sensation humaine qui l'avait étreinte dans la clairière des elfes. Uter, Myrddin et elle empruntaient trois voies différentes, divergentes, et l'elfe se sentait seule, malgré son frère, malgré Till, Kevin et les autres, comme s'ils ne devaient pas se revoir. Ce serait un long chemin, jusqu'à Kab-Bag...

Un cri, tout à coup, perça le silence de la nuit, suivi d'un bruit de chute, d'un concert de jurons et d'une brusque cavalcade. Elle se retourna instinctivement, et n'eut que le temps de se protéger le visage. Une ombre passa devant elle, l'éclair d'une lame trancha sa cape. C'était Guerri.

— Arrêtez-le ! cria la grosse voix rocailleuse de Freïhr. Il a pris mon cheval !

Déjà, Kevin brandissait son arc, mais Lliane l'arrêta d'un geste. À la stupeur du barbare qui était parvenu jusqu'à eux, elle se redressa sur sa monture et poussa un hennissement strident. Il faisait trop sombre, même aux yeux des elfes, pour qu'ils voient quoi que ce soit, mais ils entendirent le cheval se cabrer, obéissant à son ordre, et juste après il y eut un nouveau bruit de chute.

Freïhr réagit aussitôt. Il était étonnant de voir courir si vite un homme de sa taille et de son poids, surtout dans une telle épaisseur de neige. Lliane mit sa jument au trot et les rejoignit en quelques instants, pas assez vite pourtant pour retenir le barbare. Désarçonné, le malheureux Guerri avait roulé sur le bas-côté, et s'il ne s'était rien cassé dans la chute, Freïhr se chargeait visiblement d'arranger cette injustice. Il tapait comme un sourd, se servant de son poing comme un marteau, avec une rage qui épouvanta les elfes et ravit les nains.

— Freïhr, arrête ! s'écria-t-elle.

Mais le barbare cognait toujours, furieux de s'être laissé surprendre par ce gibier de potence, qui avait eu en outre l'impudence de le jeter à bas de sa monture pour la lui voler. Il est vrai qu'avec une mule il ne risquait pas d'aller bien loin...

— Vas-y ! cria joyeusement Bran, qui s'était rapproché avec ses compagnons. Tue-le !

Lliane lui jeta un regard meurtrier, sauta à bas de son cheval et dévala le bas-côté pour empoigner le barbare. D'un coup de coude, il se débarrassa d'elle, mais au moins eut-il conscience de ce qu'il venait de faire. Abandonnant sa victime, il se précipita vers la reine et la ramassa dans ses grosses pognes, comme une enfant.

— Ça va, dit Lliane en reprenant ses esprits. Repose-moi, maintenant.

Le barbare obéit, tout penaud, et, comme les nains battaient des mains et l'acclamaient à grands cris, il se permit un vague sourire.

Lliane s'était agenouillée aux côtés de Guerri le Fol, ou de ce qu'il en restait. Sa mâchoire faisait un angle bizarre, ses lèvres et son nez avaient éclaté, c'est tout juste s'il était encore en vie. Elle se retourna vers le reste de la troupe, et c'est à cet instant qu'elle intercepta le sourire de Freïhr.

— Il n'y a pas de quoi rire, dit-elle. Si tu l'avais tué, stupide brute, on pouvait aussi bien rentrer à Loth, ou aller mourir avec Uter. Tu veux revoir ton fils, oui ou non ?

À l'évocation de Galaad, le visage du géant se referma. Il bredouilla une excuse, mais Lliane haussa les épaules et se détourna de lui.

Ils restèrent là jusqu'au petit matin, perdant sans doute de précieuses heures à soigner l'assassin de la Guilde. Que faire d'autre, pourtant ? Il était vraiment impensable de le remettre en selle dans cet état, et il fallut attendre que Guerri reprenne connaissance. Lliane et Sudri, mettant en commun leurs connaissances médicales, s'étaient relayés à son chevet sous un abri de fortune fait d'une simple cape tendue entre deux arbres. Dans la lueur du petit jour, l'homme semblait plus mal en point encore. Rien au monde, ni la magie des pierres ni la médecine des plantes, n'aurait pu soigner une telle quantité d'horions, et c'est peu dire qu'il n'avait plus figure humaine. On lui avait remis la mâchoire en place, mais Guerri avait perdu plusieurs dents et ne cessait de baver du sang. Les lèvres tuméfiées, les arcades gonflées et noires, il gémissait sans discontinuer, incapable de se tenir debout. En contrebas, on distinguait à présent dans la neige l'empreinte sanguinolente de l'empoignade.

Les nains avaient déjà fait du feu et mis quelque chose à bouillir. Tous les autres, y compris les elfes, leur jetaient des regards en coin, espérant manifestement qu'il y en aurait pour tout le monde. L'odeur du bois brûlant et du vin chaud se répandit rapidement jusqu'à eux, puis jusqu'à l'abri où Sudri dormait du sommeil du juste, pelotonné sans s'en rendre compte contre le corps meurtri de l'assassin. Aussi immobile qu'une pierre, Lliane l'observait et sans doute Guerri devait-il croire qu'elle s'était elle aussi assoupie. Un bref instant, il leva la tête, et la reine perçut l'éclat de son regard sous ses paupières enflées, fixé sur la bague qu'elle portait au doigt.

— C'est la bague de Mahault, murmura-t-elle. L'anneau de la Guilde… Évidemment, tu en deviendrais le maître si tu parvenais de nouveau à t'en emparer. Mais dans l'état où tu es… Toute la question est de savoir si tu peux continuer et nous mener jusqu'au souterrain. Conduis-nous et je te laisserai l'anneau, et la vie. Si tu refuses, nous n'aurons pas d'autre choix que de rebrousser chemin pour aller nous faire tuer avec l'armée d'Uter. Mais dans ce cas, bien sûr, Freïhr devra s'occuper de toi…

Il tourna la tête vers elle, aussi pitoyable qu'affreux avec ce visage martelé, et le bandage noirci de sang séché qui lui entourait la mâchoire. Ses lèvres s'entrouvrirent, mais il ne parvint qu'à chuinter quelques mots incompréhensibles. Son regard, en revanche, était suffisamment éloquent.

— Je vois que tu m'as comprise, dit-elle.

Elle fit mine de se lever pour quitter leur abri de fortune, mais le Fol la retint par la manche.

— L'armée… n'a… aucune… chance.

Lliane le dévisagea, se demandant s'il souriait ou si cette espèce de grimace était un rictus de souffrance. Elle l'espéra.

— Le Maître… a été… prévenu, murmura-t-il encore.

— J'espère bien, dit Ulfin, d'une voix forte qui fit sursauter la reine. On peut dire qu'on a tout fait pour ça !

Le preux lui souriait, mais Lliane perçut dans son regard une angoisse qui démentait le ton joyeux de ses rodomontades. À ce moment, ils pensaient tous deux à Uter, à cette armée inconsciente qui s'avançait vers la mort sans autre but que de leur dégager la voie.

— Si tu es capable de parler, tu es capable de monter à cheval, grogna Ulfin.

Il saisit Guerri par le col, le hissa sur son épaule et le jeta sans ménagement sur le dos de sa mule.

— Seigneur Freïhr, à vous ! cria-t-il, et l'assassin vit avec horreur le barbare s'approcher de lui, tenant en main un lacet de cuir.

Leurs regards se croisèrent un bref instant. Freïhr souriait. Il le prit lui aussi par le col de sa capuche, mais il arracha le manteau d'un geste brusque et lui passa le lacet autour du cou. Puis, en déroulant tout juste ce qu'il fallait pour monter en selle, il leva ostensiblement son poing énorme et noua ce qu'il restait autour de son poignet.

— Essaie de rester à ma hauteur, dit-il, appuyant sa menace d'une brusque traction qui tendit le lacet et étrangla à moitié son prisonnier.

— Allez, on repart ! cria la reine à l'intention des nains qui déjeunaient toujours, regardant tout cela comme au spectacle.

Tandis qu'ils s'activaient, les autres se mirent en route. D'un geste méprisant de sa main libre, Freïhr désigna à Guerri sa cape gisant à terre, formant une flaque sombre dans la neige.

— Prie pour qu'on arrive avant la nuit. Sinon, avec ce froid…

Au matin du deuxième jour, quelques loups vinrent rôder à bonne distance de l'armée. Uter, cependant, avait retenu la leçon de Léo de Grand. Ils n'avaient pas monté de campement, pas fait de feu. Ç'avait été une nuit terrible, mais au moins ne risquaient-ils pas de se faire surprendre, même si peu d'entre eux avaient réussi à fermer l'œil. Les hommes s'étaient installés en carrés serrés, emmitouflés dans leurs capes, protégés du vent par les chariots que le maréchal de camp avait alignés face au nord, comme un rempart. Et, dès que les loups s'étaient montrés, des milliers d'hommes s'étaient levés d'un même bond, l'arme au poing, dans un tel concert de cris et une telle débauche de gesticulations que les fauves avaient fui la queue basse.

Ce n'était pas une victoire, puisqu'il n'y avait pas eu de combat, pas même une flèche décochée. Pourtant, la fuite des loups déclencha des rires et des acclamations. Les hommes se congratulaient, parlaient fort et battaient du pied. Plus ou moins réveillés, plus ou moins transis, ils secouaient sous la lueur orangée du petit matin leurs capes de fourrure durcies par le froid, rassemblaient leurs armes et se passaient des outres d'eau-de-vie pour se réchauffer. Uter ne voyait autour de lui que des visages violacés de froid et des nez rougis, mais toutes ces trognes étaient réjouies, et lui-même se sentait gagné par cet enthousiasme puéril, par le simple bonheur du jour naissant, par la force émanant de leur nombre. Les preux qui formaient sa garde rapprochée souriaient, eux aussi, tandis qu'ils l'aidèrent à s'adouber. Uter arrêta un instant son regard sur une silhouette agenouillée à l'écart, puis hocha la tête en reconnaissant Illtud de Brennock. L'abbé, vêtu en guerre comme eux et portant l'épée au côté, ne ressemblait guère à un homme d'Église, bien plus au chevalier qu'il avait été autrefois. Il priait en lui-même, mains jointes et tête baissée, offrant sa nuque rasée et sa tonsure au vent d'hiver. Uter lui sut gré de ne pas leur imposer à tous quelque action de grâces. Pour l'heure, il avait faim et froid, et rien ne lui semblait plus urgent que de finir de s'équiper et de lever le camp. Se détournant du moine, il passa son haubert de mailles par-dessus la tunique de cuir rembourrée qu'il avait conservée pour dormir, fit quelques mouvements pour l'assouplir, enfila sa cotte d'armes blanche par-dessus et laissa Adragai nouer autour de ses hanches le baudrier chargé d'Excalibur. Enfin, il se couvrit la tête et les épaules de son camail de fer puis ramassa son heaume qu'il alla fixer à sa selle. À leurs regards, à leurs sourires, il sentait que les preux attendaient qu'il leur parle, et il s'en voulut d'être incapable de leur mentir, ni de leur dire ce qui les attendait.

— Allez, mes amis, en selle !

Auraient-ils pu comprendre que malgré leur nombre, malgré leur force, toute cette armée n'était qu'un leurre, une diversion, que la plupart d'entre eux mourraient bientôt sans espoir de victoire ?

Uter fut parmi les premiers à mettre le pied à l'étrier et, du haut de son cheval, contempla la plaine noire de monde, agitée comme une fourmilière. Quelle différence, en fin de compte ? Une bataille était une bataille…

Il leur fallut moins d'une heure pour reformer les rangs et reprendre leur progression en ordre de marche. Entouré de ses preux, le roi chevauchait au pas parmi la piétaille, tête nue pour que chacun le reconnaisse. Sur son passage, les soldats levaient leur pique ou leur bouclier blanc frappé d'une croix rouge, les plus hardis l'apostrophaient sans manières et claquaient au passage la croupe caparaçonnée de son destrier, comme si tout cela n'était qu'une promenade, comme si des centaines, des milliers d'entre eux n'allaient pas périr avant le soir. Ils mangeaient tout en marchant et ne cessaient de lui tendre du jambon, du pain, qu'il acceptait volontiers, une outre de vin à laquelle il buvait à la régalade, et le bel appétit du roi les mettait en joie. Puis Uter piquait des deux et partait au petit trot vers un autre groupe, brandissant parfois Excalibur, étincelante dans le soleil levant. Il en fut ainsi une bonne partie de la matinée, puis la fatigue de la marche se fit sentir et la liesse des hommes se tarit peu à peu.

Ils n'étaient encore qu'à une dizaine de lieues de Loth, mais le paysage devenait plus vallonné, avec des amas de roches noires semblant jaillir de terre comme les côtes d'un squelette colossal. L'ost avançait en trois colonnes sur la voie ouverte par la cavalerie légère, avec au centre la masse compacte des piétons et des archers, protégés sur chaque flanc par une bataille entière de chevaliers. Urien le preux commandait l'arrière-garde, avec un simple conroi de quelques dizaines d'hommes pour garder les chariots chargés de vivres, de lances et de faisceaux de flèches. C'était bien assez. Derrière eux, il n'y avait que Loth. Les monstres étaient devant, quelque part au-delà de ces collines, et si la racaille de la Guilde avait agi ainsi qu'Uter l'espérait, sans doute devaient-ils déjà se porter à leur rencontre à marches forcées, dans leur frénésie barbare, prêts pour l'affrontement final.

Ce fut plus tôt encore qu'il ne le pensait. Peu avant sixte, la sixième heure du jour, une clameur soudaine résonna au loin. Uter se redressa sur ses étriers, juste à temps pour voir sa cavalerie légère faire retraite ventre à terre, soulevant derrière elle un nuage de neige. Un groupe d'éclaireurs galopa jusqu'à lui et vint l'avertir de ce que chacun put bientôt voir de ses yeux : l'armée des monstres était là, formant une ligne sombre sur la crête des collines. Ils étaient loin encore, à plus d'une lieue, mais il ne pouvait y avoir de doute, ce n'était ni une avant-garde ni un groupe isolé… Les monstres étaient des milliers, formant une masse grouillante et sombre qui luisait comme une purulence sous le soleil pâle. Uter sentit peser sur lui le regard de ses hommes, mêlé d'espoir et d'angoisse. Un jeune soldat, tout près de lui, disparaissait à moitié sous un bassinet démodé et bien trop grand, et devait basculer la tête en arrière pour y voir quelque chose. Sans doute le casque avait-il appartenu à son père…

— Toi ! Quel est ton nom ? cria Uter, assez fort pour que tous l'entendent.

Le jeune homme releva son bassinet avec stupeur, considéra le roi qui lui souriait, puis tous ses camarades qui le poussaient du coude.

— Ogier, murmura-t-il.

— Eh bien, Ogier, viens me voir, après la bataille. Je te ferai faire un heaume à ta mesure !

C'était une piètre plaisanterie, mais les hommes rirent de bon cœur. Uter dégaina Excalibur, la brandit au-dessus d'eux et cria : « Que Dieu vous garde ! », puis il galopa jusqu'à un petit mamelon, suivi de ses preux et de Nut qui portait son enseigne. Le spectacle de l'ost se rangeant en batailles le rassura : il y avait de l'agitation, des cris, de la nervosité, mais nulle confusion. Encadrée par des soldats aguerris, la foule des piétons se formait en carrés, de part et d'autre des archers. Une double ligne de lanciers se disposait devant eux, fichant en terre leurs longues piques pour former une haie d'acier oblique. Les moines, une dizaine tout au plus, plantèrent eux aussi en terre leurs hautes croix, comme un bosquet émacié derrière les batailles rangées. On voyait Illtud parmi eux, creusant le sol gelé avec acharnement, à coups de pic. Uter se demanda s'il mettrait le même acharnement à se battre, tout à l'heure, quand les croix seraient submergées par les hordes de Celui-qui-ne-peut-être-nommé… D'un peu partout, les chevaliers bannerets convergeaient au grand galop vers le mamelon où le roi s'était posté, venaient recevoir leurs ordres puis repartaient aussitôt, bannière au vent. Uter ne conserva que Nut et Kanet de Caerc auprès de lui. Adragai le Brun et Madoc le Noir, les deux inséparables, reçurent le commandement de la troupe. Do celui des archers. Un homme fut envoyé vers l'arrière, pour transmettre à Urien la consigne de pousser ses chariots devant la ligne de bataille. Toute la chevalerie eut l'ordre de faire retraite derrière la piétaille et de se dissimuler à l'abri d'un repli de terrain. Et c'est ainsi formés qu'ils attendirent le choc.

Les hommes reprenaient leur souffle, après la fièvre des préparatifs. La sueur se glaçait sur leurs visages, leurs membres étaient lourds, nul n'avait plus guère le cœur à rire. Ils s'étaient débarrassés de leurs sacs, de leurs manteaux, de tout ce qui pouvait les gêner, et tout ce fatras donnait aux arrières de leurs lignes des allures de décharge.

Il y eut encore un peu d'agitation quand Urien déboucha avec ses chariots, qu'il fallut dételer les bêtes et renverser les caissons devant la ligne des lanciers, que les valets d'armes en déchargèrent de gros faisceaux de flèches, aussi larges que des barriques, et les traînèrent tant bien que mal jusqu'aux rangs des archers. Puis le calme revint, ponctué par les ordres rauques des sergents d'armes s'évertuant à remettre de l'ordre dans leurs troupes.

Dans le silence pesant, les meuglements des bœufs abandonnés à eux-mêmes résonnaient, lugubres. Un peu partout, les piétons agglutinés dans les carrés se haussaient sur la pointe des pieds, parfois même se hissaient sur les épaules d'un camarade pour voir ce qui se passait. L'armée s'était disposée dans l'urgence, s'attendant à une charge brutale, mais les monstres avançaient lentement, au pas, sans un bruit, et à cette allure il leur faudrait près d'une heure pour arriver au contact. Leur masse informe et sombre recouvrait peu à peu les vallons enneigés sans qu'on puisse y deviner le moindre ordre de bataille. C'était comme un rideau qu'on tire pour masquer le jour, comme la marée montante qui recouvre la grève. Les hommes s'étaient crus nombreux, ils découvraient ce que pouvait être une multitude. Ce n'était pas une armée qui s'avançait vers eux, c'était une nation entière. Et ce silence... Le silence était pire que tout. De cette mer en marche ne provenait pas un son, pas même une rumeur. On voyait à présent leurs oriflammes rouge sang flotter dans le vent, on devinait les milliers de reflets de leurs sombres cuirasses, mais rien, ni grondement ni cliquetis d'armes.

Sur l'ordre de Do, un archer décocha une flèche, aussi loin que possible, et toute la ligne suivit son vol puis son déclin, jusqu'à ce qu'elle se fiche en terre, à plus de cent toises [1].

— Personne ne tire avant qu'ils aient atteint ce point ! cria-t-il.

Rares en fait étaient ceux qui pouvaient la distinguer à cette distance, surtout avec les chariots renversés devant eux, mais au moins cela leur occupa-t-il l'esprit. Les archers se mirent à piquer devant eux dans la neige leur volée de flèches, afin de tirer plus vite, tout à

1. Deux cents mètres, portée maximale du grand arc anglais avec une flèche de guerre à tête large.

l'heure. Ils n'auraient qu'une vingtaine de secondes pour décocher leurs traits, sans même prendre le temps de viser, avant que l'ennemi ne parvienne au contact. Les plus expérimentés pourraient tirer quatre ou cinq flèches dans ce laps de temps, peut-être plus si les lanciers tenaient bon.

Les monstres avançaient toujours. Ils étaient à présent à un mille [1], peut-être moins, un quart de lieue, et ne forçaient pas l'allure. Quand ils ne furent plus qu'à trois, quatre cents toises, des hommes s'allongèrent à terre et baisèrent le sol, et le mouvement gagna bientôt toute la ligne de bataille.

— Que font-ils ? demanda Illtud, revenu près d'Uter.

— C'est une vieille coutume, murmura le roi sans le regarder. Ça veut dire qu'ils sont prêts à retourner à la terre.

L'abbé hocha la tête et sourit.

— Peut-être est-il temps alors de rendre grâce à Dieu.

Si c'était une question, Uter ne s'en rendit pas compte et ne répondit pas.

— Que le Ciel te garde, mon fils...

Les deux hommes se regardèrent en silence, si semblables avec leurs cottes d'armes immaculées, l'éclat mat du soleil sur leurs manches de mailles.

— Vous aussi, mon père, dit le roi, et il ôta son gant pour lui serrer la main. Si nous ne nous revoyons pas...

Uter s'interrompit, chercha ses mots.

— Dites à Ygraine...

De nouveau, Illtud opina en souriant.

— Je le lui dirai.

1. Mille pas, soit un kilomètre et demi.

Et, dégainant son épée, il partit au petit trot rejoindre le bosquet des croix. Uter le regarda s'en aller. Nul doute, il se battrait...

Uter le vit descendre de cheval près de ses moines, et peu de temps après leur chœur entonna le *Non Nobis*, puis un Te Deum, grave et modulé, dont la beauté guerrière le frappa et lui fit venir les larmes aux yeux.

Près de lui, Nut et Kanet de Caerc virent ses yeux rougis et gonflés, sans parvenir à comprendre l'émotion soudaine du roi. Le chant était beau, il était triste, mais c'était l'évocation d'Ygraine qui avait rompu en lui la digue de ses pleurs. Il était parti sans la revoir, sans un mot, sans un geste, et peut-être mourrait-il ce jour sans savoir si elle l'aimait encore.

D'un seul coup, il se ressaisit et prit sa décision.

— Nut, Kanet ! Mettez l'abbé sur un cheval, donnez-lui deux hommes robustes, et qu'ils aillent retrouver la reine, jusqu'en Carmelide, s'il le faut. Dites-lui... Qu'il lui transmette mon message, avant la tombée du jour !

Les preux acquiescèrent d'un signe de tête et s'élancèrent. Il leur fallut rameuter plusieurs hommes pour arracher le père abbé à ses ouailles et l'entraîner hors du champ de bataille. À voir son visage fulminant, sans doute devait-il le maudire, mais au moins Uter aurait-il la satisfaction d'avoir peut-être sauvé un saint homme.

Ils étaient à peine partis lorsqu'une vocifération assourdissante leur glaça le cœur à tous. D'une seule voix, les monstres s'étaient mis à hurler comme des déments. D'un seul bloc, ils s'étaient mis à courir. Leurs rangs, dans ce mouvement soudain, s'élargirent à la manière d'une main énorme s'ouvrant pour les saisir. Deux cents toises, encore, cent cinquante... Uter guetta la première volée de flèches, serrant nerveusement les rênes de son destrier. Do tardait à donner l'ordre. La flèche était-elle dépassée ? Impossible de la distinguer de si loin. Cent vingt toises… Qu'attendait-il ? Il y eut un cri rauque, et aussitôt le claquement de milliers d'arcs libérant leur corde en même temps, suivi du bourdonnement strident de milliers de flèches jaillissant dans l'air vif tel un essaim. Uter, comme eux tous, les suivit des yeux jusqu'à ce qu'elles s'abattent dans cette multitude, fauchant des rangs entiers que les autres piétinaient immédiatement, avec une parfaite indifférence. Déjà, une nouvelle pluie de flèches, moins compacte celle-là car les moins expérimentés ou les plus nerveux tardaient à encocher, s'abattait sur la ruée des monstres.

Les hommes hurlaient, à présent, libérant l'angoisse de ces dernières minutes avant le choc décisif. Uter brandit Excalibur, haut dans le ciel.

— Une seule terre, un seul roi, un seul Dieu !

La foule des monstres vint se briser sur la ligne d'acier des lances. La bataille avait commencé.

XIII

La charge du roi

— C'est là, dit Guerri le Fol.

Depuis la fin de la matinée, ils avaient quitté la plaine pour s'enfoncer dans un chemin creux, dont les pentes n'avaient cessé de s'accuser d'heure en heure. C'était maintenant dans un véritable ravin qu'ils chevauchaient, si étroit qu'ils n'y pouvaient aller qu'à deux de front. La lumière du soleil ne parvenait guère jusqu'à eux dans cette gorge sinueuse de roche et de glace, et si l'assassin de la Guilde avait eu les nerfs assez solides pour les attirer dans un piège, on n'aurait pu rêver décor plus adéquat. Il ne s'était rien produit pourtant, ni éboulement, ni avalanche, ni embuscade, jusqu'à ce que Guerri arrête sa mule.

Il leur désigna une anfractuosité droite comme une entaille, masquée à sa base par des broussailles chargées de neige, et comme ils ne bougeaient pas, il mit pied à terre et leva vers Lliane un regard interrogateur.

— Allez-y, dit-elle.

À son tour, Freïhr descendit de selle, dégaina son épée de sa main libre et fit signe à Guerri d'avancer, alors qu'il était toujours retenu au cou comme un chien attaché. L'homme marcha droit vers les fourrés, boitant bas et grelottant, sans cape ni manteau pour le protéger, l'air aussi mal en point que possible. Il empoigna pourtant un arbuste et l'arracha du sol sans effort, au grand étonnement du barbare.

— Aidez-le, dit Lliane.

Freïhr et Ulfin obéirent comme un seul homme et s'amusèrent à dégager le passage, découvrant que toute cette végétation était juste posée à terre, habilement disposée de façon à masquer le passage. La neige, en recouvrant tout, avait rendu ce camouflage parfaitement indécelable, si tant est que quiconque ait été assez fou pour suivre aussi longtemps qu'eux ce défilé inhospitalier. En l'espace de quelques minutes, la voie fut libre. À l'entrée du souterrain, Ulfin découvrit des traces de chariot, profondément imprimées dans la terre gelée, qui prouvaient que Guerri n'avait pas menti.

— J'ai tenu ma promesse, dit-il d'une voix hachée, soufflant à chaque expiration un nuage blanc qui masquait pour un temps son faciès ravagé, bleui par le froid. Laissez-moi partir, maintenant.

— Nous ne sommes pas encore à Scâth, répondit la reine.

Et elle se détourna de lui, indifférente à son air outragé.

— En selle ! Till, Kevin, partez devant !

Les deux elfes échangèrent un bref regard. Depuis leur départ, le visage de Lliane était fermé, sa voix dure. Parfois, elle semblait faire un effort pour ne pas crier. Ils n'osaient plus guère lui parler, mais le mutisme douloureux dans lequel elle s'était peu à peu emmurée leur broyait le cœur. Kevin dégagea son arc qu'il portait en sautoir, choisit soigneusement une flèche dans son carquois et se rapprocha d'elle.

— On garde les chevaux ?

— S'ils sont sortis de là avec la grosse Mahault, c'est qu'on peut passer ! lança Ulfin en remontant en selle.

Kevin hocha la tête avec un sourire et talonna sa monture. Bientôt, les deux elfes et le faucon blanc de Till disparurent dans les entrailles de la grotte.

Les autres se mirent en route après avoir taillé assez de bois et de broussailles pour se confectionner des torches. Le bois était gelé, il fusait et crachotait en brûlant, dégageait plus de fumée que de lumière, mais aucun homme n'aurait pu s'aventurer à l'intérieur sans un semblant d'éclairage. Les torches, cependant, révélèrent ce que même des yeux d'elfes n'auraient pu déceler. La galerie portait les cicatrices d'innombrables coups de pioche, et l'on imaginait des allyans entiers de gnomes peinant là-dedans jour et nuit, avec leur acharnement de brute, jusqu'à parvenir à l'air libre. C'était du beau travail, en vérité, digne d'une galerie naine. Le sol était dur et plat, claquait sous les sabots de leurs chevaux. De l'eau ruisselait sur les bas-côtés, mais dans une sorte de caniveau, qui préservait la chaussée de toute souillure. Il leur fallut parfois baisser la tête, parfois même mettre pied à terre pour passer, car, bien sûr, c'étaient des gnomes qui avaient creusé ce tunnel, et les plus grands d'entre eux ne dépassaient pas quatre pieds de haut. La hauteur était toutefois suffisante pour les chevaux et même pour des chariots bâchés. Les nains fronçaient le nez d'un air dédaigneux, mais il était manifeste que le tunnel des gnomes les étonnait.

Ils marchèrent ainsi longtemps, tous les sens aux aguets. Bientôt, l'air frais du dehors céda la place à une odeur de moisissure entêtante, puis à des remugles infâmes, si pestilentiels que les chevaux eux-mêmes renâclaient, et qu'il fallut leur couvrir les naseaux.

— Qu'est-ce qui pue comme ça, bon sang ? explosa tout à coup Ulfin.

— C'est du soufre, dit Sudri, avec un air si réjoui qu'ils se demandèrent s'il n'avait pas été élevé près d'une tannerie. Faites attention à vos torches, sinon…

— Sinon quoi ? grogna le chevalier.

— Je vais te montrer… Donne.

Il descendit de cheval, saisit le flambeau qu'Ulfin lui tendait, et éclaira une rocaille de pierres jaune citron, dont il détacha précautionneusement un fragment. Il le posa à terre loin du gisement, se retourna pour vérifier qu'il avait bien toute leur attention, et jeta la torche dessus. Le temps qu'il s'éloigne, le soufre entra en fusion, éclairant le souterrain d'une série d'éclairs aveuglants, avec une fumée épaisse et suffocante qui leur piqua les narines et leur fit monter les larmes aux yeux.

— Qu'est-ce que c'est que cette saleté ? hurla le preux, toussant et crachant comme un beau diable.

Sudri ne répondit pas. Il ramassa la torche, la rendit au chevalier puis trottina jusqu'au cheval de la reine.

— Partez en avant, dit-il. Je vais en ramasser autant que possible. Ça pourra nous être utile…

Il s'en retourna sans attendre la réponse de Lliane, et Bran lui fit un signe, pour faire comprendre qu'Onar et lui resteraient avec le maître des pierres le temps nécessaire. Ils repartirent, sans pour autant échapper à cette puanteur infecte, qui resta collée à eux jusqu'au bout. Durant tout cet intermède, la reine n'avait rien dit, pas un mot. Elle se mit en route sans se départir de cet isolement, la gorge nouée par une sensation oppressante, pesante, insupportable. Elle avait commencé à la ressentir des heures plus tôt, alors qu'ils chevauchaient encore à l'air libre, et malgré tous ses efforts elle ne parvenait pas à s'en défaire. Ce souffle glacé qui lui étreignait le cœur, c'était la Mort. Elle était là, rôdant autour d'eux, attendant son heure pour frapper, sans que Lliane puisse entendre le nom qu'elle lui murmurait à l'oreille. Alors elle chevauchait seule, évitant le regard de ses compagnons pour ne pas attirer le malheur sur eux, s'enfonçant toujours plus avant dans le souterrain des gnomes et dans la prison de sa solitude. Un nom, pourtant, un nom enfin se dessinait à son esprit, malgré tous ses efforts pour ne pas l'entendre. Parmi les mugissements atroces des âmes quittant la Terre du Milieu dans l'horreur indicible du trépas, la Mort murmurait son choix. C'était loin, encore ; ce n'était peut-être qu'une impression fausse, mais les deux mêmes syllabes revenaient, lancinantes, au rythme de sa jument.

Uter…

Ce n'était pas une bataille, c'était un carnage. Les lanciers tenaient bon malgré leur nombre dérisoire et maintenaient à distance les vagues successives d'assaillants qui venaient s'empaler sur leurs longues piques, hurlant sous les averses de flèches que les archers de Do ne cessaient de décocher, au point qu'ils commençaient à manquer de traits. Uter n'avait pas encore engagé ses batailles de chevaliers et contemplait ce massacre sans reconnaître, dans les hordes de monstres qui venaient se briser en vain contre le front de ses troupes, la furie meurtrière à laquelle il s'était attendu. Sous le piétinement de tous ces êtres, la plaine immaculée était devenue un champ de boue noir et détrempé. La neige fondait sous la chaleur du sang. Les abords de la mêlée en étaient éclaboussés. Et, dans ce margouillis infâme les recouvrant pareillement, les hommes et les monstres se ressemblaient.

Uter se redressa sur ses étriers, parcourut la mêlée et comprit enfin : ce grouillement insane, cette masse innombrable et hurlante n'était qu'un avant-goût. Il n'y avait là aucun gobelin, tout juste des races mineures, orcs, kobolds ou trolls, ivres de rage, frénétiques et débordant de haine, trop stupides pour connaître la peur, mais sans commandement et sans valeur militaire face à une armée rangée. Le sang se vida de son visage lorsqu'il devina, loin au-delà de cette affreuse boucherie, le bloc sombre et compact de l'armée gobeline en marche. Toute cette foule, cette tuerie, cette fureur n'avait servi qu'à épuiser leurs réserves de flèches…

À l'instant même où cette révélation se formait dans son esprit, le long mugissement d'une corne résonna par-dessus la mêlée, et la horde rompit aussitôt le combat, refluant en désordre sous les hourras de la piétaille humaine. Parmi eux, nul n'avait encore vu le danger. Uter regarda ses hommes, ces milliers d'hommes de chair et de sang qui agitaient leurs armes vers le ciel et l'acclamaient. Il reconnut Adragai le Brun et Madoc le Noir, dont les cottes d'armes étaient rougies de sang. Les deux frères enlacés levèrent vers lui leurs épées, joyeusement, et lui crièrent quelque chose que, bien sûr, il ne pouvait entendre.

— Il faut battre en retraite, murmura-t-il.

— Que dis-tu ?

Kanet de Caerc le regardait comme s'il avait perdu la raison. Non, pas seulement… Il n'y avait pas que de l'interrogation dans son regard outragé. Uter y lut un soupçon infamant. Nut, à côté de lui, baissait les yeux. C'était bien cela. L'un et l'autre avaient vu, comme lui, les sombres bataillons de Celui-qui-ne-peut-être-nommé accourant au combat. Depuis le début de l'engagement, ils trépignaient sur leur selle, mortifiés, comme devait l'être chacun des chevaliers, à l'idée d'être tenus en réserve de ce carnage. Et maintenant que le danger véritable se manifestait, la phrase murmurée par le roi leur apparaissait comme la pire des indignités.

— Sire, on peut les vaincre, hasarda Nut.

— Tais-toi !

En bas, la piétaille et les archers célébraient toujours leur victoire illusoire. Leurs rangs se défaisaient, les moines traînaient en arrière les blessés incapables de se mouvoir seuls… Il n'y avait plus de front, plus de lignes d'archers, même plus de flèches. Seule la chevalerie était encore intacte. Peut-être pouvait-on vaincre, mais seulement au prix d'un engagement total, ce que justement Uter voulait éviter. Il ne servait à rien d'affronter les monstres sur leur terrain. La fureur et la cruauté se nourrissaient du courage et de la force, jusqu'à vider l'âme des combattants, vaincre leur volonté avant de briser leur corps. L'horreur ne perdait jamais une bataille. Attaquer maintenant, livrer toute l'armée des hommes, se battre jusqu'au dernier et même vaincre, exterminer ces monstres, égorger leurs blessés et brûler leurs cadavres, tout cela ne servirait à rien. Dans un an, dans dix ans, une nouvelle guerre ravagerait le royaume. Le vrai combat, le seul qui puisse mettre fin à ce cycle écœurant, se livrait ailleurs, en ce moment même peut-être…

En bas, les hommes s'activaient fébrilement. Ils avaient enfin vu la charge des gobelins et tournaient vers lui des regards affolés. Rompre le combat, à présent, condamnerait toute la piétaille à une mort honteuse. Engager la bataille ne servirait qu'à mourir avec eux. C'était ainsi… Uter leva les yeux, contempla le ciel sans nuages. Il sourit pour lui-même, puis se tourna vers son porte-enseigne et lui désigna la ligne des archers.

— Dis-leur de rompre les rangs et d'aller ramasser leurs flèches, jusque dans le ventre des morts, s'il le faut !

Et, tandis que Kanet de Caerc partait au galop, Uter et Nut dévalèrent le mamelon et se portèrent au-devant de la chevalerie. Leur nombre rassura le jeune roi. Mille lances, brandies vers le ciel, pennons, enseignes, fanions et bannières claquant au vent. Les hommes et les chevaux piaffaient d'avoir été tenus si longtemps à l'écart de la bataille, si bien qu'une ovation assourdissante s'éleva dès qu'ils le reconnurent. Uter coiffa son casque, coupant court par ce simple geste aux débordements d'enthousiasme, et saisit la lance que lui tendait un écuyer. Aux bannerets accourus aux ordres il n'en donna qu'un :

— On se forme en une seule bataille, en lignes serrées, à la lance.

Et ils partirent au petit trot pour se disposer sur une hauteur, avec le soleil dans le dos. Il n'était que temps. En contrebas, la horde des fuyards se dispersait autour d'un bloc compact, avançant en une large colonne dans la plaine enneigée, à une vitesse effrayante. Les gobelins montaient au combat en courant. Au centre, menant un groupe de cavaliers en armure, émergeait un être sombre et mince, dont le visage d'une pâleur de cadavre attirait les regards, dans toute cette noirceur. Devant eux, comme un poignard, des meutes de loups et des centaines de cavaliers mercenaires fonçaient droit vers les lignes des archers, plongés dans le chaos le plus total, entre ceux qui étaient allés chercher des flèches, ceux qui avaient rompu leurs rangs, croyant à la victoire, la masse informe des piétons tardant à se reformer en carré et l'amoncellement des corps, devant eux, témoignant de la furie de leur premier combat. Jamais ils ne parviendraient à battre en retraite en bon ordre. Il ne restait pas d'autre choix que de tenir. Se battre pour sauver sa peau, ou mourir sans trop de souffrance. Il ferma les yeux un bref instant, s'isolant des cris et de la rumeur de la bataille. C'était le visage d'Ygraine qu'il voyait, c'était son corps nu lové dans le fouillis de leurs draps… L'abbé Illtud était-il arrivé jusqu'à elle ? Peut-être priaient-ils pour lui, en cet instant même. Il en aurait besoin…

— Il faut leur donner du temps ! hurla Uter, et sa propre voix résonna dans son heaume, à l'assourdir.

Il leva sa lance, et la première ligne de bataille se mit au pas, puis au trot, puis au galop, faisant trembler la terre comme un grondement d'orage. Les hommes serraient contre eux leur long bouclier ovale protégeant leur flanc gauche jusqu'au genou, puis ils baissèrent leur lance et l'ajustèrent solidement sous leur bras. Les cavaliers gobelins, surpris par l'assaut des chevaliers, tentèrent une volte-face, mais la charge les cueillit en désordre – aucune de leurs armes immondes ne pouvait rivaliser avec les longues lances de ces hommes. Uter vit les chevaliers enfoncer les quelques groupes qui avaient fait face, puis percuter de plein fouet la colonne gobeline. Les lances traversaient les corps avec une telle force que les fanions ressortaient souvent de l'autre côté, dans une giclée de sang, quand elles ne se brisaient pas sous le choc ou ne s'arrachaient pas du bras des chevaliers. Il vit des chevaux fous de terreur tenter de sauter au-dessus des lignes gobelines et s'écraser avec leur cavalier dans leur masse grouillante. Il vit des malheureux empêtrés dans leurs rangs, saisis à bout de bras et jetés à bas de leur selle, disparaissant aussitôt sous un attroupement affreux. Il en vit d'autres se faire décapiter d'un coup de hache et galoper encore, entraînés par leur monture, laissant derrière eux une brume sanguinolente. Les monstres fracassaient à coups de hache les jarrets des destriers lancés en pleine course, des hommes s'empalaient sur les tronçons de leur propre lance, des chevaliers coincés sous leur cheval mort hurlaient, les membres brisés, jusqu'à ce qu'un monstre vienne les clouer au sol. Uter serra le poing sur sa lance, leva les yeux vers le fanion inerte fixé sous la pointe. Le vent était tombé, le soleil se voilait peu à peu. Malgré le froid, il se sentait ruisseler de sueur sous son camail de fer doublé de cuir. Son heaume semblait lourd, son souffle était court, et lorsqu'il éperonna son cheval tout le poids de sa cotte de mailles et de ses armes lui pesa lourdement sur les épaules. Il se mit au trot, aussitôt suivi par toute la deuxième bataille, tandis que les gobelins, en bas, se préparaient au heurt. Il n'y aurait plus d'effet de surprise, cette fois-ci…

Quand les chevaux s'emballèrent, Uter abaissa sa lance, cherchant des yeux une cible dans la masse informe des monstres. Il ne voyait presque plus rien dans le tumulte de la charge, juste un essaim de loups et de cavaliers virevoltant devant eux, puis, au-delà, une effroyable muraille de guerriers hurlant. Sans même s'en rendre compte, il se mit à hurler, lui aussi, les yeux fixés sur son pennon qui sifflait dans le vent de la galopade. Un cavalier lui fonçait droit dessus en faisant de larges moulinets de son cimeterre courbe. Uter ne vit plus que lui, plus que son visage difforme. Au dernier instant, il releva sa lance. Le fer ripa sur le bouclier du monstre, traversa sa gorge sans effort, arracha son casque et une partie du crâne. Le coup lui engourdit le bras, mais la hampe ne s'était pas brisée. Au bout, le fanion claquait toujours au vent, à présent rouge de sang. Uter n'eut pas le temps de voir ce qu'était devenu le cavalier au cimeterre. Emporté par sa charge, il fonçait droit sur les rangs gobelins. Pas le temps non plus de se choisir une cible. Il vit sa lance s'enfoncer dans le pullulement et, cette fois, ce fut comme s'il avait frappé un mur. La hampe se fracassa avec une telle violence qu'il dut détourner la tête pour en éviter les éclisses, et que son bras lui parut avoir été arraché sous le choc. Son dos heurta l'arçon arrière de sa selle, et il resta étourdi, des étincelles devant les yeux. Un bref instant, le pâle visage du cavalier en armure lui passa devant les yeux, au-dessus de la masse grouillante des monstres. C'était un homme, à n'en pas douter, le chef de cette armée hideuse, et il lui sembla qu'il riait… La vision ne dura qu'un instant. Déjà, son cheval l'entraînait hors de la mêlée. Le temps qu'il reprenne ses esprits, Uter avait traversé le champ enneigé, retrouvant à cent toises de là les survivants de la première charge.

Les hommes hurlaient, tendaient le poing derrière lui, et il se retourna juste à temps pour voir la charge de la troisième ligne frapper comme un poing la bataille gobeline, dans un vacarme effroyable de cris et de fer broyé. Il arracha son heaume, rabattit même son camail de fer, et se hissa sur ses étriers, le cœur battant. Les gobelins reculaient… Les trois charges avaient creusé dans leurs rangs de larges tranchées sanglantes, stoppé net leur irrésistible progression. Il se retourna vers la gauche et se sentit soulevé à la vue de la ligne impeccable formée à nouveau par ses archers.

Les chevaliers de la troisième ligne les rejoignaient, à présent. Beaucoup de chevaux sans cavalier. Presque plus de lances intactes… Et pourtant les hommes souriaient. Kanet et Nut poussèrent leurs montures jusqu'à lui, mais Uter ne leur donna pas le temps de respirer. Là-bas, les monstres tourbillonnaient, se formaient en rangs de leur côté pour se préparer à une nouvelle charge.

— Tu crois toujours qu'on peut les vaincre ? cria Uter à Nut.

Le preux ne répondit pas.

— Moi, je le crois ! dit Uter. Reste avec moi, tu verras comment on rompt une lance !

Ils partirent au grand galop, dans un grondement assourdissant, contournant à nouveau leurs lignes de piétons et d'archers jusqu'à rejoindre le vallon où ils s'étaient dissimulés lors de la première attaque. Là, ils prirent tout juste le temps d'arracher de nouvelles armes d'hast à un râtelier et talonnèrent leurs montures pour se reformer en haut de la butte.

Les monstres, un moment décontenancés par leur manœuvre, se lancèrent de nouveau à l'assaut, mais la charge des chevaliers avait permis aux soldats du roi de reformer leurs rangs. Dès qu'ils furent à portée, une averse de flèches s'abattit sur eux, creusant un peu plus leurs rangs, puis ils parvinrent au contact et ce fut la mêlée.

En quelques instants, leurs cœurs grisés se glacèrent. Au corps-à-corps, les monstres ne laissaient aucune chance aux piétons et aux archers. Toute l'armée royale reculait, les lanciers avaient disparu, les archers brisaient leurs arcs et dégainaient leurs pauvres glaives. Déjà, on voyait des hommes rompre le combat et fuir, abandonnant leurs armes et hurlant de terreur.

Uter jeta à Nut un regard silencieux, puis abaissa sa lance.

La charge des chevaliers se fracassa dans la bataille, avec la fureur inutile d'une mer déchaînée battant la falaise.

Malgré le lourd rideau de cuir et de velours, les parois tendues de fourrures et les couvertures, une humidité glaciale s'était immiscée dans le brancard. Blotties les unes contre les autres, Ygraine et ses suivantes n'avaient plus échangé un mot depuis des lieues. La reine serrait contre elle Anna, sa petite fille, tellement emmitouflée qu'on ne voyait poindre que le bout de son nez rougi. Sitôt qu'elle s'endormait, il fallait se taire, mais ce silence forcé était un soulagement pour elles toutes, quand on ne pouvait parler ni d'enfants, ni de la guerre, ni d'Uter, et qu'à chaque phrase il fallait se garder d'une maladresse qui lui aurait fait venir les larmes aux yeux. Frère Blaise, son confesseur, leur avait lu les Saintes Écritures jusqu'à ce que sa voix monotone l'endorme lui-même. Peu à peu, les femmes avaient cédé à l'engourdissement ou l'ennui et s'étaient elles aussi assoupies, mollement ballottées au rythme de la carriole.

Ygraine s'en était sentie soulagée, tant le moindre mot lui était un effort. Ce serait un long et morne voyage jusqu'à la lointaine Carmelide, dans ce brancard grinçant qui les rudoyait à chaque ornière. Le rideau soigneusement calfeutré ne laissait filtrer que d'infimes rais de lumière. La pénombre et le froid donnaient à leur voiture des allures de tombeau. Elle avait fait le même voyage en sens inverse bien des années auparavant, alors qu'elle n'était encore qu'une enfant, promise au vieux roi Pellehun. Mais c'était en été, dans une carriole ouverte, et elle s'était enivrée du paysage qu'elle ne pouvait pas même apercevoir à présent. Elle se souvint de leur première rencontre, de son saisissement lorsqu'elle avait vu son époux. Pellehun était plus vieux que son propre père, il n'avait rien de ce qu'une jeune fille pouvait attendre de son fiancé, et pourtant il émanait de lui une aura fascinante de force et d'assurance. Elle avait tenté de l'aimer. Elle avait même connu des jours heureux, tant que le roi avait espéré qu'elle pourrait lui donner un héritier. Et puis les mois étaient passés, Pellehun avait peu à peu déserté sa couche et elle avait découvert la solitude, le désespoir, puis la lumière de la religion.

Elle regarda Blaise, la tête rentrée dans les épaules, tenant encore sa bible ouverte sur ses genoux et ronflant doucement comme un bienheureux. Dieu lui-même l'avait trahie, en lui faisant croire à l'amour pour lui ôter ensuite tout ce qu'elle aimait. Uter était à peine plus âgé qu'elle lorsqu'ils s'étaient vus pour la première fois. Deux enfants dans le château d'un vieillard, également à son service. Malgré sa jeunesse, il était l'un des douze preux, qui s'efforçait à tout instant de durcir ses traits pour paraître plus mûr, aussi seul qu'elle, sans doute, loin de sa petite baronnie de Cystennin… Un soir, peu après le jour de ses quinze ans, ils s'étaient embrassés, et

Ulfin avait bien failli les surprendre. Peut-être même les avait-il vus.

Puis Uter était devenu le Pendragon, habité par l'amour de Lliane, tandis qu'elle connaissait les jours les plus noirs de son existence entre les mains du duc Gorlois. Elle avait voulu se tuer alors, mais Gorlois lui avait donné une fille, et au moins sa vie avait-elle pris un sens. Et puis Uter était revenu. Pour elle, il s'était battu, pour elle il avait renoncé à Lliane et au pouvoir de ses charmes.

La naissance d'Arthur avait été un tel bonheur qu'elle en pleurait encore aujourd'hui. L'espace d'un été, ils avaient connu la plénitude. Le royaume était en paix, Uter était auprès d'elle… Pourquoi avait-il tout gâché ? Cette question la hantait, depuis le jour où il lui avait arraché son enfant. Il ne pouvait y avoir qu'une explication : l'elfe l'avait envoûté, elle, et ce maudit Merlin qui surgissait toujours quand on ne l'attendait pas. Elle le tenait en son pouvoir, comme lorsqu'il gisait inconscient et qu'elle hurlait ses maléfices par sa bouche. Les elfes ignorent ce qu'est l'amour, ils n'ont pas de famille. Le simple bonheur du roi devait être une insulte à ses yeux… Voilà pourquoi elle avait détruit sa vie. Si un jour Arthur lui était rendu, il faudrait lui apprendre la haine des elfes…

Des éclats de voix, au-dehors, l'arrachèrent à ses pensées amères. Elle souleva un coin du rideau de cuir, puis l'ouvrit en grand, d'un coup, quand elle reconnut le cavalier qui venait à leur rencontre.

Sans même attendre que la voiture s'arrête, elle confia Anna à une suivante éveillée en sursaut, sauta à bas du brancard et courut vers lui.

— Mon père !

Laissant son escorte en arrière, Illtud talonna son cheval fourbu, escalada la levée de terre enneigée qui formait la chaussée et mit pied à terre un instant seulement avant qu'elle se jette dans ses bras. Malgré son épée, son haubert de mailles et sa cotte d'armes maculée de boue, c'était un homme d'Église, et il n'avait plus serré une femme contre son cœur depuis si longtemps qu'il se sentit gauche et bouleversé à la fois.

— Ma fille…

Ygraine était si jeune qu'elle aurait pu être sa fille, en vérité, et c'est ainsi qu'il l'embrassa. Une fille éplorée, loin de son amant, malheureuse et désemparée.

— Uter est en vie ?

— Je l'ai quitté avant que la bataille commence, dit-il. C'est lui qui m'a envoyé vers toi. Il t'aime, Ygraine. Il ne pense qu'à toi… Il veut savoir si tu l'as pardonné et si tu l'aimes encore.

La reine éclata en sanglots et tomba à genoux dans la boue glacée de la chaussée.

— Je ne l'ai même pas revu… Mais ce n'est pas sa faute, mon père. C'est elle qui l'a ensorcelé. Je la déteste… Vous ne pouvez pas savoir à quel point je la déteste.

L'abbé releva les yeux et croisa le regard de Léo de Grand. Le duc descendit lentement de cheval, s'avança jusqu'à eux et saisit doucement sa sœur par les épaules.

— Laisse-moi ! hurla-t-elle en se débattant.

— Ça ne sert à rien, murmura Carmelide à son oreille. Prie pour son âme, à présent. Si tu l'aimes, c'est tout ce que tu peux faire pour lui…

Elle le regarda intensément, et malgré sa stature ce fut le guerrier qui baissa les yeux le premier.

Quand elle se retourna, Illtud était déjà remonté à cheval.

— Qu'est-ce que vous faites ?

— J'y retourne, dit l'abbé.

— C'est folie ! s'exclama Léo de Grand. La nuit va bientôt tomber, et vous n'êtes pas en état de chevaucher par ce froid !

Illtud sourit, fit une moue fataliste.

— J'étais venu chercher une réponse, dit-il en regardant Ygraine.

— Dites-lui que je l'aime… Bien sûr que je l'aime… Pour l'amour de moi, gardez-le en vie, mon père.

L'abbé sourit à nouveau, hocha la tête et tourna la bride. Sans un mot, il repartit vers la bataille.

XIV

L'Épée dans la Pierre

— Vous allez me tuer, n'est-ce pas ?

Lliane sursauta. Perdue dans ses songes éprouvants, elle n'avait pas vu Guerri pousser sa mule jusqu'à elle. Elle jeta un coup d'œil vers Freïhr, qui serrait dans son poing l'extrémité du lacet enserrant toujours le cou de l'assassin. Le barbare hocha la tête pour la rassurer, et le regard de Lliane glissa un bref instant sur le visage boursouflé de son interlocuteur.

— Je t'ai donné ma parole, dit-elle, avec une visible répugnance.

— Ouais… L'anneau et la vie, hein ?

Malgré elle, Lliane baissa les yeux vers la bague qu'elle portait au doigt. Guerri eut un ricanement méprisant et désigna d'un geste las un embranchement, à quelques toises de là.

— Alors tu peux me libérer, dit-il. C'est là, le chemin de gauche…

Le temps de cet échange, leurs montures les avaient amenés jusqu'à une fourche dans le passage. Kevin et Till les y attendaient, ignorant quelle route suivre. Les deux chemins étaient identiques, sans le moindre indice permettant de guider leur choix.

— De toute façon, tu marches devant, dit Ulfin, parvenu jusqu'à eux. Si tu nous as menti, tu seras le premier à en pâtir.

— Je sais, grogna l'assassin de cette voix chuintante, de ce murmure insupportable qu'il parvenait tout juste à émettre depuis le traitement que Freïhr lui avait fait subir.

Il eut à nouveau cet atroce ricanement.

— Mais quelle différence, hein ?

Ulfin le dévisagea.

— Qu'est-ce que tu essaies de dire ?

Guerri le Fol eut une espèce de sourire, ou du moins un retroussement de ses lèvres tuméfiées qui pouvait passer pour tel. Tous les yeux étaient rivés sur lui, à présent, et il les affronta avec une morgue dédaigneuse.

— Oui, quelle différence ? lâcha-t-il. D'un côté je vous attire dans un piège, et nous y passons tous, de l'autre je vous mène à bon port, et vous laissez cette brute s'occuper de moi… Dans les deux cas, j'y reste.

— La reine t'a donné sa parole, chien ! cria Dorian. Comment oses-tu douter d'elle ?

Les autres échangèrent des regards par en dessous. Le prince Dorian était bien le seul à croire qu'ils seraient assez fous pour lui laisser la vie.

— C'est bien, dit Lliane. Qu'est-ce que tu veux ?

Guerri désigna le lacet qui lui enserrait le cou.

— Tout d'abord qu'on me retire ça… Et qu'on éloigne de moi cet imbécile.

Il fallut retenir Freïhr lorsqu'il réalisa que c'était de lui qu'on parlait.

— Laissez-moi partir, poursuivit le Fol. Je ne rentre pas à Kab Bag, vous ne risquez rien… Le temps que je sorte de ce souterrain et du ravin, vous aurez fait ce que vous avez à faire.

Lliane le regardait intensément, et chacun put voir l'assassin se troubler, fasciné par l'éclat de ses yeux verts. Tout doucement, les lèvres de la reine commencèrent à articuler quelques mots.

— *Seon rethe nith...*

Guerri fit littéralement un bond en arrière et se couvrit le visage.

— N'essaie pas tes tours avec moi, sorcière !

Cette fois, ce furent Kevin et Till qui réagirent. Seul un geste de la reine les empêcha de mettre fin une bonne fois pour toutes aux insultes et aux marchandages de l'assassin. Sa vie n'avait aucune importance aux yeux de Lliane. Il était tout ce qu'elle détestait chez les hommes, un mélange ignoble d'arrogance, de brutalité et de bassesse, mais la Mort rôdait toujours autour d'eux et elle ne voulait pas l'attirer.

— Tu partiras, dit-elle. Je resterai avec toi jusqu'à ce que Till nous envoie son faucon. Ainsi, je saurai s'il ne leur est rien arrivé.

Le Fol leva un œil, percevant la menace derrière les propos de la reine. Mais c'était un homme, et il se croyait assez fort pour ne rien avoir à craindre d'une femme, fût-elle une reine elfique.

— Alors, quelle est la route ? À gauche ou à droite ?

Durant un long moment ils se regardèrent, lui la face marquée de coups, affreux et luisant de sueur, elle hiératique et froide, le visage le plus pur qu'il lui ait été donné de voir, mais d'une dureté impitoyable. Guerri, en fin de compte, baissa les yeux.

— À gauche, dit-il. Le tunnel de gauche...

Lliane sourit et confirma la direction d'un mouvement de menton. Bientôt ils restèrent seuls, écoutant les pas du groupe décroître peu à peu.

— Tu savais que nous ne te ferions aucune confiance, n'est-ce pas ? dit-elle sans le regarder.

— C'est normal...

— En nous indiquant le tunnel de gauche, tu nous poussais à aller à droite... Qu'est-ce qu'il y a, à droite ?

Guerri émit à nouveau son ricanement méprisant.

— Vas-y voir, sorcière…

Lliane jeta un coup d'œil vers lui et se détourna aussitôt. Il était vraiment trop affreux à voir, éclairé par la lueur rougeoyante de sa torche qui accentuait les ombres et les bosses de son faciès martelé. Mais le plus affreux était la laideur intérieure qui suintait de son sourire et de son regard. Elle talonna doucement Ilra et s'avança de quelques pas vers le couloir de droite. Là, elle redressa le buste, et ses longues oreilles pointues s'orientèrent vers l'obscurité du passage. On y percevait une respiration, aussi lente et profonde qu'un soufflet de forge, ainsi que d'affreux gargouillis. Quelle que soit l'horreur qui les attendait là, elle n'eut aucune envie d'en connaître davantage.

Comme elle tournait bride, une ombre blanche, surgissant brusquement sous ses yeux, lui arracha un cri d'effroi. Un instant, elle crut voir la Mort se jeter sur elle ; ce n'était que le gerfaut de Till.

— Je t'ai fait peur, ramagea le faucon. Pardonne-moi…

— C'est moi qui te dois des excuses, siffla Lliane (et Guerri la regardait avec des yeux ronds). Vous avez trouvé le passage ?

— Oui, dit l'oiseau. C'est tout près, à quelques battements d'ailes. On est dans une sorte d'écurie. Il n'y a personne…

— Va, je vous rejoins.

Lliane leva le poing, et le faucon s'envola. Elle le regarda s'éloigner, différant d'autant une décision qui lui répugnait. Libérer Guerri, c'était prendre le risque d'une embuscade, au retour, si jamais ils parvenaient à sortir de là vivants. Ce serait facile, dans le ravin. Un homme seul pouvait provoquer un éboulement, sans risque de s'exposer lui-même. Tout à fait ce qu'un être comme lui choisirait… Ne pas libérer Guerri, l'emmener avec eux à Scâth, était tout simplement impensable. Et le tuer serait une félonie. Trahir sa parole serait perdre l'honneur, et il ne lui restait plus grand-chose d'autre, à présent…

Elle fit faire demi-tour à sa jument, puis fronça aussitôt les sourcils. Il n'y avait plus de cavalier sur la mule. La torche crachotait sur la terre humide. L'elfe tourna la tête à temps, leva sa botte à l'instant même où Guerri se jetait sur elle. L'homme reçut le coup en pleine face et s'effondra avec un hurlement de douleur. Déjà, elle avait dégainé Orcomhiela, sa longue dague d'argent, célèbre auprès de tous les clans elfiques. Guerri eut un mouvement de recul en voyant la lame pointée sur lui, mais il se reprit aussitôt et se releva crânement.

— Vas-y, sorcière, tue-moi !

— Ce n'est pas l'envie qui m'en manque, dit Lliane.

Elle remit sa dague au fourreau et, d'un claquement de rênes, écarta sa monture de l'assassin.

— … Mais je t'ai donné ma parole, Guerri le Fol.

Elle ôta la bague de Mahault, l'insigne de la Guilde frappé de la rune de Beorn, et la jeta à terre, devant lui. L'homme eut un sourire infect, puis se décida tout à coup, tomba à genoux dans la boue et les roches. Durant quelques instants, il tâtonna frénétiquement dans l'obscurité, en vain. Alors il se décida brusquement et fila ramasser sa torche. Au moment où il se relevait, le souterrain retentit d'un cri terrible. Le temps que Lliane se retourne, elle vit le Fol rouler à terre.

Freïhr sortit de l'ombre, essuya sa lame sur les vêtements du mort et marcha tranquillement jusqu'à la mule, ramassant au passage la torche grésillante. Il revint près du corps, éclaira le sol, s'accroupit pour ramasser l'anneau puis, sans presser le pas, il s'avança jusqu'à Lliane et lui sourit.

— Tiens ! Ta bague…

Elle tendit la main sans réfléchir. Il lui donna l'anneau, flatta l'encolure de la jument et partit vers le couloir de gauche. Bientôt, il disparut dans l'obscurité.

— Je lui avais donné ma parole ! cria la reine.

La voix traînante du barbare lui parvint, déformée par l'écho.

— Pas moi !

Chaque pas de sa monture était un supplice. Le visage d'Uter était écorché par les mailles, enflé, marqué de coups. Du sang séché lui maculait toute la partie droite du visage, et son œil était à demi fermé. Il chevauchait courbé en deux, le bras serré contre ses côtes, et respirait douloureusement, à petites goulées. Le fer d'une hache l'avait frappé au poumon, tranchant chair et os, et sa cotte d'armes ruisselait de sang.

Ils n'étaient qu'une dizaine autour de lui, et le seul visage connu parmi eux était celui d'Adragai le Brun. Le preux était horrible à voir. Une lame avait tranché les mailles de sa coiffe, entaillant front et sourcils. Un morceau de chair pendouillait devant son œil, au rythme de sa monture. Son haubert était maculé de boue et de sang, démaillé en maints endroits, et l'écu qu'il arborait dans le dos, maintenu par sa guiche, portait tellement d'entailles et de traces de coups que la boucle [1] s'était brisée et qu'on ne pouvait plus y lire ses armes. Pourtant il se tenait droit, encore, et c'était lui qui menait le cheval d'Uter dans la nuit. Un jeune chevalier chevauchait à côté d'eux, mais ni l'un ni l'autre ne le connaissaient. Les autres étaient des sergents d'armes, des écuyers, et même un archer, qui savait tout juste se tenir en selle… Chacun d'eux se taisait, le regard vide et le

1. La boucle est la partie centrale de l'écu, formant saillie. De là vient le mot bouclier.

corps meurtri, ressassant les atrocités que leurs yeux avaient contemplées depuis le matin, épuisés au-delà des mots, terrassés par la défaite, certains grimaçant de douleur, d'autres déjà divagants. Mais au moins étaient-ils encore en vie. Combien d'autres n'avaient pas eu la chance de tenir jusqu'à la nuit ?

Au couchant, la bataille avait tourné au massacre. La deuxième charge du roi avait heurté l'armée des monstres de corps et de cheval [1], les lances avaient volé en éclats, ne laissant que des tronçons dans leurs poings déchirés, et ils avaient poursuivi le combat à coups d'épée ou de hache. Les chevaux mouraient sous eux, lacérés, martelés, mordus parfois même par les monstres aux crocs acérés. Au centre de la mêlée, il en était tellement tombé que les corps entassés formaient une colline sur laquelle les chevaliers se hissaient, ivres de haine et les yeux fous. Des heures durant, ils avaient marché sur les morts et les mourants, se dégageant parfois assez pour reprendre souffle, boire goulûment à une outre, puis les monstres revenaient, encore et encore, jusqu'à écœurement. Les hommes se battaient épaule contre épaule, si étroitement pressés que les monstres abandonnaient leurs armes et se jetaient sur eux à coups de griffes et de crocs. Uter, comme les autres, avait perdu son cheval et se battait à pied, maniant Excalibur comme une faux, frappant dans le tas, à travers chair et os, jusqu'à ce que ses bras engourdis tremblent de fatigue et que ses jambes se dérobent sous lui. Son haubert avait éclaté en maints endroits sous les coups de masse ou d'épée, et par endroits du sang suintait sous les mailles. Des hommes, autour de lui, gisaient dans leur tripaille fumante. Parmi tous ceux qui tenaient debout, il y en avait qui titubaient

1. Les chevaliers utilisaient souvent le poids du corps et du cheval comme projectile, pour renverser leur adversaire frappé de flanc.

jusqu'à la dernière extrémité, le visage fendu ou un bras en moins, avant de s'effondrer brusquement. Ogier, le jeune soldat au bassinet trop grand pour lui, ne viendrait pas le soir, après la bataille. Il l'avait vu tomber, tranché vif par un coup de hache. Do avait été désheaumé, puis lacéré au visage par un loup. Urien pressait contre lui ses mains écorchées. Madoc le Noir gisait loin devant eux, parmi les cadavres des archers. Nul ne savait s'il était encore en vie.

Ils les repoussèrent dix fois, du crépuscule jusqu'à la tombée de la nuit, et durant tout ce temps ils voyaient se former au-delà de la mêlée une nouvelle troupe, épargnée jusque-là par la fureur des combats. L'homme en armure sombre et son escorte de cavaliers se tenaient là, immobiles, contemplant le charnier avec une évidente délectation. Autour d'eux, un groupe de guerriers ne semblait attendre qu'un ordre pour se jeter enfin dans la bataille. Leur taille, leur aspect ne pouvaient laisser de doute : c'étaient des nains de la Montagne noire. Guère plus d'une centaine, serrant leurs longues haches dans leurs poings noueux. Et à leur tête, Uter avait reconnu le prince Rogor.

Au soir, le prince Maheloas tendit le bras, et les nains se ruèrent dans la fournaise en hurlant. Ils couraient droit vers lui, droit vers Excalibur, leur talisman volé. Rogor, parmi eux, fracassait les vivants et les morts à grands coups de hache, avec une telle frénésie qu'il réussit à parvenir jusqu'à lui. Encore maintenant, après toutes les horreurs de la journée, Uter frémissait en revoyant son faciès grimaçant, épouvantable. Il était tombé à genoux, épuisé au-delà des mots, à demi aveuglé par le sang qui ruisselait sur son visage, le bras si douloureux qu'il ne parvenait plus à lever Excalibur. À l'instant où ils furent face à face, le prince Rogor sourit et hurla quelque chose qu'Uter n'entendit pas, dans le tumulte insane du corps-à-corps. Le nain frappa, sa lourde hache vrombit, mais un blessé tomba soudainement entre eux, déviant le coup. Uter hurla quand le fer démailla son haubert, brisa ses côtes, trancha ses chairs. Le coup le projeta à terre, mais étrangement il ne sentit aucune douleur. Alors, dans un dernier sursaut, il se jeta en avant, brandissant des deux mains Excalibur comme une lance, et toucha le prince de la Montagne noire d'un coup d'estoc qui fracassa son nasal et lui sépara le visage en deux…

Ce fut le dernier souvenir qu'il garda de la mêlée.

Comment il avait pu fuir, par quel miracle se retrouvait-il à présent sur un cheval, abruti de fatigue et de souffrance, pourquoi n'était-il pas mort là-bas parmi les siens ? Il n'en savait rien, et cela n'avait plus aucune importance…

Ils parvinrent au petit jour en vue de Loth. La ville, prévenue on ne sait comment de la débâcle de l'armée, se vidait par toutes ses portes. Il n'y avait plus guère de chevaux à atteler, alors la majorité des fuyards allaient à pied, portant sur leur dos tout ce qu'ils avaient pu sauver. Il s'en trouvait encore, dans cette cohue écœurante, pour se battre, s'entre-déchirer pour une bourse, une coupe en or ou un jambon… Quelques gardes, sur les remparts et à la poterne principale, leur dégagèrent un chemin. D'autres, dans les ruelles de la ville, se jetèrent sur eux pour leur voler leurs chevaux. Uter n'était plus en état de lutter, même plus en état de maîtriser sa monture. Lorsqu'elle se cabra, épouvantée par toutes ces mains avides qui se tendaient vers ses brides, le roi chuta lourdement à terre. Il se releva tant bien que mal, soutenu par Adragai, et ils se retrouvèrent seuls, dans la ruelle soudain déserte.

— La Pierre, murmura Uter. Emmène-moi jusqu'à la pierre…

Le preux le hissa sur son dos, remonta péniblement, pied à pied, jusqu'au palais. Les portes en étaient grandes ouvertes. Adragai avait dégainé son épée, mais c'était inutile. Leur aspect à tous deux était suffisamment effrayant, et nul n'aurait songé à les affronter. À quoi bon, d'ailleurs ? De la vaisselle d'or gisait par terre, abandonnée par quelque pillard, des serviteurs et des femmes couraient dans tous les sens, affolés comme des guêpes, s'enfuyant dès qu'ils les apercevaient. Quelque part, un chien entravé aboyait comme un furieux, des enfants pleuraient, oubliés par leurs parents. Le palais n'était plus qu'une carcasse vide, où leurs pas traînants résonnaient lugubrement. Les deux hommes grimpèrent jusqu'à la salle du Conseil, peinant à chaque marche et laissant derrière eux un sillage de neige fondue, de boue et de sang mêlés. Uter, parfois, perdait connaissance, puis un faux pas d'Adragai les faisait tous deux trébucher et lui cinglait le corps d'un éclair qui l'arrachait de sa torpeur. Enfin, perçant la rumeur morbide de la ville, retentit un long gémissement, de plus en plus net, de plus en plus fort. La Pierre de Fal avait reconnu l'approche du roi.

Uter se dégagea et fit seul les derniers pas qui le séparaient du talisman. La Pierre vibrait et sa plainte résonnait dans les couloirs désertés comme un funèbre chant d'adieu.

— Tu iras voir Merlin, murmura Uter sans quitter des yeux le cœur vibrant de la Table ronde. Dis-lui ce que tu as vu… Arthur… Qu'il veille sur Arthur, qu'il soit assez fort pour finir ce que nous avons commencé…

Le roi se redressa de son mieux, malgré les étincelles qui miroitaient devant ses yeux, malgré le vertige et la douleur. La table dansait devant lui, et la morne vibration du Fal Lia l'assourdissait.

— Il faut qu'Ygraine me pardonne… Pardonne-moi. Il ne faut pas qu'on sache où il est, ni qui il est… Sinon ils vont le tuer. Jure-moi…

— Je le jure ! répondit Adragai.

Mais le roi ne l'entendit pas, et d'ailleurs ce n'était plus à lui qu'il parlait. Ses blessures s'étaient rouvertes, du sang sourdait de son haubert démaillé, maculait sa cotte d'armes. Chaque pas était un miracle, à présent, mais il avançait toujours, traînant l'Épée de Nudd sur le dallage, métal contre pierre dans un raclement aigu insupportable.

— J'aurais voulu t'aimer, murmura-t-il.

Il s'appuya contre la table de bronze, saisit à deux mains le pommeau d'Excalibur et tenta de se redresser.

— J'aurais voulu que tu m'aimes…

Au cœur de la table, la Pierre semblait rougeoyer comme un cœur battant.

— Lliane…

Dans un ultime effort, brûlant en cet instant tout ce qui lui restait de forces, il frappa la Pierre d'un coup si puissant que l'Épée y demeura fichée.

Ce fut la dernière chose qu'il vit. Il s'était écroulé à terre, Adragai lui soutenait la tête. L'épée d'or, plantée dans la pierre…

— Nul… ne pourra jamais… les séparer, murmura-t-il.

Et ses yeux se fermèrent à jamais.

Plus tard, bien plus tard dans la journée, alors qu'une pluie glaciale s'abattait sur la ville, l'abbé Illtud les retrouva enfin.

Mais c'était trop tard.

Ulfin, Kevin et Onar montaient la garde, examinant les extérieurs par des interstices de la cloison, tandis que Till installait de la litière pour les chevaux et que Sudri répandait du soufre un peu partout. S'ils repartaient par là tout à l'heure, une simple torche ferait de l'écurie un bien beau feu de joie. Lliane avait rattrapé Freïhr juste avant l'issue du souterrain, et ils franchirent ensemble la large porte qui en barrait l'accès. Ainsi que le gerfaut l'avait dit, c'était bien une écurie, un choix assez habile de la part de la Guilde. Nul ne devait s'étonner qu'on y entre ou qu'on en sorte à cheval, et il faisait assez sombre là-dedans pour dissimuler le panneau coulissant qui masquait le souterrain. Malgré la pénombre, Lliane perçut l'interrogation muette du preux à l'adresse de Freïhr, puis l'acquiescement du barbare, et elle s'en sentit à la fois ulcérée et humiliée. Les deux hommes avaient décidé ensemble du sort de Guerri… Ulfin se tenait dans un rai de lumière, les mailles de son haubert luisaient sombrement comme les écailles d'un lézard, et sa cotte d'armes encore claire, malgré la boue du voyage, dessinait les contours de sa haute stature. Ainsi, le visage dans l'ombre, il ressemblait à Uter.

Lliane poussa un cri aigu et s'effondra dans la paille qui jonchait le sol.

La Mort était là.

L'évocation d'Uter l'avait attirée et elle la vit, emportant le roi dans ses bras décharnés. Puis la Mort s'inclina, par trois fois, devant trois d'entre eux.

XV

Le visage du Maître

Une fois encore, Tarot dormait mal. Il s'était habitué depuis trop longtemps au luxe de son palais, aux velours et aux soies garnissant sa couche princière pour trouver le sommeil sur le grabat misérable d'une hutte troglodytique abandonnée par ses occupants. Les monstres hantaient ses rêves, la vision effroyable de Celui-qui-ne-peut-être-nommé ne le quittait pas, pesait sur lui au point qu'il n'osait plus croiser le regard du moindre gnome et qu'il se terrait, loin de tous, dans cet abri misérable. Soudain, du plus profond de ses cauchemars, la perception d'un danger l'éveilla en sursaut. Et une main énorme se plaqua aussitôt sur sa bouche, étouffant ses hurlements de terreur.

La grotte minuscule se remplit brusquement de toute une troupe, éclairée par des flambeaux. Et les yeux chafouins du shérif s'agrandirent un peu plus lorsqu'il reconnut celui qui le plaquait sur son grabat. L'homme hocha la tête, mit un doigt sur sa bouche et retira sa main.

— Seigneur Freïhr ! souffla le gnome à voix couverte.

Le barbare se tourna vers ses compagnons, pas peu fier d'avoir ainsi été reconnu. Les Marches n'étaient guère distantes, et, en temps de paix, les barbares venaient souvent à Kab-Bag vendre leurs fourrures et acheter du vin. Mais le gnome avait rapidement fait le tour de ses hôtes impromptus et, apercevant la reine, il se précipita au-devant d'elle et se prosterna à ses pieds.

— Ma reine, pitié ! Je n'ai rien pu faire ! Le Grand Conseil doit comprendre que…

— Il n'y a plus de Grand Conseil, dit-elle.

Et elle détourna les yeux, afin qu'il ne voie pas les larmes briller dans ses yeux. « Il n'y a plus de Grand Conseil, et Uter est mort », pensait-elle. Le gnome ne remarqua rien, tout occupé à se lamenter.

— Ils nous ont tout pris, ils ont tué des centaines d'entre nous, pour rien, juste pour s'amuser, ils m'ont même chassé de mon palais !

Tarot s'interrompit et se tourna vers Freïhr, le seul autre visage qu'il connaissait dans leur groupe.

— Comment m'avez-vous retrouvé ?

Le barbare s'était accroupi près de l'âtre, et touillait ce qu'il restait d'un vieux fond de ragoût attaché au fond d'un chaudron. Il désigna d'un geste négligent Onar et Sudri, qui tenaient fermement un gnome ramassé dans une ruelle, et auquel ils avaient su faire comprendre que son intérêt immédiat était de leur obéir sans discuter. Le malheureux tenta un vague sourire et se recroquevilla un peu plus sous le regard furieux du shérif.

— Misérable rat ! hurla-t-il, avec une démence soudaine qui les surprit tous. Tu seras écorché vif !

Il se releva d'un bond et courut vers le gnome, mais Tarot n'était plus aussi jeune qu'à sa grande époque, et même alors il n'avait jamais été vraiment redoutable. À l'instant où il allait atteindre la pitoyable victime, Onar le repoussa d'une claque qui l'envoya bouler à terre.

— Du calme, dit-il d'un ton rieur. Tu vas finir par te faire mal…

Le shérif se releva péniblement. Il s'était cogné la tête, un mince filet de sang coulait de sa lèvre ouverte. Mais sa rage subite semblait apaisée.

— Qu'est-ce que vous me voulez ? gémit-il.

— Emmène-nous jusqu'au palais, dit Lliane. Demande audience au Maître.

Le visage rougeaud et plissé du gnome se vida de son sang.

— Ce... ce n'est pas possible, murmura-t-il. Il ne faut pas...

Elle s'approcha de lui et s'accroupit pour se mettre à sa hauteur. Jamais encore il n'avait vu la reine de si près. Le nœud qui s'était formé dans son ventre à l'évocation du Maître se détendit un peu. Avec ses yeux verts, sa peau bleue, ses cheveux noirs et lisses, elle lui rappelait d'autres elfes, des putains ramassées à Scâth ou dans la ville basse, bien trop maigres pour lui de toute façon, aussi arrogantes que les humaines mais si froides qu'on aurait dit qu'elles ne prenaient aucun plaisir dans ses bras... Il tressaillit quand il sentit peser sur lui le regard de Lliane, comme si elle savait exactement ce à quoi il venait de penser.

— Conduis-nous, dit-elle, et elle approcha sa main portant l'anneau de Mahault dans la lueur des torches, presque sous son nez. Tu vois, nous ne sommes que des assassins de la Guilde, venant rendre compte au Maître du succès de notre mission.

— Ça ne marchera pas...

Elle le regarda pensivement, puis eut un sourire désarmant.

— Il faut bien mourir un jour, shérif Tarot. Si ça ne marche pas, au moins aurons-nous eu le choix du jour et de l'heure...

— Pitié, murmura-t-il. Si je vous aide, ils tueront mon fils.

— Ils ont mon fils aussi, intervint Freïhr.

Dans un tintamarre assourdissant, il jeta le chaudron dans un coin comme s'il s'était agi d'un simple gobelet, puis, bousculant tout le monde, saisit le gnome au collet et le souleva de terre.

— Conduis-nous !

Tarot ouvrit la bouche, mais le regard du géant le dissuada d'argumenter davantage. Résigné, il ramassa sa cape, noua autour de son cou énorme les agrafes d'or témoignant de son ancienne gloire et trottina vers la sortie.

— Un moment ! dit Onar, alors qu'ils sortaient tous sur ses talons. Qu'est-ce qu'on fait de celui-là ?

Et il désigna le gnome misérable et tremblant qui leur avait indiqué le refuge du shérif.

— Il ne nous sert plus à rien, à présent, grommela Ulfin… Viens par là, toi !

Le preux souriait et tendait vers le petit être une main amicale, mais Lliane le vit tirer sa dague et la cacher dans son dos.

— *Geswican nith hael hlystan !* hurla-t-elle.

Et aussitôt le chevalier fut projeté en arrière, se cogna la tête au plafond et s'effondra dans un bruit de ferraille. Il leva vers elle un regard furieux, mais l'aspect de la reine le terrifia. Il n'y avait plus aucune beauté chez Lliane. Ses yeux verts paraissaient démesurément écarquillés, sa bouche s'était tordue en un affreux rictus et sa peau bleue luisait dans la pénombre de la pièce comme le halo d'un spectre. Il battit précipitamment en retraite lorsqu'elle s'avança vers lui, et se retrouva coincé dans un angle, mais Dorian saisit à temps le bras de sa sœur.

— Laisse-le.

Elle tourna son visage effroyable vers lui, le reconnut et s'apaisa. Le cœur battant, Ulfin croisa le regard du jeune prince, perçut le signe de tête qu'il lui adressait et alla se réfugier auprès des autres.

— Ça va, murmura Lliane. Lâche-moi, à présent…

Elle s'avança vers le gnome terrifié, s'accroupit devant lui et lui parla d'une voix douce. Presque aussitôt, le petit être se mit à tituber puis s'effondra dans ses bras. Elle le coucha dans le grabat de Tarot, remonta sur lui une couverture et sortit. Les autres la regardaient avec des expressions diverses, crainte, perplexité, étonnement, défiance…

— Il dort, dit-elle.

Et elle se tourna vers Ulfin, qui se tenait à l'écart.

— Le Mal est partout, ici… C'est de cela qu'ils se nourrissent : la peur, la haine, le crime. Tuer ne fait que les rendre plus forts. Ne l'oublie pas.

Ulfin hocha la tête et baissa les yeux, honteux comme un gamin pris en faute. Pourquoi avait-il voulu tuer cet inoffensif gnome ? Parce qu'il en avait eu envie. C'était si simple et si horrible que ça… La fureur meurtrière de la Lance de Lug avait contaminé chaque recoin de Kab-Bag et elle était contagieuse. Les gnomes, comme Tarot tout à l'heure, en étaient imprégnés. Lliane elle-même ressentait encore la rage insensée qui l'avait saisie. Si Dorian ne l'avait pas arrêtée, sans doute aurait-elle tué Ulfin… Il n'y avait aucun sort, aucune magie qui puisse lutter contre cela. Le talisman des monstres exaltait ce qu'il y avait de pire en chacun d'eux.

— Attendez, dit-elle, alors qu'ils quittaient déjà la tanière du shérif. Onar, Ulfin, venez près de moi… Venez tous.

Ils se regroupèrent, tous les dix, les elfes, les nains et les hommes, et même Tarot le gnome, empêtrés d'armes sous cette voûte étroite, et Lliane les fit se serrer encore autour d'elle, jusqu'à ne plus former qu'un groupe étroit. Alors, sous leurs yeux ébahis, elle ôta sa cotte de mailles en argent, abaissa sa tunique de moire et les serra contre elle, nue, désirable, fascinante. La haine, la peur se dissipait de leur âme. Ils ne voyaient plus que ses seins, ses cuisses, la douceur de sa peau effleurant leur cuir tanné. Et ainsi, offerte et vulnérable, elle récita un vieux poème de la forêt.

— *Mon amour est un chardon*
C'est un désir de force et de violence
Il est comme les quatre parties de la terre
Il est sans fin comme le ciel.
C'est la brisure du cou,
C'est une noyade dans l'eau,
C'est une bataille contre une ombre,
C'est une course vers le ciel,
C'est une course aventureuse sous la mer,
C'est un amour pour une ombre[1].

Elle était leur épouse, leur désir, elle était l'amour, la beauté et la fragilité, si mince et si pâle dans leur cercle de fer et de cuir. Elle était l'espoir, la lumière dans cette ville d'ombre, la flamme vacillante dans les ténèbres.

— J'irai sans armes et sans vêtements, chuchota-t-elle, et tu me protégeras. Je serai l'amour, la douceur de la brise d'été. Je serai ta fille, ta mère, ton enfant captif, tous ceux que tu aimes, je serai la vie, l'oiseau dans le ciel, le ruisseau qui murmure, je serai le lendemain… Si tu m'oublies, ils nous tueront, ou bien nous nous tuerons nous-mêmes. Protège-moi, et par amour pour moi ferme tes yeux à la laideur, à la haine et à la mort.

De brusques rafales de vent ramenaient jusqu'à eux le froid glacial de la plaine et des averses de neige fondue. Il faisait trop chaud à Kab-Bag, trop moite pour que la neige tienne au sol, et toute cette humidité dégoulinait

1. *Histoire d'Étaine*, poème du IXe siècle, rapporté par Jean Markale.

des ruelles et des murs comme si la ville pleurait. Il ne restait rien de l'ancienne agitation de la cité marchande, de ce dédale grouillant de ruelles, d'impasses et de venelles ni de la profusion de biens qui l'encombrait autrefois, si ce n'est quelques pièces de drap détrempé accrochées à des fils entre deux maisons, des étals abandonnés, encore chargés de vivres en décomposition, et parfois la silhouette furtive d'un gnome s'enfuyant à leur vue. Ils avaient croisé des patrouilles gobelines, mais la bague de la Guilde faisait des merveilles. Les yeux torves des monstres louchaient au passage sur le corps nu de la reine, et s'ils tendaient vers elle leurs pattes griffues, Tarot intervenait, de toute sa hauteur. « Une putain pour le Maître ! Tu veux la lui prendre ? » C'est ainsi qu'ils parvinrent jusqu'au palais.

Tarot l'avait fait construire au beau milieu du trou, sur l'un de ces échafaudages compliqués et branlants dont son peuple avait le secret. Tout paraissait sur le point de s'effondrer, jusqu'au pont qui y menait, et pourtant les bâtisses gnomes ne craignaient rien, si ce n'est le feu. Le gnome avait tenu bon jusque-là, mais il s'arrêta au beau milieu de l'ouvrage et s'appuya au parapet, accablé de douleur et de tristesse devant ce qu'ils avaient fait de sa demeure. La façade elle-même était noircie, délabrée. Les vitraux des fenêtres étaient brisés, de longs pans de rideau flottaient dans les sautes du vent comme de sinistres étendards, les statues et les bas-reliefs avaient été martelés, saccagés.

Lliane s'avança vers lui, posa ses mains sur ses épaules, et il se retourna pour se serrer contre son ventre. Elle sentit bientôt les larmes du gnome mouiller sa peau.

— Tu le rebâtiras, plus beau encore, murmura-t-elle.

Tarot renifla bruyamment, leva vers elle ses yeux chafouins brillant de larmes. Il était toujours serré contre son ventre, ses mains calleuses enserraient la courbure de ses reins.

— Allons-y, dit-elle en lui souriant.

Les gardes de la grand-porte reconnurent le shérif, ainsi que l'anneau de la Guilde, et les laissèrent passer. Ce n'étaient ni des orcs ni des gobelins, mais de hideux géants d'une race qu'ils n'avaient encore jamais vue, aussi décharnés que des squelettes, drapés dans de longs manteaux noirs tombant sur de sombres cottes de mailles qui semblaient les couvrir entièrement. À l'intérieur, il y en avait d'autres, tout le long de leur passage, et la plupart ne bougeaient pas, ne se tournaient même pas pour les regarder. C'étaient des êtres ignobles, écœurants à voir, voûtés comme des vieillards, la peau grise et les yeux profondément enfoncés dans leurs orbites. Leur maigreur était effrayante, mais ils portaient des armes qu'aucun d'eux n'aurait pu soulever, pas même Freïhr.

— Ce sont des Fir Bolgs, murmura la reine. La race ancienne vaincue par les Tuatha Dê Danann. Ils étaient là avant les tribus, avant même les monstres. Ce sont des esclaves guerriers. Ils n'agissent que sur ordre. Il n'y a rien à craindre…

« Sauf si Celui-qui-ne-peut-être-nommé leur ordonne de nous tuer », songea-t-elle. Il y en avait partout, des dizaines, semblables à d'horribles statues dans leurs longs manteaux noirs, dont même les gardes gobelins se tenaient à distance. Les dix avancèrent un moment ainsi, dans le silence cadavérique de ce palais fantôme, puis, au fond du vestibule dévasté, Tarot leur désigna une porte close.

— Le Maître est là, dit-il d'une voix nouée. Derrière la porte…

Lliane s'avança, mais buta aussitôt contre le gnome, qui semblait pétrifié.

— Il… il ne faut pas y aller, bredouilla-t-il. Le Maître ne doit pas être dérangé…

Le petit être tremblait convulsivement. Son visage boursouflé et terreux ruisselait de sueur et de larmes. Il ne pourrait aller plus loin. Lliane regarda ses compagnons et lut les ravages de la peur sur leurs visages crayeux. Leur cœur flanchait. La terreur insondable liquéfiait leur volonté, ravageait leur âme. Bientôt, le pouvoir de la Lance s'insinuerait en eux.

Elle écarta le gnome, se glissa entre lui et Ulfin, qui ouvrait la marche, puis s'avança jusqu'à la porte. Ils ne bougèrent pas. Les yeux écarquillés, ils contemplaient sa mince silhouette nue, le balancement de ses longs cheveux noirs, le jeu souple de son corps que la neige fondue avait rendu aussi luisant qu'une armure. Elle s'arrêta devant l'huis, saisit les battants et appuya son front contre les planches cloutées. Ses jambes tremblaient, sa gorge était nouée, son cœur battait si fort qu'elle en vacillait. La peur la gagnait elle aussi, à présent. En fermant les yeux très fort, elle parvint à se représenter le visage de Rhiannon, là-bas, dans l'île aux Fées.

La petite fille se tenait au milieu d'un cercle de lumière, dans la douce obscurité de la nuit. Elle avait tressé une couronne de feuilles et mis des fleurs à sa ceinture. Le petit peuple veillait sur elle...

D'un seul coup, Lliane s'arracha à la porte et en ouvrit les deux battants.

Aussitôt, une bouffée de chaleur étouffante lui sauta au visage. La pièce immense rougeoyait à la lueur dansante de deux gigantesques braseros. Des ombres minuscules se découpaient dans cette pénombre orangée, silhouettes furtives, indéfinissables, par dizaines assemblées autour d'un trône gardé par deux de ces hideux géants.

— Je t'attendais, siffla une voix sèche, insidieuse.

Elle avança, pleurant à présent, la gorge tellement serrée qu'elle hoquetait comme un poisson hors de l'eau.

— Viens jusqu'à moi, Lliane... Viens me rejoindre...

Les minces silhouettes s'écartaient devant elle. Ses yeux brouillés de larmes ne voyaient plus qu'un halo empourpré et le sombre recoin, entre les braseros, où le Maître l'attendait.

— Tu es nue, c'est bien... Le désir est une force que je saurai utiliser. Ta beauté sera utile. Viens me l'offrir...

Une lueur vive, tout à coup, l'arracha de son brouillard. Étincelant comme un rayon de soleil, le fer de la Lance tenue par Celui-qui-ne-peut-être-nommé venait de s'illuminer, et jetait sur elle son éclat aveuglant. Elle tomba à genoux, éblouie et vaincue. Quand enfin ses yeux s'habituèrent à la lumière, elle découvrit d'un coup l'étrange assemblée dispersée autour du trône. Des enfants... Des enfants de toutes races, nains, humains et elfes, des enfants gnomes également, parmi lesquels devait se trouver le fils de Tarot.

— Tu vois, j'ai réuni tout ce que tu étais venue chercher... La Lance, les enfants, moi-même... Qu'est-ce que tu attends, reine Lliane ? Tu es venue me tuer, n'est-ce pas ? Viens me prendre...

Chacune des paroles de l'Innommable bourdonnait dans sa tête. Ce n'était qu'un murmure, mais il s'infiltrait en elle comme une souillure. Sa voix caressait son corps nu, léchait sa peau et la faisait frissonner de dégoût. Elle se releva pourtant, de toute la force de son âme, et quand ses yeux se posèrent sur le Maître, un hurlement d'horreur brisa ce qu'il lui restait de volonté.

Sous le capuchon sombre qui masquait ses traits, c'était son propre visage qu'elle venait de voir.

Il se leva du trône, rabattit le capuchon en arrière et s'avança dans la lueur des braseros. C'était elle. Les mêmes yeux, les mêmes cheveux, la même peau. Le Maître avait son visage, mais un visage hideux, dont toute la beauté était pervertie. C'était tout ce qu'il y avait de mauvais en elle, d'enfoui, de rejeté qui s'affichait sous ses yeux. Le visage de ses pires cauchemars.

Il s'avança encore, et elle se voyait elle-même sourire, contempler son corps nu comme pour s'en repaître, comme pour l'apprendre, et elle hurla à nouveau, dans un effort désespéré pour s'arracher à ce viol insupportable.

Un autre cri lui répondit en écho, et l'Innommable détacha d'elle son regard. En entendant la reine hurler, Freïhr et Ulfin s'étaient élancés, suivis de tous les autres. Cela ne dura qu'un bref instant. Les gardes gigantesques n'avaient pas bougé, et le barbare frappa l'un d'eux du tranchant de son épée une seconde à peine avant que l'ordre de leur Maître ne les anime. Le Fir Bolg poussa un rugissement abominable, l'épée de Freïhr en travers du corps, et il s'abattit sur lui de toute sa masse.

Ulfin avait couru droit sur Celui-qui-ne-peut-être-nommé. Au moment où il allait l'atteindre, il se pétrifia, et Lliane vit ses yeux s'agrandir, sa mâchoire tomber d'horreur. Elle se tourna vers le Maître et comprit. Le monstre avait le visage d'Ulfin, maintenant, déformé, affreux, et le preux en chancelait d'effroi.

C'était la magie la plus horrible et la plus puissante qu'on puisse imaginer. Nul ne pouvait tuer sa propre image. Nul ne pouvait supporter de se voir dans toute sa laideur. C'était ce que Freïhr avait vu dans le chemin creux, ce que Mahault et Tarot avaient découvert, comme tant d'autres, ce à quoi ils avaient succombé. Ulfin recula, lâcha son épée et se cacha les yeux.

Dans un brouillard de larmes, Lliane vit le deuxième Fir Bolg écraser d'un coup de masse le crâne d'Onar, puis balayer Till et sa pauvre dague. Elle hurla de désespoir lorsque Dorian périt, la tête arrachée par le monstre. Puis une flèche de Kevin le traversa de part en part, comme un éclair d'argent, Bran et Sudri le frappèrent aux jambes de leurs haches aiguisées, et il tomba, pareil à un chêne, sous les coups de cognée des nains.

L'autre roula à terre, repoussé par Freïhr. Le barbare se relevait, couvert d'un sang visqueux et noir, et elle le vit sourire. Un enfant courait vers lui, criait son nom. Freïhr reconnut Galaad, ouvrit les bras, mais son sourire se figea en voyant son fils changer brusquement d'expression, hurler en désignant quelque chose derrière lui.

Freïhr n'eut que le temps de se retourner. La lame ébréchée d'un Fir Bolg le transperça de part en part.

L'ordre du Maître avait animé tous les géants de sa garde. Venant de tout le palais, ils s'avançaient lentement, le visage vide, si nombreux qu'ils emplissaient presque la salle.

— Toi, tu peux encore vivre, murmura le Maître à l'oreille de la reine. Les autres ne valent rien...

Lliane se tourna vers lui, découvrit à nouveau l'épouvantable masque de sa propre laideur, et, dans un sursaut de révolte, elle se jeta en avant et le percuta de toutes ses forces. L'Innommable la repoussa d'un coup d'une violence inouïe, mais il avait lâché la Lance, et le talisman tomba à terre, au bas de son trône.

Ce fut l'enfant qui le ramassa. Galaad.

La Lance d'or était bien trop lourde pour lui, mais la force du talisman le pénétra et il la brandit bientôt sans effort. Le Maître alors le regarda, et à cet instant tous virent son vrai visage, hideux et malingre, sans que le sortilège opère, cette fois. Galaad n'avait pas de laideur en lui. Pour la première fois de son existence, la monstrueuse magie de Celui-qui-ne-peut-être-nommé n'avait trouvé aucune prise. L'être ignoble poussa un gémissement sourd lorsque la Lance le transperça, agrippa la hampe d'or en écarquillant ses yeux éteints, mais Galaad continuait de pousser, pleurant de rage et de chagrin, jusqu'à ce que le fer en fusion vienne se ficher dans le dossier du trône, jusqu'à ce que les bras du Seigneur des Terres noires retombent sans vie, et qu'un dernier souffle s'échappe de ses lèvres.

Il y eut tout à coup un silence absolu dans la salle. Le vacarme du combat, les cris des enfants, les raclements des Fir Bolgs sur les dalles de pierre, tout cessa à la mort du Maître.

Les géants immobilisés regardaient autour d'eux comme s'ils venaient d'émerger d'un long sommeil. Leurs yeux glissèrent sur le groupe insignifiant qui se tenait devant eux, puis ils firent demi-tour et sortirent. On entendit les cris d'agonie des gobelins qui ne s'étaient pas écartés devant les Fir Bolgs libérés, le fracas de leurs armes massives broyant indifféremment les chairs, les armures et le bois des portes fermées. Puis ce ne fut plus qu'une rumeur lointaine.

Lliane se traîna jusqu'au corps sans vie de Dorian et le prit dans ses bras. Till pleurait, à côté d'elle, de chagrin ou de souffrance. Son bras tremblait convulsivement là où le monstre l'avait frappé. Tarot pleurait aussi, mais de joie, en serrant contre lui son enfant retrouvé.

À l'écart, Bran et Sudri veillaient le corps d'Onar, récitaient leurs longues litanies pour que son âme trouve le repos, sous la Montagne.

Lliane sentit une présence, derrière elle, et releva les yeux au passage de l'enfant à la Lance. Lentement, le visage dévasté, il s'avançait vers le cadavre de Freïhr.

— Tu étais son fils, n'est-ce pas…

L'enfant se tourna vers elle et hocha la tête. Puis il lui tendit la lance ensanglantée.

— Garde-la, dit-elle. Jamais personne ne devra te la prendre, désormais…

Elle se tourna vers Freïhr.

— C'est pour ça que ton père est mort.

Alors Galaad se laissa tomber à genoux, et Lliane le serra contre elle.

— Je veillerai sur toi, murmura-t-elle à son oreille. Tu ne l'oublieras pas, mais tu apprendras à revivre. Ce que tu étais est mort avec lui. Tu es un autre, à présent et pour toujours. Tu es l'enfant à la Lance. Le gardien du talisman… Tu es Lancelot.

ÉPILOGUE

La pluie avait fait fondre la neige, et la campagne, à perte de vue, ressemblait à une vieille couverture sale et boueuse. La ville s'était repeuplée, timidement, depuis que les monstres avaient repassé les Marches noires, après l'avoir incendiée. Ce n'étaient encore que quelques dizaines d'êtres hagards et affamés, fouillant dans les décombres noircis de quoi subsister, mais ils seraient bientôt des centaines, avant même que le blé mûrisse. Puis viendraient les hommes d'armes, et le premier baron à franchir cette porte pourrait s'emparer de Loth, et pourquoi pas se proclamer roi… Merlin sourit à cette pensée et secoua la tête. Roi de quoi ? Le pays tout entier était ravagé. Des bandes de gobelins et de monstres y erraient encore. Les cicatrices de la guerre seraient bien longues à se refermer.

— À quoi tu penses, vieux Myrddin ?

Il s'arracha du créneau auquel il s'était appuyé le temps de reprendre son souffle et se tourna vers Morgane. Malgré son sourire de défi, la petite fille avait peur, elle avait froid, et devait regretter de l'avoir accompagné jusque-là. Jamais elle n'avait vu de ville, pas même les cités végétales de la forêt d'Éliande, et les décombres de Loth n'avaient rien qui puisse la rassurer.

— Tu as raison, je suis vieux, dit-il. Laisse-moi me reposer un peu…

Elle pencha légèrement la tête en le regardant, lui sourit plus gentiment, puis extirpa un bras des fourrures dans lesquelles elle s'était emmitouflée pour ramasser un éclat de pierre sur le chemin de ronde.

— Je vais te faire un tour ! dit-elle. Tu vois ce caillou ?

Merlin hocha la tête, sachant ce qui allait suivre. Elle leva la main vers le ciel, frappa brusquement du talon contre les dalles, et Merlin se laissa prendre au piège, détournant les yeux malgré lui. Le temps qu'il reporte son attention vers la main tenant le caillou, celui-ci avait disparu (et il fit semblant de ne pas l'entendre rouler, derrière l'épaule de Morgane, sur les escaliers qu'ils venaient de gravir).

— Magie ! fit la petite fille.

— Magie, oui… Tu as tout compris.

— Alors tu dois m'apprendre le reste ! Tout ce que tu sais !

Merlin hocha de nouveau la tête, gravement cette fois.

— Viens, dit-il.

Et, se redressant, il repartit en direction du donjon, sans plus se préoccuper d'elle. L'intermède avait un peu desserré le nœud qui s'était formé dans sa gorge, mais, où qu'il posât le regard, la désolation de la cité l'oppressa de nouveau. Partout, sur le chemin de ronde, dans les ruelles, à travers les toits effondrés des masures dévastées, on voyait les vestiges des abominations qui s'étaient produites à la chute de la ville. Des squelettes pourrissants gisaient sans sépulture, des armes brisées, des vêtements, de la vaisselle jonchaient le sol, pauvres trésors abandonnés par les pillards. Jusqu'au bout, il s'était trouvé des hommes pour voler, entasser de l'or ou des bijoux, plutôt que de songer à sauver leur vie. La cupidité des nains était en eux, à présent, et gagnerait bientôt toute l'Humanité… De gros rats noirs se repaissaient de toutes ces ruines, sans même se déranger au passage des vivants, tels des vers rongeant un cadavre. L'un derrière l'autre, Morgane et Merlin gravirent un escalier encombré de meubles brisés, enjambèrent des dépouilles informes dans un couloir et enfin parvinrent jusqu'à la salle du Conseil.

Là, Merlin tomba à genoux, et les larmes qu'il retenait depuis son arrivée à Loth jaillirent enfin de son cœur déchiré.

Au centre de la pièce, la grande table de bronze gardait les traces des coups sauvages qui lui avaient été portés. Des cordes l'enserraient encore, montant jusqu'à une sorte de palan fixé dans les poutres du plafond. L'unique fenêtre était ouverte au vent et son embrasure portait elle aussi des traces de martèlement. Les monstres semblaient avoir tout tenté pour emporter les deux talismans, en vain.

L'Épée était toujours là, fichée dans la Pierre.

Morgane hésita, mais comme Myrddin restait là à sangloter, elle osa s'avancer et empoigna la garde d'Excalibur. Il y eut une vibration, une plainte sourde, lugubre, un mugissement d'outre-tombe, et elle battit aussitôt en retraite avec un cri d'effroi.

— Prends-la ! dit Merlin derrière elle, le cœur battant et les yeux écarquillés malgré ses larmes.

Alors elle tendit à nouveau la main, tout doucement comme si elle craignait de se brûler, et la lame d'or vibra encore lorsqu'elle la saisit. En elle coulait le sang d'Uter, et celui de Lliane. Le sang d'un roi et celui d'une reine, et l'Épée saluait cet héritage. Mais elle resta fichée dans la pierre, malgré tous les efforts qu'elle fit pour l'en retirer.

— Ce n'est rien, petite feuille, murmura Merlin. Bien d'autres que toi ont déjà essayé, et d'autres essaieront encore, en vain…

Il se releva, sécha ses larmes et la recouvrit de son manteau.

— Viens, Morgane, il faut partir avant la nuit…

Elle se laissa entraîner sans réagir et ils sortirent de la salle du Conseil. Sur le seuil de la porte défoncée, l'homme-enfant se retourna une dernière fois pour les contempler.

L'Épée de Nudd et la Pierre de Fal, attendant le roi véritable qui saurait les dissocier enfin.

Ce n'était pas Morgane.

Et, tandis qu'ils se frayaient en sens inverse un chemin parmi les décombres, Merlin songea à l'enfant qu'il avait laissé à Cystennin, sous la garde d'Antor.

Arthur.

SOURCES ET REMERCIEMENTS

La Légende arthurienne, Bouquins, Laffont.

Chrétien de Troyes, *Le Conte du Graal*, Le Livre de Poche.

Lancelot du Lac, trad. François Mosès, Lettres gothiques – Le Livre de Poche.

Françoise Le Roux, Christian J. Guyonvarc'h, *Les Druides et le druidisme*, Ouest France.

Françoise Le Roux, Christian J. Guyonvarc'h, *Les Légendes de Brocéliande et du roi Arthur*, Ouest France.

Christian J. Guyonvarc'h, *Magie, médecine et divination chez les Celtes*, Bibliothèque scientifique Payot.

Robert Delort, *La Vie au Moyen Âge*, Points Histoire.

Geneviève d'Haucourt, *La Vie au Moyen Âge*, Presses Universitaires de France.

Claude Lecouteux, *Les Nains et les elfes au Moyen Âge*, Imago.

Marijane Osborn et Stella Longland, *Rune Games*, Routledge and Kegan Paul.

Robert-Jacques Thibaud, *La Symbolique des druides*, Dervy.

Yann Goven, *Brocéliande, un pays né de la forêt*, Ouest France.

Nigel Pennick, *The Sacred World of the Celts*, Thorsons.
Grimoires et rituels magiques, Belfond.
Dominique Viseux, *L'Initiation chevaleresque dans la légende arthurienne*, Dervy.
Horik Svensson, *The Runes*, Carlton.
Greg Stafford, *Pendragon*, Oriflam.
Agnès Gerhards, *La Société médiévale*, MA éditions.
Marie-Louise Sjoestedt, *Dieux et héros des Celtes*, Terre de Brume.
Viviane Crowley, *Celtic Wisdom*, Thorsons.
Krystyna Weinstein, *L'Art des manuscrits médiévaux*, Solar.
Fernand Comte, *Dictionnaire de la civilisation chrétienne*, Larousse.
Miranda J. Green, *Exploring the World of the Druids*, Thames and Hudson.
Revue *Histoire médiévale*.
Jean Flori, *Chevaliers et chevalerie au Moyen Âge*, Hachette.
Édouard Brasey, *Nains et gnomes*, Pygmalion.
Jean Markale, *Merlin l'Enchanteur*, Espaces libres Albin Michel.
Jean Markale, *Les Dames du Graal*, Pygmalion.
Jean Markale, *Petite Encyclopédie du Graal*, Pygmalion.
Jean Markale, *Paroles celtes*, Albin Michel.
Roland Villeneuve, *Le Dictionnaire du diable*, Omnibus.
Caitlin Matthews, *The Celtic Book of Days*, Godsfield Press Ltd.

Postface de l'éditeur

La légende arthurienne au cinéma

La légende arthurienne, on s'en doute, a maintes fois, depuis 1904, inspiré le cinéma : au moins deux douzaines de films, en comptant les parodies mais sans compter la demi-douzaine de *Tristan et Iseult* ! Hélas, la plupart de ces films sont invisibles aujourd'hui : les uns parce qu'ils datent du temps du muet, les autres parce qu'ils n'ont pas été distribués en France. On se contentera donc ici d'un bref tour d'horizon.

La geste d'Arthur

Il est paradoxal de constater que les Chevaliers de la Table ronde ont éclipsé Arthur qui apparaît rapidement au premier plan. Dans les nombreuses adaptations du célèbre roman de Mark Twain, *Un Yankee à la cour du roi Arthur* (E.J. Flynn, 1921 ; D. Butler, 1931 ; T. Garnett, 1949 ; V. Gres, 1988 ; sans oublier – parodie d'une parodie – *Un cosmonaute à la cour du roi Arthur*, R. Mayberry, 1979), il trône en toute majesté. Il apparaît dans le registre de la dérision dans *Sacré Graal* des *Monthy Python* (T. Jones/T. Gilliam, 1974). Enfant, sous les traits du petit Moustique dans le dessin animé de W. Disney, *Merlin l'Enchanteur*, 1963, il commence à acquérir une carrure cinématographique dans la comédie musicale de J. Logan, *Camelot*, 1967.

Mais Arthur, s'il tient un rôle de premier plan dans *Les Chevaliers de la Table ronde* (R. Thorpe, 1953), se voit enfin doublement magnifié. D'abord dans le beau film de J. Boorman, *Excalibur* (1981), enfin, aujourd'hui, dans celui d'A. Fuqua, *Le Roi Arthur, 2003*, qui replace les événements dans leur contexte historique : le départ des Romains de Bretagne (l'Angleterre actuelle, sans une partie de l'Écosse) au début du ve siècle (406). Avec quelques variantes, notamment le cycle du Graal, qui fait naître Arthur un demi-siècle plus tard, en 460.

Merlin l'Enchanteur

La légende de Merlin n'a pas le parfum d'aventure qui suit le sillage des preux de la Table ronde. Certes, on retrouve, de-ci, de-là, le magicien dans les films consacrés au sujet, mais rarement au premier plan. Il faudra attendre le film de W. Disney, déjà cité, et, surtout, le superbe *Merlin and the Sword* (C. Donner, 1982). Film qui privilégie le fantastique : une jolie touriste, happée par une faille temporelle, se retrouve dans les souterrains de cristal de Stonehenge !

Lancelot du Lac

Héros d'un des premiers films consacrés à la geste arthurienne (*Lancelot and Elaine*, S. Blackton, 1909), Lancelot apparaît dans presque toutes les productions du genre. S'il est assez bien représenté dans le *Camelot* de Logan, il est surtout le héros de quatre films : *Les Chevaliers de la Table ronde* (voir plus loin), *Lancelot, chevalier de la reine*, film superbe et méconnu de C. Wilde (1962), *Lancelot du Lac*, pesante « corvée » de R. Bresson (1974) et, tout dernièrement, *Lancelot, le premier chevalier*, de J. Zucker (1995) où, sous les traits de Richard Gere, il se présente comme une sorte de mercenaire qui va, conformément à la légende, tomber amoureux de Guenièvre, alors qu'elle n'est encore que la fiancée du roi Arthur.

Les Chevaliers de la Table ronde

Le classique de R. Thorpe, *Les Chevaliers de la Table ronde* (1953), n'a pas été à ce jour égalé. On retrouve, ailleurs, nos chevaliers en ordre dispersé. Perceval apparaît dès 1904 entouré de l'aura wagnérienne. On le retrouvera avec ennui chez É. Rohmer (*Perceval le Gallois*, 1978) et chez H.J. Syberberg (*Parsifal*, 1982). Sans oublier, heureusement, Skywalker (« celui qui marche à travers le ciel » comme l'autre « à travers le val » et son ami Ian Solo (Lancelot) de la *Guerre des Étoiles*.

La geste de Galaad est un brin plus plaisante par la magie du *serial* de S. Gordon Bennett (15 épisodes, 1949). En fait, c'est chez Gauvain qu'il faut chercher l'aventure (*Sir Gauwain et le chevalier vert*, S. Weeks, 1972). D. Llorca, enfin, s'est empêtré dans ses *Chevaliers de la Table ronde* (1989).

On préférera goûter les exploits de joyeux chevaliers moins célèbres mais plus plaisants, qui gravitent autour de la Table (*Le Serment du chevalier noir*, T. Garnett, 1954 ; *Prince Vaillant*, H. Hataway, 1954, et A. Hickox, 1977).

Signalons, enfin, que l'Histoire retrouve ses droits dans une production télévisée, *Arthur of the Britons* (24 épisodes, 1972-1973).

Reines et fées

Dans cet univers où le merveilleux côtoie sans cesse l'aventure, les femmes ne sont pas absentes. Guenièvre d'abord, l'épouse d'Arthur et l'amante de Lancelot. Elle aura une place de premier plan dans le film de R. Thorpe, mais surtout dans celui de C. Wilde. Elle est, avec Lancelot, l'héroïne d'une série télé, *The*

Adventures of Sir Lancelot (30 épisodes, 1956-1957), et, bien sûr, du film de J. Boorman, cité plus haut.

On retrouve Morgane dans le film de T. Garnett (*Un Yankee...*), le *serial* de Gordon Bennett, le film de Thorpe et celui de Boorman.

Repères chronologiques

Ce n'est qu'après le départ des légions romaines (406) que commence l'histoire de la Table ronde. Uter naît en 423, un an après son frère Pendragon. Les deux frères sont recueillis en 426 par le grand-père de Merlin, qui ne naîtra qu'en 445. À la mort de Pendragon (454) devenu roi de Logres en 453, Uter lui succède, après avoir écrasé les Saxons. Il rencontre Ygraine (née en 438) en 458, année de la naissance de Morgane. Uter épouse Ygraine en 460, l'année où naît Arthur, leur enfant. C'est en 461 que Merlin crée la Table ronde et prend en main l'éducation d'Arthur et de sa demi-sœur Morgane. En 475, Uter meurt ; l'année suivante, Arthur est couronné roi. C'est cette année-là (476) qu'a lieu la chute de Rome, qui marque la fin de l'empire romain d'Occident. De la passion incestueuse d'Arthur pour Morgane naît, en 479, Mordred. Le roi épouse Guenièvre en 491. Un an après, Merlin se retire dans une retraite et rencontre Viviane, qui va devenir la Dame du Lac. En 495, naît Lancelot. C'est vers les années 525 que se situe l'apogée de la Table ronde. Mais peu à peu, elle décline : en 538, Arthur fait la guerre à Lancelot ; l'année suivante, il meurt, victime de la trahison de Mordred. Morgane meurt en 544 et Merlin se retire, solitaire, en 545, à Brocéliande, où il attend toujours une renaissance (voir la postface de *La Nuit des Elfes*).

TABLE DES MATIÈRES

Dans la collection

POCKET

Jeunes Adultes

L'herbe bleue, Anonyme

La nuit des temps, René Barjavel

La planète des singes, Pierre Boulle

Le désert des Tartares, Dino Buzzati

Un train d'or pour la Crimée, Michael Crichton

Survivre avec les loups, Misha Defonseca

S'il faut mourir, Junius Edwards

Le crépuscule des elfes T. 1
La nuit des elfes T. 2
L'heure des elfes T. 3
Jean-Louis Fetjaine

Au nom de tous les miens, Martin Gray

J'ai pas pleuré, Ida Grinspan et Bertrand Poirot-Delpech

Fatherland, Robert Harris

À propos d'un gamin, Nick Hornby

Le juge d'Égypte :
1 – La pyramide assassinée
2 – La loi du désert
3 – La justice du vizir
Christian Jacq

Le cri de la mouette, Emmanuelle Laborit

Et si c'était vrai..., Marc Levy

Pourquoi j'ai mangé mon père, Roy Lewis

L'énigme des Blancs-Manteaux, Jean-François Parot

Une cicatrice dans la tête, Valérie Pineau-Valencienne

La momie, Anne Rice

Le pianiste, Wladyslaw Szpilman

Achevé d'imprimer sur les presses de

BUSSIÈRE
GROUPE CPI

à Saint-Amand-Montrond (Cher)
en octobre 2004

POCKET jeunesse
12, avenue d'Italie - 75627 PARIS Cedex 13
Tél : 01.44.16.05.00

— N° d'imp. : 44753. —
Dépôt légal : octobre 2004.

Imprimé en France